青春阅读　　幸得相见

有爱的青春陪伴者

城下烟
/著/
隔壁
有个
xiaokeai
小可爱
上海故事会文化传媒有限公司
上海文化出版社

作者简介

ZUOZHEJIANJIE

城下烟

/晋/江/文/学/城/签/约/作/者/

小甜文爱好者，人形熬糖机。

爱好超多的嗜睡死宅，拥有三只猫的人生赢家。

希望有一天成为写文里蛋糕做得最好的，做蛋糕里写文最好看的。

目录

目录

Chapter 01

我以后要是再自作多情，就把名字倒过来写！

01. 初遇

C市的冬末，浅金色的阳光透过四季葳蕤的香樟枝叶，细细碎碎地洒在地面上。

明天就是A中开学的日子，学校门口的小吃街不复过年时的清冷，乌压压的学生直往各色小店里涌。

乐于是寒假时才跟着她爸乐暮春来的C市，只因为乐暮春要来T大任教。

今年过年晚，等到全市中小学开学的时候，已经是2月下旬。正巧，让准备住校的乐于还在家过了个生日。

“乐乐，生日快乐。”乐暮春笑眯眯地看着女儿吹灭了蜡烛，慢慢悠悠地说了一句祝福。

“谢谢爸。”乐于用同样的腔调回了一句。

单从外表来看可能看不出这两位是父女，乐于长得更像妈妈一些。不过就听两位这急死人的语速，也能肯定是亲生的没错了。

乐暮春看着女儿慢条斯理地撕开餐盘套装的包装纸，用抽四十米长刀的速度抽出了切蛋糕的塑料小刀，思忖道：“要不还是住家里，我给你请个阿姨，晚上我赶不及回来就让她来给你做顿饭，中午就在学校食堂随便吃点。”

“不用。”乐于一边回话，一边给了那只粉色 Hello Kitty 温柔一刀，没什么表情地开口，“你带课题忙起来老是不回家，我一个人在家也没什么意思。反正上了大学也要住校，就当提前适应吧。”

乐暮春听女儿这么说，心里揪了揪，也不再勉强：“那行吧。”

乐于看着她爸一脸愧疚，觉得自己应该又说错话了。她眯了眯眼睛，对着乐暮春弯了个笑脸，托着切好的一小块蛋糕递过去：“爸，吃蛋糕。”

也不知道小时候是谁说的：“呀，乐老师家的女儿，笑起来不要太可爱哦，两个小梨窝一瘪，看着就想给她买糖吃。”

于是，乐于发现了，万一自己因为“CPU”处理速度过慢，说了什么不该说的话，只要扬个笑，这些人好像立马就能没脾气。

果然，乐暮春一见她这样，不由自主地跟着弯了嘴角。

不过，我们教学态度异常严谨的乐老师，还是没有被女儿的糖衣炮弹迷惑，他伸手接过蛋糕时补了一句：“那个，乐乐啊，你住校归住校，千万别在宿舍里自己烧东西吃啊。”

乐于揽过一整个蛋糕托盘的手臂顿了顿，面无表情地“哦”了一声。

乐暮春觉得就算女儿不高兴，自己还是得提醒这一句。毕竟，只要一想到那次他回了家，看见厨房里像是被原子弹反复轰炸过几百遍的场景，他就后怕，发誓这辈子都不能让他女儿碰到灶台的开关！

乐于看着他一脸深陷在回忆中的痛楚表情，一边用不锈钢餐勺戳下这只粉色小猫咪的耳朵塞进嘴里，一边想着他到底是在缅怀那只被自己架在燃气灶上烧成蘑菇云的电饭锅内胆，还是在心疼那锅被自己煮成煤炭炖钢丝的笋干红烧肉。或者，是那一盘地狱之火小笼包？

乐暮春看着女儿乖乖巧巧吃蛋糕的模样，心思又有点飘远了。自己倒是不爱吃甜食，胃口也不算大。女儿这个优点真是随了他妻子，嗜甜如命，还能吃不胖。看着她们吃饭就让他觉得幸福感满满。这么想着，他嘴角爬上一丝笑意，倒是让他看起来像个十七八岁思念着意中人的青葱少年了。

乐于看着眼前的一家家小店，路两边支着的一个个小吃摊子，觉得自己选择住校简直明智惨了。

右手举着一串山楂糖葫芦啃得起劲，左手腕上挂了一袋飘着奶油甜香气的爆米花，小姑娘看着一溜店面，思考着今天中午的主食到底应该吃什么。

随眼缘挑了一家粤式煲仔饭的小门店，她推开门走了进去。

这家店看着门头不显眼，生意倒是好得出奇。

店主也不知道是什么特殊品位，门上挂了个会说话的迎宾娃娃，只要有人推门，这个看上去长得就像只要九块九包邮的丑东西就会高喊一声："欢迎光临！"

"欢"字和"光"字拉得特别长，"迎"和"临"又像是被它吃掉了一样。

连反射弧极长的乐于都被它这一声叫唤唬得一顿，挂着爆米花的那只手扶着门把手没敢动，竹签子上插着的最后一颗山楂都来不及塞进嘴里。

乐于发现，一整个店的人，都因为这句"欢迎光临"，唰唰抬头盯向她。

"……"

善于脑补的小姑娘觉得自己仿佛进了一家黑店，下一秒这些人就要抽出桌子底下的各式兵器，踢翻他们面前的桌椅板凳，对她大喝一声："何人擅闯我们天地会总舵？留下命来！"

这家小店虽然看着不起眼，做的煲仔饭倒是特别正宗。老板兼大厨也是一口非常标准的广普，据说是儿子在这边上学，才把店开在了这里。

岑然前两天报到没来学校，趁着明天要开学，今天才让家里的司机把他从自家开发的那片依山傍水远离人世喧嚣——简称远得没边儿的独栋别墅小区，送到了 A 中旁边这两年新交付的商品房小区。

难得有个学区房是新楼盘，这一片刚开发的时候就卖得特别抢手。岑然是那种特别讨厌把时间浪费在路上的人，他爸岑志远十分了解儿子的脾气，来 A 中之前，就给他弄了一套小高层后面的联排别墅。

A 中离市中心不算远，C 市这两年批地越来越难，规定城中辐射范围内都不许建独栋别墅，所以只好委屈委屈儿子了。

也因为这样，岑然父母这几年的投资重心转到了澳洲，难得回一趟国。反正对他来说住哪儿都是一个人，不如离学校近一点。

吃了大半个月家里阿姨做的饭菜，岑然对这条小吃一条街，也是想得不行。尤其是这家的煲仔饭，店主秘制的酱油汤汁往冒着热气盖着满满香肠小排的砂锅里那么一浇，刺啦刺啦的响声带着米饭的香气直往外扑腾。拌一拌，挖一块又香又脆的焦香米锅巴，烫得直吸气也不想松口。

岑然原先正百无聊赖地刷着手机等着饭，听见这声熟悉的“欢迎光临”本来倒没有多大感觉。毕竟在被吓过几次之后，大家基本上都已经免疫了。

只是今天，小店里的气氛莫名有些诡异。

岑然感受到跟这空气里弥漫着的热乎乎“刺啦”声不同的气场，下意识地抬头看了一眼。

门口的少女可能在“九块九”叫了有一分钟之后，还保持着那个举着糖葫芦，推着门呆站着的姿势没有动过。

少女长得属于可爱软萌型，碎碎齐刘海的短发学生头，人概是刚刚在外面被风吹过了，这会儿剩的空气有些多，刘海有点少。看着挺柔顺的黑发尾梢，听话地往里弯着。略带婴儿肥的娃娃脸像是一团软乎乎的棉花糖，看着就让人挺想捏一把。

姜黄色的连帽卫衣外面套了件黑色的宽松款薄棉棒球服，下面一条最简单不过的黑色铅笔裤。两条又长又直的小细腿，让一向不喜欢盯着女生看的岑然，忍不住多瞥了一眼。

主要是，岑然觉得她这腿特别像她手里拿着的糖葫芦，只剩了顶上最后那一颗，细细的竹签子戳了一颗小圆球——腿长比例好得有点过分。

最让他觉得奇特的，是那双带着茫然的眼睛，让你觉得她这会儿站在那儿发着呆，的确是灵魂出窍了。

岑然对上她那双圆溜溜的杏眼，觉得她好像也在看着自己一样。

岑同学从小到大早就被女生看习惯了，倒也不在意，心道这位有点面生的小同学，大概也是被自己迷住了。或许，是其他学校过来玩的。这么想着，他又状似懒散不在意地低头继续玩起了手机，只悄悄竖着耳朵听着门口的动静。

“欸，小同学，你吃饭吗？”坐在门口收银台后面的老板娘忍不住站起来问了一句。

“吃。”乐于终于被人从刀光剑影的武侠世界中拉回了现实，放开了那半扇被她推得都快叫累的门，转身抬头看起了老板娘身后高挂着的配图菜单。

同学们见她进来，纷纷低头重新吃了起来，最终没有一个人起身拔刀。

不同于平时的慢动作回放，乐于点菜倒是出奇迅速：“来份招牌就可以了。”

点完餐让老板娘扫了支付码，乐于转身随意地扫了一眼。见角落里有个四人桌只坐了一个人，她很自然地就往那边走了过去。

此时，乐于觉得，这家店真的很不正常。

就在她往那四人桌走去的时候，四下里居然满是抽气声。

乐于："……"难道是要等我进来了再动手？

"我的天，她是要走过去和然哥一起坐吗？"有人忍不住小声嘀咕了一句。

"肯定是外校的。"他对面那位压着声音快速道，"快吃，吃完快走，别多管闲事。"

于是，本已恢复正常的煲仔饭店，又变得只能听见勺子撞击砂锅的声音和呼啦啦的扒饭声。

"同学，你这桌还有别人要来吗？"乐于走近问道。

02. 暗器

"没有。"岑然抬眸道。

果然是外校的吧，岑然想。不然按他以往那种"别爱我，没结果"式的花样拒爱方式，应该是不会有本校的女生来跟他搭讪才是。

岑然又忍不住看了一眼她的眼睛，这会儿小同学盯着他说话的眼神，好像也不怎么聚焦。他知道有些女生爱美不喜欢戴框架眼镜，难道她是近视？不过她们不是爱戴美瞳的吗？岑然心道。

刚看她站在门口，目测怎么也有一米六五。这会儿小同学走到桌子跟前，他才发现这位估计刚达标中国女性身高及格线"一米六"，只不过是腿长显高而已。

乐于听他说没有，直接把手上的爆米花袋子放在了桌上，侧身坐了进去。

反正没人，为什么不能坐？乐于不是没听到刚刚小店里几个人的讨论声。

至于对面那位男同学盯着自己看了两眼，她倒是不在意，只觉得这人声音还挺好听的，是少年人特有的清亮嗓音。

至于长相……什么？还要看人长相？乐小同学表示这题太难要不起。因为她，记不住啊！

乐于坐下，终于有心思干掉最后一颗山楂，把竹签子扔在了桌脚边的纸篓里。

闻着店里饭食的香气，还真有点饿了。乐于一边低头塞着爆米花等着她的招牌煲仔饭，一边思考着待会儿去旁边的水果店看看买点什么饭后水果好。

岑然：“……”

不是，你要搭讪也不说话，就这么坐我对面吃上了？现在的女生又换套路了？这是什么新式撩男法？

等岑然的煲仔饭上了桌，乐于终于抬头，盯着他的砂锅看了好一会儿。

在岑然看来，小同学就像在看着他的煲仔饭发呆一样，好像还——忍不住咽了咽口水。

岑然心里居然起了点小小的失落，这人好像，真的是来吃饭的。

乐于也感受到了他回望过来的视线，缓缓将自己的目光从煲仔饭上挪到了这位同学的脸上。也没看清，只觉得这位男同学的眼神里，好像带着一丝怨念，有点像她爸拿她没办法的时候经常会露出的表情。

岑然看她茫然地盯着自己眨巴了两下眼睛，突然觉得有股气堵在了肺里，胀鼓鼓的，不太舒服。于是，他有些愤愤地拿了双筷子，用筷子末端戳了戳桌面，发出“咚咚”两声，在安静的店堂里戳出了回响。

店内众人：“……”然哥好像生气了，萌妹子你快跑啊！

乐于见他低头吃了起来，鼻息间好像闻到了一股香味。是椰奶香，甜甜的。对这一类甜香味特别敏感的乐于，忍不住靠着桌子倾身凑过去，吸了两下秀气的小鼻子。

岑然正闷闷地吃着，忽觉脑袋上方笼了一片黑影，猛一抬头，就看见那位不知好歹的小同学像只觅食的小猫咪一样，正在离他不远的地方嗅着鼻子。

啧！有这么好吃吗？不让你盯着看你还闻上了？我是有多比不上这一锅煲仔饭？岑然内心五味陈杂。

乐于一见对面那位的脸色，顿觉不妙，心说自己是不是又干了什么傻事……

“那个，同学，你要来点爆米花吗？刚出锅的，还是脆的。”乐于伸手把那袋子爆米花往他面前推了推，不忘配上她那张人畜无害的笑脸，弯着眼睛极力推销道，“吃多了咸的不如来点甜的？”

岑然：“……”嗯……怎么笑起来那么可爱？

“谢谢，不用了。”岑然客气道，浅浅勾了勾嘴角。

岑然知道自己不笑的时候嘴角也是微微上扬的，显得脾气特别好，因此平时他都尽量让自己别笑，保持严肃，不然太对不起那些不明真相的围观群众给自己封的“校霸”称号了。有时候做人嘛，总要对得起一些兄弟们给的江湖地位。

店内众人：我的天？我听见了什么？然哥说谢谢？

“哦。”乐于连再多劝一句都没有，爽快地把爆米花拿了回来，继续抱着自己吃。

岑然：“……”我……我还是吃完赶紧回去补个午觉算了。

等乐于的煲仔饭上桌，岑然又忍不住偷偷看了一眼，就见她不慌不忙地倒上酱汁，又像是有人等着让她出一篇美食评论一样，非常享受地吃了起来。

岑然觉得，看她吃东西虽然不是狼吞虎咽，却莫名给人一种感觉，那就是：真香。

这让一向吃得不是很多，经常都会剩一点的岑然，看她吃着吃着，就刨完了砂锅里的最后一粒米。

饭也吃完了，没道理再继续待下去。岑然慢吞吞地喝了两口汤，等着对面的同学开口。

等汤也喝完了，岑然觉得再也没有理由不走了，想着刚刚这位小同学非常有礼貌地邀请自己吃爆米花来着，自己是不是也应该客气一点跟她打个招呼？于是，他开口道："吃完了，走了。"

这位同学，请你抓住最后的机会问我要微信，我看在你准备请我吃爆米花的分上，一定勉为其难让你加我。岑然内心戏十足。

"嗯？"乐于正吃得高兴，突然听到那么一句，有点蒙，心说这新学校的同学，都这么有礼貌呢？果然是C市最好的中学啊。于是，她也笑着朝他挥了挥手，"拜拜。"

啧！我岑然以后再自作多情，就把名字倒过来写！岑然"噌"地起身，脸色看上去像是吃完了一砂锅煲仔饭，才发现最下面埋了一只沾满酱汁的小强。

妈呀！然哥今天脾气好到没话说！店内众人内心狂喊。

乐于心满意足地吃完了煲仔饭，拎着那包还剩了一半的爆米花出了小饭店，往旁边的水果店溜达。

乐暮春对这个唯一的女儿，也是宝贝得很。A中的宿舍有两人间、四人间、六人间三种可以选。两人间的条件最好，像是个小居室一样，有独立卫生间和一个两间宿舍共用的小厨房。乐暮春想也没想就给女儿选了两人间。毕竟四人和六人的，都是上下铺，自己这个慢半拍的女儿，别爬爬铁楼梯卡住了什么的，那还是蛮让人心疼的。

乐于昨天来报到的时候就住进了宿舍，舍友还没来。因此，她决定趁着宿舍没人，先买个很多人接受不了的水果回去吃吃。就比如她爸，每回见她吃，都一副“乐乐你又在吃屎了吗”的表情，让她开始怀疑起两人的血缘关系。

买完水果后，又经过了刚刚那家卖各色糖葫芦的小店。乐于只思考了一秒钟，果断又给自己来了一串草莓糖葫芦。过年前后，正值草莓大批量上市的季节，不吃岂不是浪费了人家辛辛苦苦地在大冬天结果子？

下午点心准备就绪，乐于满意地往学校方向走去，准备吃完了美美地睡上一觉，充分保存体力，迎接明天的新学期第一天。

只不过等她到了离校门口不远的公交车站台那儿时，倒是被一幕画面扯住了后腿。

此时，正有一名少年在徒手一对二，从目前的战绩来看，该少年暂时领先。

少年出拳速度极快，对着右侧方斜冲过来的一位身高不及自己肩膀的社会男子使了个右勾拳。在乐于眼中犹如慢动作回放一般看着社会男子的脸颊因为遭受重击而略微凹陷，随着该男子托马斯全旋般的360度转体，口中的唾沫星子也随着他的转动喷薄而出。

乐于下意识地伸手护了护手上那串草莓糖葫芦，嫌弃地抽了抽嘴角。

“报警了吗？”乐于叼了一颗草莓下来，看着旁边那位不知道是吓傻了还是看热闹的小姐姐，含混不清地问。

小姐姐没想到会有人站到战圈中心来，又听见她那像是隔着手机屏幕在看视频里的人打架一样，语气毫无波澜的一句问话，愣了两秒才反应过来，回道：“我我……我手机被那两个人偷了！”

哦——原来这位身手不错的少年是在见义勇为。乐于心说。

“喂，110吗？”乐于拨通了电话，“咔哧咔哧”嚼着糖衣脆皮。

接线的小姐姐觉得这位可能又是来闹着玩的，这些人到底有没有一点不要非法占用社会资源的觉悟！心里这么想着，她还是赶紧问道：“您好，这里是110，有事请讲。”

“A中校门口公交车站台，两男子因偷窃路人手机被见义勇为的过路少年识破阻止，偷窃不成恼羞成怒，继而围攻该名少年。请速速出警，谢谢。”乐于言简意赅地总结。

“……”电话那头的小姐姐听着她仿佛播报社会新闻一样的总结陈词，觉得自己刚刚真是误会人家小姑娘了。

“好的，谢谢您的来电，我们马上安排附近派出所出警。”

挂了电话，乐于继续欣赏着那位目测身高一米八以上，腿长得像是一抬起来就可以直接放在另外两位脑袋上压腿玩儿的少年人打架。

岑然眼角余光早就瞥到了她，心说这不是那位“真香”小同学吗。

不过看她一边啃糖葫芦一边面无表情看热闹的样子，他就觉得——好气哦！

自己吃完饭准备回小区，碰巧看见这边有人哭哭啼啼地拉着那两个人说被偷了手机。

岑然刚刚吃完瘪，遭遇了人生第一回自作多情，心情很差。这会儿正好有人名正言顺地送上门来让自己出出气，岂有不上之理？

正打了一半，他就看见“真香”小同学走过来了，还帮自己报了警。心里那股气刚消磨得差不多了，却又见她像是看个陌生人打架一样看着自己，一时间真想甩开面前这两位，冲过去摇着她的肩膀问问“你到底想干吗”。

乐于见他不知道为什么分了神。本来已经被撂倒的那位，又颤颤巍巍爬了起来，不知道从哪里掏出来一把迷你水果弹簧刀，准备从侧后方偷袭。

乐于眉头一蹙，伴着身边那位小姐姐的海豚音尖叫，还有外围观战圈里的一声声“小心”，她一声不吭，把手上那只惦记了一整个寒假的水果之王推了出去。

岑然看着朝自己这边急速飞来的不明暗器，气得瞪圆了眼睛。

天！小同学你不是吧？

03. 说谎

正当岑然以为那个宛如风火流星锤一般的暗器是针对自己而来时，就见那玩意儿堪堪略过自己的脸颊，带过去的一阵风里还飘散着一股奇异的味道。

“啊——”

岑然就听见自己侧后方发出一声惨叫，紧接着是金属撞击地面的“哐当”声，再是那个暗器落地的闷闷碎裂声。

乐于看着自己的水果之王准确无误地砸上了那名企图偷袭的社会男子的脑袋，又在撞击了人家的脑袋之后光荣地因公殉职——落地上，碎了。

乐于一脸肉痛地下意识伸手虚接了一把，非常想挽救一下那颗自己拿到手还没来得及好好品品的榴梿。不过距离实在太远了，着实鞭长莫及。

岑然发了狠，一膝盖解决了一直在和自己纠缠的另一位“选手”，转头看了眼躺在地上的那位，还有那枚——暗器。

“……”

这味道，让岑然觉得自己刚刚那顿煲仔饭吃得有点多。

“哎哟，杀人了，还有没有人管管了啊，你们到底是不是高中生啊……”躺在地上的那位捂着耳朵哀号道。

这位社会男子觉得自己今天出门肯定没有选对日子，如果回去翻一翻老皇历，上面肯定写着“今日诸事不宜”，好不容易上手了一个最新款手机，还没在口袋里焐热就被那个看着白白瘦瘦的男同学截了和。这也就算了！好歹人家是个男的！可是这个！这个看着人畜无害的小姑娘又是怎么回事?

“同学，你力气挺大啊。”岑然给地上那位补了一脚让他闭了嘴，以一个自认为绝对迷倒众生的姿势插着裤兜朝着乐于走了过去。

乐于好像没听见他说话一样，眼睛盯着地上那颗榴梿发起了呆。

“嗯？”好像意识到旁边有人在跟她说话，乐于回神仰头。

“……”难道这个年一过，我就不吃香了？连主动跟女生说话都没人理了？岑然觉得自己就像那颗躺在地上的榴梿一样，快炸了。

“啊……”乐于的中枢神经后知后觉地替她传递来了信息，“校铅球队的。”

岑然：“……”真让人无话可说的校铅球队!

“谁报的警？”穿着制服的警察叔叔开着警车赶来。

还没等乐于回话，就听某位警察同志看着岑然乐出了声：“岑同学，又是你见义勇为啊。”

乐于抬头看了身边的少年一眼，觉得这人好像有点眼熟，声音也有点熟悉，恍惚间好像又闻到了那股好闻的椰奶香。

几个人连带着那两位还躺在地上的仁兄，都要回派出所做个笔录。

岑然是那边的常客了，警车也坐不下那么多人。岑然觉得自己有义务留下来陪着这位看着软萌，实际上——实际上实在不知道是什么性格的小同学一起去派出所。

他刚想开口说“派出所很近，我们走过去吧”，就见她慢慢悠悠蹲了下来，先是看了看躺在地上糖衣都碎了的草莓糖葫芦，又看了眼不远处“香气四溢”甚是迷人的榴梿，接着把目光投向了那两位被塞进警车的罪魁祸首。

岑然觉得，自己肯定是眼花了，刚刚在她眼里居然看到了一丝——杀气？

什么见鬼的杀气！岑然挑了挑眉，觉得自己肯定是睡少了，今天一天都处在对人生的怀疑中。

“浪费可耻。”乐于看着地上的食物残骸，语调平平，一字一顿地说了四个字。

岑然听不出她到底是怎么个心情，只觉得还好自己刚刚把那锅煲仔饭吃光了。看她默默掏了几张纸巾把那些残骸收拾进了那只印着校门口水果店名字的塑料袋里。他忍着对那枚暗器的无比嫌弃，帮着她一起收拾了起来，又眯着眼睛把它们扔进了垃圾桶。

单从表情来看，这位小同学现在的心情，应该不太美妙。岑然莫名觉得，自己这会儿不能惹她。心里突然冒出的这个想法，让他一怔，于是伸出一只手，摸了摸额头。

没发烧啊，那为什么今天老是有些奇奇怪怪的感觉？

岑同学放下“爪子”，觉得回家还是找个体温计量一量为好。

“走吧。”乐于来回拍了拍小手，仰头道。

“那个，你刚刚不是吃过一串山楂的了吗？”岑然没忍住，好奇地问了一句。

“饭前，开胃。”乐于也没管他怎么知道自己饭前吃了一串山楂的，言简意赅地回道。

岑然：“……”行吧。

两人一路无言走到了派出所。

“警察同志，就是那个小姑娘打的我！”那位被榴梿砸了的作案男子捂着还在淌血的耳朵喊道，“我要让她赔医药费！”

“你要点脸好不好？”岑然闻言怒道，抬手扬了扬，吓得作案男子脖子一缩。

这位暴躁少年可不比那颗榴梿的杀伤力来得小。

警察叔叔看着一脸茫然的乐于，两颗水蒙蒙的黑眼珠子无措地看着自己，觉得心都软乎了。

“小同学别怕，跟叔叔说说是怎么回事。”这位年龄差不多是乐于叔叔辈的警察同志看着她，声音都不由自主地放柔了一些。

乐于闻言，眨巴了两下眼睛，微偏着脑袋，弯了个笑脸。

岑然觉得自己肯定是生病了，不然为什么会觉得胸口闷闷的？特想往她身前一挡叫她不要对着别人笑……

正当他还沉浸在自己大概得了什么了不得的怪病的情绪里时，就听乐于开口道：“我也不是很清楚，大概情况就是那两个人偷了这个小姐姐的手机，这位男同学是上去帮忙的。结果也不知道是不是分赃不均吧，那个人就想拿小刀吓唬一下他的同伴，那位同伴不甘示弱，抢了我手上刚买的榴梿就往他头上砸。场面很混乱，我看得也不是特别清楚。警察叔叔，我还是有点害怕的。”

乐于说完，微微噘着嘴，又看着眼前这位警察叔叔缓缓眨了两下眼睛。

岑然和小姐姐：事情经过是这样的吗？我们俩是不是错过了什么？

那位被岑然一膝盖击倒在地的社会男子已经惊得说不出话来了，什么叫扮猪吃老虎，大概就是这位小同学这样的了吧！

那位被乐于袭击的伤员觉得自己还能再挣扎一下，于是高声嚷嚷：“不是的！警察叔叔你听我说……”

“你闭嘴！我让你说话了吗？你多大了你叫我叔叔！”该男子的冤情还没诉说完，就被警察同志“啪”地一拍桌子打断了。

这位软软糯糯的小同学叫自己一声还差不多，你看着一脸沧桑还好意思叫我叔叔？平白无故把我叫老了好不好？警察同志内心怒道。

刚吼完，就看见乐于好像是被吓得往后缩了缩，他赶紧开口安慰："别怕别怕，叔叔知道你是好学生。"

乐于乖巧地点了点头，又笑了笑。

岑然半阖着眼皮：你又笑。

"她说的情况属实吗？"警察同志转头问起另两位当事人。

小姐姐呆愣愣地偏头看了乐于一眼，就见乐于抿唇一脸期待地望着自己。于是她脑袋一转，对着警察同志重重点了点头："属实！"

警察同志又抬头看了看岑然。

岑然闭了闭眼睛，抬手撸了一把额前随意垂落下来的刘海，烦躁地"嗯"了一声。

"那个，叔叔。"乐于小声问道，"那个榴梿还挺贵的，能让他们把钱赔给我吗？你知道我就是一个穷学生。"

岑然："……"

被袭击的男子："？？？"

"好好好，应该的，你别担心啊，我让他们拿钱。"警察叔叔安慰道。

"谢谢。"小姑娘一改平时没什么感情起伏的语调，难得甜甜地道了声谢。

"小同学，下回遇见这样的情况，一定要躲远一点啊，别被他们误伤了。"警察叔叔送乐于和岑然到了派出所门口。

乐于乖乖点头"嗯"了一声，揣好了那两位赔给自己的榴梿钱，听完叔叔的教导，心安理得地往学校的方向走去。

"刚刚为什么说谎？"岑然忍不住开口问道。

乐于完全没了刚刚的乖巧模样，抬头用那双略带茫然的杏眼望着他，顿了好一会儿才回了他一句：“那种人值得同情吗？”

“我不是那个意思……”岑然一愣，想解释解释，又觉得好像没必要。他眯了眯眼睛，盯着她看了一会儿，实在看不出她在想些什么。

照理说这位同学真的是长了一张貌似一眼就能被看透的脸，但是她看着你眼睛的时候，好像即便是盯着你，精神也没有集中，随时随地都在开小差的样子。

岑然觉得，这位同学的成绩，肯定不太好，估计连自己都不如。

快到校门口的时候，岑然最终没忍住，找了个借口又开口了：“那个，刚刚谢谢你帮我啊，加个微信吧，回头我找机会谢谢你。”

“不用。”乐于想也没想地拒绝道。

岑然：“……”回去一定要好好照照镜子，我今天出门是脸上糊了炭了？居然还有我主动开口要加女同学微信被拒绝的情况？我真是！以后再主动我就是狗！

岑然站在校门口没再往前，看着她继续朝前，连个招呼都没给自己打，带了两分脾气开口问道：“你去哪儿？”

“买榴梿。”乐于头也没回。

岑然：行呗，哥已经沦落到还没有一颗榴梿有魅力了。

04. 同桌

岑然被这个自己是不是真的变丑了的问题折磨得一晚上都没睡好，这会儿充分体会到了曾经被自己拒绝过的各位女同学内心的煎熬。

哦不，自己又没干吗，只是想要感谢一下那位小同学的拔刀相助被婉言谢绝了而已，谈不上被拒绝。岑然自我安慰。

第二天开学，岑然难得比早读课还提前了半小时到教室，嘴里叼着一盒牛奶，气鼓鼓地嘬着。

“然哥！”

岑然还在神游，就被一声热情到让人以为是理发店门口要拉你进去办卡的 Tony 老师一般的呼唤打断了思路。

“啧！停！”岑然伸出一只手，及时制止住了这位同学张开双臂想要拥抱他的举动。

“想死我了！”这位同学丝毫没有因为岑然显而易见的嫌弃而放弃表达自己的思念之情，继续热情高涨地发表着重逢感言，“寒假里叫你出来玩也不出来，干吗去了？终于开学了，我太开心了。”

岑然没回答他，反问道：“寒假作业写完了吗你就开心？”

这位热情得让岑然头大的同学叫林航，跟他从幼儿园开始就一直同校。

岑然觉得自己好歹小学和初中还是凭着成绩进的，这位则是从小就靠着他爹砸钱才进的 C 市这几所好学校。

当然，自己这高中也是靠着自家那位自嘲是没文化暴发户的老爸，交了不知道多少赞助费进来的。

具体交了多少他也没问过，反正听原来高两届的同学说，那片新宿舍，就是他来了之后建的。

至于眼前的这位，A 中食堂三楼的改建就要归功于他了。

林航嘿嘿一乐：“我们还有寒假作业？然哥你写了吗？快让我抄抄。”

“滚蛋，你见我写过作业吗，还寒假作业。”岑然前两天报到没来，反正自己没作业可交，至于领书，开学了一样能领到。况且书发给他除了堆在面前挡挡过于明亮的视线睡睡觉，还有靠着手机看看视频，也没其他用处了。

林航也不恼，拉过一张凳子就坐到了岑然旁边，八卦道："欸，你知道吗然哥，前两天报到你没来，老王说咱们班要来个转校生，是个妹子，学霸妹子。据说成绩超好！"

老王是他们高二（1）班的班主任兼化学老师，名叫王成武，一看这名字就是也没按照父母盼望的路子成材。

"关我什么事？"岑然不以为然，把嘬完了的空牛奶盒子甩了个抛物线，空盒子准确无误地落在了教室角落的垃圾篓里。

"好球！"林航鼓了鼓掌。

岑然面无表情地看了他一眼，觉得自己今天早来真是个失误，这位也不知道要拉着他吹多久的牛皮。在家里多待会儿不好吗岑然？

"不是然哥，"林航继续刚刚没说完的话题，"你看啊，现在就你和俞晚舟没有同桌，老王肯定要把她安排给你们俩当中的一个吧？"

高二上半学期开始，他们这批学生就已经分好了文理班，这届还是"3+2"模式。所以大部分同学已经做了半年的同桌，原则上来说是不会为了新同学把他们拆开重新组合的。俞晚舟同学是他们班的体育委员，体育特招生。别看名字取得特别有诗意，但是绝对名不副实。这位小姐姐有着异于常人，甚至是很多男人都没有的强健体魄，身高直逼一米八，因此可怜的小姐姐只好坐到了教室的最后一排。

恰逢两位班里成绩垫底，每回考试都勇争倒数第一的学渣，还特别不对盘，因此老王只好给他们俩一人扯了张课桌，分开坐。

"那就让她和俞晚舟坐呗，一女的跟我坐干吗？"岑然靠着椅背转着手上的笔。有正反来回的，有从小拇指无名指缝开始，像个按了开关的小风扇一样忽悠悠地依次旋转到大拇指，又落回最后一个指缝的。

林航盯了会儿，心说这人高中开始就没好好念过书，大概时间都花在练转笔上面了吧。

“然哥你别说，就你这手指吧，真无愧你这么多年的单身狗标签了。”林航盯着那支在他手指间上下翻飞的水笔说道。

岑然听得黑线，一时间倒是不知道该如何反驳这家伙，他“啪”的一声把笔按在了课桌上，提了点音量说了一句：“你给我滚！一天天的都想些什么呢？”

林航看着他摇了摇头，觉得他这位兄弟什么都好，就是在感情方面不太开窍。眼看着追过他的女生都快能组个 AKB 出道了，这人居然到现在还是单身，还没谈过恋爱。

“然哥，你说实话。”林航突然严肃地看着他。

“嗯？”岑然有点不明所以。

“你是不是喜欢男人？”林航继续说道，“你看上哪个了你说，弟弟我帮你去给他绑过来，不管是用金钱腐蚀他，还是用真情感化他，我都要帮你圆了这个梦。”

岑然觉得这人过了一个年大概是过傻了。春节油吃多了？糊住了脑袋？

岑然很想抽本书给他脑袋上拍过去，奈何报到他没来，新书没领到，桌子上空空如也，只好反手抬了抬，比了个要打人的姿势，佯装恶狠狠地朝林航比画了两下。

“然哥，我错了，然哥！您高抬贵手放我一条生路吧！”林航非常配合，缩着脖子喊道，“不过你要是不喜欢男人，你就跟老王说要那个学霸妹子给你做同桌呗，说不定培养培养，两人就有感情了呢。”

林航觉得自己简直机智，这不仅解决了兄弟的感情问题，说不定还能顺带让自己曾经的偶像在学霸同桌的影响下，重新成为那个热爱学习的然哥。

“现在、立刻、马上，消失在我面前。”岑然平着嘴角，半掀着眼皮看着他。

林航挑挑眉，举起双手做了个投降的动作，最后又不死心地加了一句：

“然哥，我发现一个特别严肃的问题。”

岑然见他目不转睛地盯着自己的脸，心下一慌，难道说，自己真的变丑了，所以昨天那个小同学才无视自己？

“这个年一过，”林航一脸的痛心疾首，“你怎么好像又变帅了，还给不给我们这些人活路了啊！”

岑然无语，低头朝外甩了甩手：“赶紧滚。”

林航“呵呵”乐着把自己的凳子拖回了前面那一桌。他能滚哪儿去？再滚也还是坐在他然哥前面啊。这可是他特意挑的位置，就为了离自己从小的偶像近一点。要不是这位不同意，自己还准备和他做同桌呢！

所以说没有变丑啊，那这是为什么呢？岑然左手松松地支着侧脸，右手又开始了他的花式转笔，苦恼思索中。

早读课上了一半，王成武在讲台上看着下面一帮热爱学习的同学深感欣慰，又抬手看了看手表，在教室里四下扫了一圈。

“报告。”

门口响起了一声本来应该挺软糯，但是因为音调过于平缓，让人听不太出感情的声音。

教室里瞬间安静下来。同学们集体朝着门口行了个注目礼。

“不好意思老师，起晚了。”乐于平静地说道，说完还忍不住伸手掩着嘴打了个秀气的小哈欠。

“……”王成武觉得，这位学霸妹子跟自己想象中的，好像有点不一样啊。

乐于因为转校的关系，也没有寒假作业可交，所以报到那天也是没来。众人只在老王的口中听闻了一下这位学霸小妹妹的光辉战绩。

不过这会儿看她的样子，都是有点难以跟老王口中的“学霸”两字重合。

“没事没事，快进来吧。”王成武非常好脾气地对她招了招手。

见她进来了，他又转头对着底下的同学说道：“这位就是刚转校来的新同学，叫乐于。”

底下同学呼啦啦地拍了拍手。

王成武转头看了她一眼，见她正好也抬头看着自己，好像还没睡醒一脸茫然无措的样子，刚想开口叫她作两句自我介绍的话到了嘴边又咽了回去。这位小同学看着就很内向害羞的样子，要不还是算了吧。王老师心说。

微胖，圆脸，不戴眼镜，从她走进来到现在一直是笑眯眯的，长了一张写着“我超好说话”的脸。微微隆起的小肚子得意地昭示着常年伙食丰盛。大概比自己高了十二厘米。乐于记了记这位新班主任的特征，以免往后在校园里遇上了，没认出来不打招呼，老师以为她傲娇。

“那个，我看看乐于同学你坐哪儿啊。”王成武四下扫了一眼，看着乐于的身高有点苦恼。

乐于双手插在外套口袋里，好像这件事跟她没什么关系一样，眼神不聚焦地看着下面的一排排同学。

“欸欸！”林航赶紧回过头，拍了拍岑然的桌子，“举手啊举手啊然哥！这妹子可以啊！好萌啊！”

林航比自己挑同桌都着急。

岑然在听到这个熟悉的声音时，心里就有种“缘分，妙不可言”的感觉，抬头看见她的一刹那，更是觉得这个世界真奇妙。

她大概是还没有领校服，穿的是昨天那身衣服。听到林航在前面没完没了地叨叨之后，他表面不动声色地随意拨弄了两下刘海，心里已经开起了小花，嘴上却道：“举什么手，搞得我很想要她坐我旁边一样。”

乐于扫了最后一排的两个空位，非常贴心地对着王老师说道：“老师，我视力 5.3，坐最后一排看课程表也没问题。”

“好好好。”王成武觉得这位小同学实在太善解人意了，要是把其他同学拆开，怕是他们还要有意见，“那后面两位你们谁愿意……”

王老师话还没说完，就听最后一排响起了一声好听的御姐音：“老师！我我我！看我！坐我这儿啊！”

岑然：“？？？”

05. 宿舍

“乐于同学，你看行吗？”王老师觉得还是要征求一下乐于的意见。

乐于扯了点笑“嗯”了一声。

王老师觉得小同学笑起来两个浅浅的小梨窝真可爱，于是也跟着心情不错道：“行，那你就坐俞晚舟旁边吧。”

乐于刚抬腿准备走过去。

“欸，等等。”王老师终于发现了他一直觉得好像有哪里不对劲的地方，“那个，乐于同学啊，你的书包呢？”

“嗯？”乐于转头疑惑道，“我还没领书啊。”

“我知道，你报到那天没来嘛，待会儿下了早读课去我办公室领一下就行。”王老师解释道，“我的意思是，那你怎么不带书包呢？”

王老师看着她一脸“我难道哪里做错了吗”的茫然表情，就觉得不应该当着全班同学的面这么问她，要是把小同学问哭了可怎么办哟。

乐于眉眼一弯，笑道：“老师，因为我不用把书带回宿舍呀，放在教室里就好了。”

王老师张了张嘴，看着她如此灿烂的笑脸，他一时间竟然反驳不了。这位同学，可能真的跟传统意义上的学霸不太一样。

“啊，好，那行，回座位吧。”

王老师抬手示意了一下。

“来来来，同学，快坐快坐！”俞晚舟激动得不行，狗腿地给乐于拉开凳子，又拿校服袖子给乐于擦了擦桌面。这半年来她一直一个人坐，上课都快无聊死了。

虽然体育委员和同学关系很好，可她实在太高了，没人跟她配同桌，唯一可以一块坐的那位，她又看不上。

“俞晚舟，你你你……”林航都快气结巴了，好不容易来了这么个软萌可爱的学霸妹子，却被她截了和，这可让他的老兄弟怎么办哟。林航真是操碎了一颗老父亲的心。

俞晚舟对着他挑了挑眉，抬了抬下巴，看上去有点欠揍。

林航咬着牙伸出食指点了点她。

岑然这会儿还蒙着呢，心里是什么滋味一时间还真有点理不清。

林航转过头，看岑然依旧在淡定地转着笔，开口感慨了一句：“果然，我然哥还是我然哥，美色在前不动如山，被人抢了同桌还能如此淡定。在下佩服！”说完还朝着他作了个抱拳礼。

岑然：“……”淡定个屁！我现在想揍人！

“你好啊小同学，我叫俞晚舟，你是叫……乐于？”俞晚舟觉得自己应该没有听错，开口问道。

“嗯。”乐于应了一声，其实这几位都把自己的姓读错了，自己也懒得纠正，“要是觉得拗口，叫我乐乐就行。”

乐于觉得新同桌很热情，声音也很好听，是那种动漫配音里的标准御姐音。她理了一头干净清爽的短发，却不会让人觉得像个男孩子，一眼就能看出是个帅气小姐姐。

至于具体怎么个帅法，乐于没概念，反正对方这么个身高就很好认。对于很难记住别人长相的乐同学来说，一个人有非常明显的外貌特征让她记，她就会觉得很满意，至少不会认错人。

“好好好。”俞晚舟觉得新同桌简直太好说话了，性格就跟她的人一样可爱，于是也自来熟道，“叫我‘鱼鱼’‘晚晚’‘舟舟’都可以，你觉得顺口就行。”

岑然：“……”行啊，这么快就叫上小名了。咱俩昨天一块儿共进午餐，一块儿见义勇为勇斗歹徒，一块儿进局子的交情，怎么我到今天才知道你名字啊。

岑然忍不住盯着旁边开开心心热聊的两个人，脸上的表情是何等的怨念，估计连他自己都不知道。

乐于感受到了旁边那桌胶着的目光，下意识地转头看了一眼，就见一位穿校服的少年正盯着自己。

A 中的校服是墨绿色袖子配烟灰拼色的棒球衫款式，底下是侧边镶了两条墨绿色杠杠的烟灰运动款校裤。少年两条腿一屈一伸，屈着的那条腿可能有点累，都顶到课桌肚子了。乐于觉得这么长的腿，自己昨天好像见过，那位见义勇为的五好少年也有。

乐于把视线重新挪回了少年的脸上，看他瞧着自己的神色，特像在看一个突然失忆，忘了和自己相恋多年即将步入婚姻殿堂的恩爱未婚妻一样幽怨。

而他，就是那个被自己无情遗忘的悲情未婚夫。

乐于这么想着，忍不住打了个寒噤。这念头，真是太可怕了。于是，她又面无表情地转过了头。

岑然本来觉得，她刚刚可能是才进教室，没注意到自己，后来又因为俞晚舟太热情了，被对方吸引了注意力，所以一直没发现自己。

这会儿才知道，这人好像，根本就不记得自己啊……

看着乐于好像看陌生人一样的表情，岑然觉得自己快气疯了，烦闷地把笔往桌子上一拍。

水笔“吧唧”一声掉在了地上。

乐于：旁边这位，发什么神经？

林航听见动静，转过头看了一眼：“怎么了然哥？”

岑然盯着林航看了三秒钟，直到看得林航心里有点发毛，他才终于开口：“你见了我几面，才记住我长相的？”

林航闻言，不明所以地皱着眉头眯了眯眼睛，开始了他漫长的回忆。

“二〇XX年，那是一个春天。”林航努力让自己看上去深情一些，“我爸第一回带我上你家去玩，我早就听说岑叔叔家有个可爱的小弟弟。但是当我第一次看见你的时候，多么希望你是个小妹妹啊，那样长大了，我就可以娶你了。你小时候真的太可爱了。”

“娶你个头！”岑然听林航越说越不像话，没给他缩脖子的机会，一巴掌飞过他头顶，擦着他的发丝划过去，“好了，你闭嘴吧。”

林航抬头看了一眼，感觉好像是一枚飞镖带着风飞过了头顶，可能还擦断了他两根发丝，又感慨了一句“然哥好身手”。

其实岑然比他们几个从小玩到大的伙伴都要小一点，但是这人吧，气场强大，让人忍不住跟在他屁股后面叫哥。

一直到高中之前，这位都是他们几家爸妈口中的“别人家的孩子”。不光成绩好体育好，连学个才艺都比他们强不知道多少倍，更别说几个人一道学的散打了，分分钟能被这位小弟弟撂倒，从此恭恭敬敬叫一声“然哥”，再也不敢造次。

岑然内心煎熬着——我这长相，没那么大众吧？为什么就认不出我来？

他好想摇着这位乐于同学的肩膀问问她为什么啊。

早读课的铃声响过之后，岑然就看着旁边两位相亲相爱地走出教室领书去了，其间还听到了这样的对话。

“不用，我拿得动的。”乐于说。

“没事儿，你看你细胳膊细腿的，我帮你一起去拿，待会儿再陪你去领校服啊。你还不知道总务处在哪儿吧？”俞晚舟非常热情。

乐于想想也行，自己的确不知道总务处在哪里，于是笑着说了声谢谢。

“乐乐，你笑起来好好看啊。”俞晚舟忍不住夸道。

岑然：这个我也知道啊，还要你说？

乐于被俞晚舟当面一夸倒是有点不好意思了，小脸微微一红。俞晚舟觉得小同桌现在这样跟朵蓬蓬的粉色棉花糖似的，贼可爱。

“对了，你是住校还是走读？”俞晚舟又问。她家离 A 中有点远，所以今年也准备住校。

“住校。”

“哦？是吗？我也住校啊，你在哪间宿舍，我没事的时候去找你玩啊。”俞晚舟眼睛亮了亮。

岑然：啧，人家学霸不要学习的吗？你为什么白天都跟她在一起了，晚上还要去打扰她？

乐于报了个宿舍门牌号，俞晚舟眼睛更亮了，小声叫了一下：“乐乐我们是舍友啊，我前两天没来！”

乐于听了也高兴，于是开口说了一句“真好”。

岑然：好个屁！你们居然认识第一天，就要开始同居！

岑同学看着两人的背影消失在后门，在经过自己桌边的时候，小同学连一个眼神都没有赏给自己。

“啧！”岑然噌地站了起来，凳子腿在地上摩擦发出了不小的动静，“我今天为什么要来上课？”

林航回头看了他一眼，觉得今天然哥有点躁啊。昨晚地暖温度太高了？烘脱水了？

没等林航问问岑然什么情况，他就甩手走人了。

反正然哥现在来不来上课都一样，林航也没叫他，乖乖回头坐好。

“欸，然哥什么情况？”林航的同桌陈晨倒是问了一句。

平时这位“校霸”的传说虽然多，不过倒也从来没人真的见他欺负过同学。而且他为人大方开朗，其实还挺好相处的，上课也不捣乱，要么不来，要么来了安静睡觉，并不违反课堂纪律，平时见了老师都是客客气气地问声好，长得也讨喜，老师也挺喜欢他。

反正他家有钱，没人会逼着他靠高考改变命运。

“大概是，”林航想想，好像是被俞晚舟抢了学霸同桌开始，岑然才躁起来的，于是他想当然地说了句，“大概是失恋了吧。”

“哦哟，还有看不上然哥的妹子？”陈晨像是听到了什么了不得的笑话，“那这妹子可以啊，有个性。”

岑然下了楼梯经过篮球场的时候，正好看到乐于和俞晚舟捧着校服有说有笑地往他这边走。

岑同学决定再给她一次机会，故意放慢了脚步等着两位走过来。

结果乐于同学又一次让他失望了，而且这回不仅是失望，而是打击，残酷的打击。

Chapter 02

我很佛，很佛，我要相信自己

01. 做梦

“这人，你认识吗？”看前面一个男生一直盯着她们这边，乐于问了一句。自己刚来A中，自然也没有朋友，唯一的新朋友就在身边，因此自然而然地认为那个男生是在看俞晚舟。

乐于说这话的时候，离岑然已经不远了，所以岑然自然是听到了。

岑同学这会儿脸真的是黑了。

“噗——”俞晚舟觉得自己快要乐坏了，还是头一回有人无视他们这位然哥，能堂而皇之地问出这种问题，于是玩笑道，“我也不认识啊。”

“哦。”乐于不疑有他，也就不再看岑然了，两人抱着校服，和他擦身而过。

岑然在两位女同学赤裸裸的无视下顿住了脚步，抬眼瞪着天空鼓着腮帮子吹了口气，内心不停重复着：我一点也不生气，我一点也不生气……

“欸！然哥！过来打球啊！”篮球场那边有人热情洋溢地朝他跳起来挥了挥手。

岑然低了低头，右手从校裤口袋里拿出来，烦躁地撸了撸头发，喊了声：

“来了！”

“欸，那不是你们班体育委员吗？她旁边站的是谁啊，好像没见过你们班有这号妹子啊。”

喊岑然打球的是赵天宇，问话的是叶盛，都是高二（12）班的。这两位大概是只贡献了几个新篮球架和学校足球场的草皮，所以非常幸运地分在了名义上是普通班，实际上是每回考试按年级名次分考场，他们班都不用挪位置的那么一个班级。

再好的学校，也总有垫底的。有些是上了高中之后不开窍了跟不上了，有些是像岑然这样，突然有那么一天不学习了。

本来他们这些人，应该去那种一条龙包办的贵族学校上学的，但是这几位的爹妈说了：老岑家的然然说了，这种公办的好学校不容易学坏，你们几个就跟着然然混吧。

至于岑然到底有没有说过这种话，他自己都不知道。

“你是叫我来打球的还是来问妹子的？”岑然斜睨了叶盛一眼。本来就因为乐于这么个不知道是真的还是故意的态度闷闷不乐，这家伙还哪壶不开提哪壶。

“打球打球！”叶盛回道，眼睛却是没有从乐于身上摘下来，不死心又问了句，“然哥，真不是你班上的吗？”

岑然非常明显地往叶盛面前一站，挡住了叶盛继续盯着乐于背影的视线，垂眸瞥了他一眼：“打不打？”

“打打打！”叶盛赶紧连喊三声，觉得再不打球他然哥就要打他了。

赵天宇和叶盛拉了他们班上几个同样对学习不是很提得起兴趣的同学三对三，这会儿岑然来了，就有人主动给他让了个位置，让他们三个和（12）班的几个先玩。

打着打着，赵天宇和叶盛就觉得有点不对劲，平时和他打配合，这人向来不爱出风头，就算是有女生在旁边看，腿再长裙子再短脸再美艳动人，他们然哥也是该怎么打就怎么打，从来不会秀技。

不过今天这球，然哥打得有点“独”啊。

这会儿派不上用场的赵天宇和叶盛撑着膝盖对视了一眼，用眼神做了一番深入灵魂的交流。

赵天宇：你惹他了？

叶盛：我没有啊！开了学第一回碰面，寒假都没遇上啊！

赵天宇：那就是林航惹他了！

叶盛：绝对是！

赵天宇 & 叶盛：下了课揍他去！

乖乖坐在教室里的林航：不是，这有我什么事儿啊？

岑然矮身运球，左右手来回推拉了两下，脚步一错卡了个位，把对方防守队员晃了过去，突破防守之后来了个动作标准的视频教学版三步上篮，单手握球往篮筐里一扣。

少年本来就高，这会儿在半空中的跳投把整个身形拉得又长又直，这种漫画少年既视感的男同学在学生时代是最吃香不过的款型了。不管是“恰巧”路过的女同学，还是站在教学楼走廊上窗户边“乘风凉”的学姐学妹，都是忍不住“哇哦”了一声。

赵天宇挑眉看着晃了两下的篮筐，心说还好自家老爹赞助的款子到位，这篮筐质量好像还成。不然就然哥这一下，万一耍帅不成连筐带人一起“哐啷”一声掉到了地上，那今天自己也是不用四肢健全地走出校门了。

双脚落地，篮球也跟着落地弹跳了几下。

岑然突然觉得，没什么意思。

“不好意思，状态不好，你们玩吧。”岑然没用力，砸了下篮球，准

确无误地弹到了对方队员手上。

“然哥也太客气了。”（12）班的同学笑着回了一句。要是没见过这人打架时候的样子，或者没听说过这位比《牛津英汉词典》还厚实的奇妙传说，估计你说他是A中优秀共青团员别人也是信的。

“然哥这么早到学校，就是来找我们打球的？”赵天宇凑上去问了一句。

“不然呢？跟你一样来学校好好学习的？”岑然往另一边的篮球架子下面一坐，接过叶盛递过来的水灌了几口。

刚刚只觉得想砸两下球发泄发泄，连校服都忘了脱，这会儿倒觉得有点热了。岑然脱了外套，里面穿了件奶白色的针织衫，图案很简单，在左边心脏的位置那儿，有个红色的桃心，下面连着个字母A。

如今这图案，真是非常应景了，那个尖尖的字母A，真是扎心得很。

叶盛听了这话，倒是来劲了，嘿嘿乐着说道:“还好然哥这两年不学习了，不然我得被我爸妈揍成什么样啊。”

岑然闻言，垂手拎着矿泉水瓶子，抬头看了他一眼，没说话。

赵天宇很不客气地捅了他一胳膊肘，侧眼瞄了瞄他。

叶盛突然意识到自己说错了话，做了个手撕胶带的动作，隔着空气往自己嘴巴上一粘，又伸手拍了两下，示意已经按牢了，自己不会再说话了。

突然尴尬的气氛被一声不大不小的喷嚏声打破了。

“哎哟，别感冒了，赶紧把校服套上。”叶盛也不管自己这会儿还用胶带封着嘴巴，赶紧叫岑然把衣服穿上。

“没事，”岑然食指蹭了蹭鼻子，“大概春天要来了，空气不好，有点过敏而已。”

“别，你还是赶紧搭着吧，春天更容易感冒。”赵天宇非常尽职地做着小弟关心大佬的活，把校服外套给他搭了上去。

岑然看着那边只能先二对二玩着，挺没劲的，看了两人一眼就站了起来：“你俩玩去吧，我回去睡会儿。”

“行，起得来的话，中午一块儿吃饭啊。”赵天宇说道。

岑然“嗯”了一声，一手钩着校服领子搭在肩膀上，一手朝着旁边的几个人挥手打了声招呼：“走了。”

“回见啊，然哥。”

叶盛看着岑然走远的背影，对着旁边的赵天宇喃喃：“你说，怎么有咱们然哥这么爱穿校服的‘校霸’呢？”

“大概是因为，”赵天宇憋着劲想了半天，“然哥穿着校服也能吊打我们，就显得他更帅气了吧。”

叶盛缓缓侧过头看了他一眼，觉得非常有道理，抿唇点了点头：“真是个心机 Boy。”

重新躺回被窝里的岑然，开始反思人生，觉得是不是因为自己昨天那句“你怎么说谎”，惹小同学不开心了。可他……唉，早知道昨天就解释解释了。

至于自己为什么会这么在意小同学的想法，岑然觉得只有三个字能回答；神知道！

昨晚本来就没睡好，刚刚又运动了一会儿，岑然倒还真觉得有点困了，没一会儿就迷迷糊糊睡了过去。

神奇的是平时都不怎么做梦的他，居然在打个盹的这么一会儿工夫，做了个让他吓得不轻的“噩梦”。

梦里那位不知道被他如何得罪了的乐于同学，面无表情地在他面前磨着一把闪瞎人眼的大菜刀。

他被她绑在一块人形案板上面，也不知道有没有穿衣服，只觉得冷飕飕的。

还没等他开口问话，就见小同学放下菜刀，拿了一盆热水给他浇了一遍。热乎乎的，还挺舒服。

“洗洗干净。”小同学语调平平地说了四个字。

“嗯？”岑然才反应过来，心说不是吧？多大仇多大怨你就要吃我啊？

还没等他喊出冤情，乐于不知道又从哪里拎了桶水看着他。

“还洗啊？洗秃噜皮了就不好吃了。”岑然觉得自己大概是脑袋坏掉了，还关心起对方下嘴的口感来了。

小同学大概是对他这种，食材有自我认知的自觉性非常满意，赏了他一个他念念不忘的笑容，说道：“刚刚是热水，现在是冷水，这样反复交替，肉质会比较紧实。”

他很想喊出声，叫她别吃自己，自己可以给她买超多好吃的，又觉得喉咙口堵着东西喊不出来，眼睁睁地看着她一桶凉水朝着自己兜头往下一浇……

“我去……”岑然眯着眼睛骂了一句，才意识到自己原来是在做梦。

只不过，连自己都听出来嗓音有点不对劲，低低哑哑的，像是在听别人说话一样。

02. 脸盲

岑然轻咳了两声，觉得嗓子里火辣辣的，有点难受。这会儿醒了，他才觉得一阵热一阵冷，大概是真感冒了——自己什么时候变得这么脆弱不堪了？

啊，刚刚在梦里居然怪小同学要吃自己，真是不应该。岑然想着，抬手覆上了眼睛。

这种时候就体会到了一个人住的苦恼，平时倒是自由舒坦，就是生病的时候比较惨，连个端茶递药的人都没有。

岑然没想两分钟，就掀了被子披了睡衣爬了起来，去储物室里找小药箱。他很久没生过病了，从小体质就一直很好，这还是刚住进来的时候阿姨给备的，也不知道里面的瓶瓶罐罐过期没有。

翻了两下，看着说明书随便拿了一种，对着直饮机接了杯水就吞了下去。

走回卧室摸过手机看了眼时间，上午的课差不多快结束了，屏幕上亮着一条微信消息：然哥醒了没，醒了一起吃饭，等你啊。

岑然本来想回个不去了，但是输在对话框里又给删了，回了个“好”过去。

中午四个人碰了头，几个人听岑然的声音不对劲，就挑了家港式小点配砂锅粥，让他吃清淡一点。好巧不巧，四个人刚点完餐，就看见俞晚舟带着乐于也走了进来。也不知道俞晚舟是不是故意的，还特意挑了他们四个旁边的那桌，让她的小同桌一斜眼就能看见他们的“校霸”然哥。

岑然：“……”

“乐乐你看看吃什么，咱们这条小街上吃的可多了，等我带你一家家吃个遍啊。”俞晚舟把菜单递给她。

乐于笑着“嗯”了一声，目不斜视，低头认真研究起了菜单。

岑然看了乐于两眼，就收回了目光。如果刚刚乐于抬头，肯定会觉得他看起来——可怜巴巴的。

“欸欸，然哥然哥。”叶盛激动地伸手拍了拍岑然的胳膊示意他看。

操场上那会儿也没看得特别清楚，现在人就坐他旁边那桌，叶盛看着妹子捋着头发别到耳后，低头快速翻着菜单的侧脸，就觉得有点小兴奋。

“是早上那个妹子！”叶盛凑过去低声道，“我的天，贼可爱！”

“少年，你能不能淡定一点？”赵天宇无奈道，“你看看咱们然哥，再看看你。”

赵天宇说着看了一眼岑然，就见他左手托着侧脸，萎靡不振地盯着自己在桌子上缓缓打着节拍的指尖。

叶盛嘿嘿一乐：“然哥那是出了名的淡定，想当年咱们高一的时候，高三那位校花小姐姐各种找存在感，你看他还不是丝毫不为所动。我能跟他比吗？”

“要不我回头去问俞晚舟要个妹子微信？她俩好像挺熟。”叶盛用他们这桌人才听得见的音量说道。

岑然闻言，右手指尖的节拍一顿，支着脑袋没动，只把眼皮掀了掀看了叶盛一眼。

叶盛可能是被美色迷了双眼，没有注意到岑然的眼神，倒是坐岑然旁边的林航注意到了，赶紧开口：“要个屁！那是被俞晚舟抢了的然哥的新同桌！”

对面两位一时半会儿有些没转过弯来，纷纷皱着眉头眯着眼睛在捋思路。

“不是，”叶盛疑惑道，“我早上问了然哥了啊，他没说认识啊。”

岑然心说我也没说我不认识啊。

这回连林航都有点搞不清岑然是怎么个意思了，三人纷纷转头看着他，脸上都是一副“求给个说法”的表情。

“我、脸、盲。”岑然扫了三个人一眼，一字一顿，以邻桌也能听得见的音量回了那么一句。

三位小兄弟：“……”不是，然哥你什么时候得这毛病了？

乐于听见他这么说，忙着看菜单的眼睛终于舍得抬起来给了他一个注视，看上去还蛮同情的样子。

啊，可怜的年轻人，跟我一个毛病。乐于心里念叨着，微微摇了摇头。

“噗——”俞晚舟本来低头刷着手机，竖着耳朵在听旁边那桌说什么，在听到岑然那句“我脸盲”之后，终于是没忍住，乐出了声。

俞晚舟有一种莫名的爽快感。这人平时的样子，在她眼里那就是装酷。瞧他以前对那些女生爱答不理的样子，她就觉得不爽。如今出现了小同桌这么个奇葩——哦，不是，是高岭之花来收拾他，简直给广大女同学报了血海深仇啊。

乐于莫名其妙地看着她，还是没忘了关心一句：“舟舟你怎么了？”

俞晚舟赶紧摇手，可不能因为岑然破坏了自己在小同桌眼里的美好形象：“没事没事，刷了个抖音，太搞笑了。”

岑然：“……”乐乐？舟舟？呵，女人。

等乐于那桌也点好了餐，岑然他们这边已经陆续上菜了。

岑然懒懒地舀了碗粥，有一搭没一搭地往嘴里送。本来感冒了胃口就不好，这会儿更是体会了一把“食不下咽”是什么滋味。

隔壁桌食物的香气飘过来，乐于不争气地偏头，茫然地盯了一会儿。

叶盛夹菜的时候眼角余光瞥到她看过来的视线，侧头一瞧。见乐于就这么直愣愣地盯着他们这桌上的菜，突然生出一种“我们这群大老爷们居然丧尽天良不给小朋友吃饭”的罪恶感来。

乐于回神，有点尴尬，冲着叶盛弯了弯眉眼。

“哎哟，”叶盛倒是不夸张，平时花式撩妹鬼话连篇都不带打草稿的人，居然被她笑得脸皮热了热，伸出胳膊凑到斜对面的林航面前，“快快，帮我把把脉。”

林航嫌弃地眯着眼睛朝后一靠：“你这是什么毛病？有了？该！就你这样的，就要让孩子他妈别负责！”

叶盛摸着心口又把胳膊往他那边塞了塞，装柔弱道：“林医生，我觉得我心律有点不齐，你快帮我看看。”

林航这人吧，从小就立志要当个医生，从幼儿园里过家家开始就永远抢着要那个听诊器，往你身上东按按西听听，一会儿说你这边有毛病，一会儿说你那边得什么不治之症。搞得自己不像个医生，特别像个下一秒就要掏出一沓祖传狗皮膏药卖你两帖的江湖郎中。

而且这人小时候特别爱盯着给岑然看，一度让另外两位觉得这家伙是在占然然弟弟的便宜，所以经常拿这事儿开他玩笑。

“滚滚滚，没治了！您回家吃好喝好吧！”林航拎着他的袖口把他胳膊甩了回去。

岑然不是没看见刚刚那一幕。所以说，小同学对自己和对别人，完全没有任何区别。

少年不知道心里到底是什么感觉，可能是感冒了，有点憋得慌，喘不上气。他右手捏着勺子戳着碗里的粥，瓷器混着米粥撞击碗底，发出一下一下有规律的“哒哒”声，特别像在敲木鱼。

少年抬手撑着额头，内心有气无力地自我开导：岑然，你很佛，你现在非常佛，真的，相信自己……

“然哥你还吃点菜吗？”几个人吃得差不多了，林航见岑然都没怎么动，问了一声。

岑然撑着桌沿往后靠了靠，哑着嗓子说了一句：“不吃了，没胃口。”

“行吧，那走呗，你要不去医院看看，要不再回去睡会儿？”林航道。

乐于听见那声“走呗”，就习惯性地看了眼他们的桌面。见还有菜没吃完，就微不可见地蹙了蹙眉头。

“走什么走！”岑然抬高了些音量，“都吃干净了吗你们就走？”

三人刚准备起身，听他突然来了那么一句，都是面面相觑一脸蒙。

“不是，然哥，那你……再吃会儿？咱们几个陪着你，不急。”叶盛按着自己的理解开口道。

岑然呼噜一下喝完剩下的粥，把自己面前的空碗朝前推了推：“老子吃完了，你们刚刚谁点的菜，谁吃干净，都不许浪费！”

三位小兄弟：“……”合着您刚刚没点菜，就这么说呗？

三人也不知道他是不是感冒了心情不好，反正再塞点也成，就乖乖听话重新拿着筷子吃起了盘子里的一点剩菜。

“叶盛！这你点的椒盐咸猪手啊！我叫你别点别点，太油腻，然哥肯定不吃，你给我自己啃干净！”赵天宇把盘子朝他面前一推。

叶盛正准备夹那盘酱油汤里仅存的一棵白灼芥蓝的手一顿：“行行行，吃你的草去吧。”

混着这几位的互相推诿嫌弃和调侃，岑然依旧撑着桌沿，背靠着沙发凳，侧脸微微低着头，眯了眯眼睛看着乐于。

乐于觉得这位小哥虽然讲话非常社会青年范儿，但是这种勤俭节约，不浪费一粒粮食的作风她还是非常欣赏的，于是赏了这位“陌生人”一个异常灿烂的笑脸，然后接着低头，吃自己的去了。

岑然愣了愣，接着又像是终于如愿以偿一样，缓缓眨了下眼睛，嘴角不自觉地勾了勾。

03. 恶霸

叶盛用胳膊肘捅了捅身旁的赵天宇，朝着坐自己对面的岑然抬了抬下巴，示意他看。

赵天宇后知后觉地拐了一眼，就觉得自己肯定是眼花了，这种柔情似水的笑容和眼神怎么是然哥能做出来的？天，这感冒传染得真快！

林航斜眼看了看，没看见岑然的表情，不过从对面两位的神情里也分析出了那么一两分，顺着岑然的视线看过去，突然有一种养了十几年的猪终于会拱白菜了的欣慰感。

“吃你们的，别叨叨！”林航小声道。

叶盛挑了挑眉，捂着心口惆怅：“哎，刚动心就失恋了，我怎么这么可怜。”

“嗯？”岑然回神，“你又失恋了？”

岑同学如今对这两个字异常敏感。

“我没……”

叶盛话还没说完，岑然就接上了：“该！让你一天到晚到处拈花惹草，我是个女的也得跟你分！”

叶盛：“……”我没失恋啊大哥……

“不过你要是个女的，我保证不到处拈花惹草。”叶盛笑得不怀好意。

“滚蛋！行了，吃完就走吧。”岑然检查了一遍，见就剩些汤汤水水了，才允许他们三个走人。

叶盛看着桌上的空餐盘，感叹了一句：“然哥不仅是最爱穿校服的校霸，还是最艰苦朴素的富二代，如此别具一格，怪不得我爸从小就让我向他学习。”

林航本来让他再回去睡会儿，岑然却说不用，上午睡多了回家也睡不着，干脆下午去教室上课，说不定听听老王的化学课还比较催眠。

两人回了教室有一会儿，乐于和俞晚舟才从后门出现。

岑然其实还挺不舒服的，就是不想一人在家待着，这会儿正趴在课桌上，有一搭没一搭地翻着手机。他抬了抬眼睛，就看见俞晚舟搭着乐于的肩膀跟在后面推着她进了教室，低头凑到乐于的肩窝那里跟她说着话：“咱们明天中午早点吃完就去排队，那家糖炒栗子生意贼好，这会儿去估计还没轮上我们下午课就开始了。”

乐于看上去对这个提议还挺满意，点头“嗯”了一声。

就俞晚舟这么个姿势，再瞅瞅乐于听话的模样，岑然只觉得自己病情又加重了，胸闷气短呼吸不畅。

少年蔫耷耷地把手机往桌子上一扣，干脆趴着不动了。

也不知道老王是什么时候走进来的，岑然连下午的上课铃声都没听见，迷迷糊糊睡不踏实，像是能听见有人讲话，又醒不过来。

“岑然，岑然，岑同学。”王老师是那种坚决不放弃任何一位同学，异常有责任心的老师。每回看见岑然睡觉，他都能孜孜不倦地把人叫醒，请岑然回答一个岑然肯定答不出来的问题，再鼓励几句让岑然好好学习，然后让人坐下，以此打消这位同学的睡意，让他认真听讲。

“欸欸，然哥，醒醒，老王叫你呢。”林航转身戳了戳他，觉得这人也真是的，好好的床不睡，偏要来教室趴着。

岑然被他碰得惊了惊，终于从迷糊状态里苏醒，撑着桌子站了起来。

“岑然，我讲到哪里了你知道吗？”王老师好脾气地问道。

岑然当然不知道，这会儿还有点没缓过神，撑着桌沿侧头，就看见乐于正好在看他，这下就更茫然了。

“北色溶意。”乐于看他盯着自己，以为这位同学是向自己求助，于是本着乐于助人的原则告诉了他。

“嗯？”岑然有点蒙。

“北色溶意。”乐于又小声重复了一句，“老师讲的。”

岑然无声地“哦”了一下，心里还挺高兴，小同学终于注意到自己了！他转头对着王成武就自信满满地说了一声：“北色溶意！”

王老师：“……”

班内众人：“噗……”

王老师讲话带点家乡口音，普通话不是很标准，平时私下里也会有同学不带恶意地开开玩笑，不过能上课当着老王的面说出来，大家还是觉得：大佬不愧是大佬。

岑然脑子还有点迷蒙，仔细看了眼黑板上的化学方程式，才明白乐于说的是：白色溶液……

刚刚还有点雀跃的心情，像坐跳楼机一样按秒垂直降落。岑然抬眼瞅着教室天花板无奈叹了口气：小同学，咱俩到底什么仇什么怨啊。

“王老师！”林航也不知道要干吗，举手喊了一声。

这位虽然成绩也是垫底的命，不过平时样子装得特别好，老王对这种即使天资愚钝也不抛弃不放弃的同学特别欣赏，抬手就让他起来说话。

“岑然他发烧了，今天是带病坚持来上课的，就因为这节是您的课。”林航觉得自己说得特别感人，也不知道老王能不能信，“所以他这会儿吧，脑子不太清楚，我觉得还是让他去医务室看看得好。”

“我……”岑然很想说我没有，话到嘴边也不知道自己什么毛病，转头又看了看旁边那位刚刚“陷害”了自己一把的小同学。

王成武听他声音是不太对，人也看上去蔫耷耷的没精神，顿时感动上了，发表了五分钟倡导全班同学向岑然学习的激情演说，完了才说了一句：“那岑然你去医务室看看吧，身体重要，学习嘛，什么时候开始都不晚。”

“老师你叫个人陪他去吧，他刚刚中午回来的时候路都走不动了！”林航趁着岑然没开口，赶紧插了一句。

林航你到底要玩哪出？岑然觉得最近身边的人都不太正常。

“那林航你……”

“老师我要上课呢，这道题我听了一半，怕回来跟不上。”王成武话还没说完，就被林航抢白，“叫乐于陪他去吧，她成绩好，回头看看书就行了。”

岑然：“……”你……你难道听了就跟得上了？

乐于听见有人指名道姓叫自己，转过头看了一会儿这两位的表演。

“那乐于你看……”王老师什么时候都不忘先征求一下同学的意见。

“好啊。”乐于爽快道。

岑然呼啦一下转过脑袋，觉得是不是自己中午那番表现在小同学心中留下了深刻又美好的印象，所以这会儿她居然要陪自己去医务室。

岑同学有点小感动。

“走吧。”乐于伸出胳膊，像个古时候皇宫里的小太监，让这位爷可以搭着自己的胳膊走。

“你……这是干吗？”岑然觉得自己是不是想多了。

“你不是都走不动路了？”乐于觉得这人反应有点慢啊。

“哦哦，对，我不行了。”岑然觉得自己这会儿还是装装柔弱好了，于是顺理成章地把爪子扶上了小同学的胳膊。

林航：然哥你到底行不行啊？在喜欢的女生面前说自己不行了……改天爸爸一定要好好教教你谈恋爱的技巧。

两位就着这么个让人有些看不懂的姿势从教室后门走了出去，经过篮球场的时候，不少上体育课的都托着下巴看着他们。

“快看快看！”某同学拉了拉旁边正准备投篮的朋友。

“你是不是故意的啊！”这位同学刚准备耍个帅就被扯歪了进球路线，气愤得不行。

“昨天吃饭的时候和然哥坐一桌的妹子！”那人也不管他什么心情，继续小声道，“我去，然哥这是欺负萌妹子啊。你看人家妹子一脸的不开心，还得搀着然哥。”

那位被打断进球的同学也顾不上打球了，眯着眼睛看了看。果然没错！

“原来然哥喜欢欺负这一类的，妹子太可怜了。”

此时被乐于扶着去医务室的柔弱小然然，还不知道自己已经被众人传成专门欺负软萌小同学的“恶霸”了。

“那个，你不上课没事吗？”岑然小声问道，只觉得自己这会儿好像是有点发烧了，隔着小同学衣料的手一直延伸到脸颊，都觉得热乎乎的。

“没事，也不是很想听课。”乐于老实回道。

“……”岑然觉得她肯定是怕给自己造成心理负担才这么说的，“你成绩这么好，耽误你上课了。”

乐于用了一副自觉是看傻子的表情看着他，心说为什么我说实话没人信呢。

这副表情在岑然看来，却是另外一个意思了。

少年看着她眨巴了两下眼睛望着自己，一副“为了你上课算什么”的呆萌样，觉得那股热乎劲这会儿大概是蔓延到心里了。

“是有点低烧，37.5 度，要打一针还是配点药？”校医看着水银体温计问道。

岑然觉得打一针还要脱裤子，怪难为情的，而且怎么能开学第一天就让小同学以为自己是个弱鸡呢？于是，他偷偷瞄了乐于一眼，对着校医说道：“没事，我打场球出出汗就行了。”

04. 微信

校医觉得现在的学生，经常“装”过头：“想病情加重你就打，要不再跑个一万米？出汗更厉害。”

岑然：“……”医生你能不能别说话？不配合也就算了，还要落井下石。

乐于这会儿看着岑然的眼神里，真的多了一点同情，觉得他可能真的有点傻。

最终，岑然在校医务室配了点药就被打发走了。

出了医务室的门，岑然没再让她扶着。

“你要回去上课吗？”岑然转了转手上小袋子里的一盒退烧药，侧头问了声。

“你要是回教室我就回去上课。”乐于回道，“你要是回家睡觉，我就去随便转转。”

岑然：“？”小同学你到底什么路子？

“要不你回家睡觉吧，反正你都发烧了。”乐于劝道。

“……”岑然这会儿才觉得，这人好像真的是为了不听课，并不是为了陪自己来医务室。

“行吧，跟我走。”岑然微叹了口气，对她招了招手，朝着校门口的方向走去。

“去哪儿？”乐于问道。

“你不是要随便转转吗？”岑然笑道，“这一带我熟。”

乐于不疑有他，插着兜就跟在了后面。

这会儿正是上课的时候，学校大门是不给随意进出的，只有靠近门卫室的一个小侧门开着。早上岑然出去，那位在A中待了十几年的门卫大爷都懒得管他，这会儿看见他身后还跟着个小同学，自然是要出来问问的。

“同学，这会儿上课呢，你们出去干吗？”门卫大爷尽职尽责地问。主要是看见了这位只到岑然胸口的小姑娘，怕她被这位远近闻名的“校霸”给欺负了。

“他发烧了，医务室不好挂水，我陪他出去看看。”乐于弯着眼睛说道。

大爷看了看岑然手上提着的医务室小袋子，又看了乐于一眼，不由自主也跟着笑了起来：“好好，那你注意安全啊。”

岑然挑挑眉，也没说话，继续带着她往外走。

"进。"岑然带着她走了一会儿，经过一家甜品店的时候拉开了门。

乐于也没多问，道了声谢就走了进去。毕竟这里面传出来的甜香气，让她没理由拒绝。

"这家的榴莲奶冻不错，尝尝吗？"岑然一想到自己昨天还不如一颗榴梿，就有些胸闷气短，但还是忍不住记起她的喜好，带人来了这儿。

"好。"乐于觉得这人果然像是对这片挺熟门熟路的样子。

岑然给她点了几样口碑还不错的，趁着等餐的工夫就站了起来："你乖乖坐着等我会儿，别乱跑，待会儿东西上来了就先吃。"

乐于抬头看了看他，"哦"了一声，也没去想这人要干吗。

岑然见她这会儿又成了一副非常乖巧听话的样子，觉得有点弄不懂她，勾着笑摇了摇头。

等岑然再回来的时候，乐于已经先吃上了。

"喏，明天不要去排队了。"岑然说着把手上的一包东西塞了过去，"中饭慢慢吃，午休时间就那么点，别为了排队随便对付。"

乐于接过来看了眼倒是愣了愣，这不是俞晚舟说的那家栗子吗。

"多少钱，我转给你。"乐于掏出手机，"还有这些，我看你刚刚去了收银台，我一起给你。"

岑然挑了挑眉，刚想说不用，话到了嘴边又咽了回去，掏出手机点开微信的二维码，就给她伸了过去。

乐于一扫，就跳出了这位邻桌的微信头像。

头像的图片不是自拍，也不知道是哪里找的一张彩铅漫画，名字很二，叫"然后就没有然后了"。

发送了好友申请，岑然迅速通过。

"多少钱？"乐于又问道，顺手给他备注了个"邻桌"。

岑然看着乐于的微信头像，是个大橘猫，不知道是网上找的图片还是家里养的，只有个凑到镜头面前的大脑门。如果是她自己拍的，说明这位的拍照技术，实在不咋样，还好大橘的颜值撑得住这位的技术。昵称简单得有点敷衍，一个句号。倒是很符合这位看着软软萌萌实际上却有点让人摸不透的性子。

“不用了，我还得谢谢你陪我上医务室。”岑然随手翻了翻。

乐于已经很久没更新朋友圈了，最早的一条还停留在一年前，文字内容是“睡”，配图是头像上那只胖橘摊着肚子在晒太阳，微信主人一手摸着它肚皮上白乎乎软毛的照片。

其他的也大抵如此，非常简洁的文风，无外乎“吃”“加餐”“叫你皮”，配图则都是胖橘。

看了这些照片，岑然才觉得这位的头像图片已经耗费了她毕生拍照功力。

乐于没说话，刚刚门口菜单上的价格还有印象，再估摸着这一包糖炒栗子的价格，给他转了个账：“收钱。”

“下回你再请我呗。”岑然按灭了手机屏幕，没有点那条转账信息。

乐于想着这人跟俞晚舟一个调调，就觉得A中的同学，真是异常热情。

“行吧。”乐于也没坚持，想着明天还他一顿就是了。

见他也不吃东西，也不走，她开口问了句：“你不回家睡觉？”

“上午睡多了。”岑然倒是老实。

乐于微挑了挑眉，也没去关心这人到底为什么上午不来上课，大概可能或许……是成绩太好了吧。

岑然支着侧脸看她吃东西，其实这会儿还是挺困的，不过或许是甜品店里的音乐不错，或者是乐于咬开的糖炒栗子和着甜品的香气闻着挺舒服，莫名让他觉得不想回去，情愿缓缓眨巴着眼睛盯着她吃。

乐于见他像是快要睡着的样子，又可能是因为生着病，眼睛里水汽迷蒙的。这样子特别像自家以前养了十几年的那只橘猫阿胖，明明困得不行了，还要支着眼皮蹲在自己身边，四个小白爪子往身子底下一揣，盯着你打瞌睡。

“还是不太舒服吗？”大概是这位的眼神太像阿胖了，乐于难得关心起一位还不太熟的新同学来，还是位男同学。

岑然见她虽然手上动作没停，关心自己的样子倒是挺情真意切的。一时间，心里像是揣着一张燃熄了明火的小纸片，被小风一吹，顺着火星子又开始烧了起来。

“嗯，好像还是有点难受。”少年顺杆往下爬，胳膊乖乖地搁在了桌面上，两手一交叠，下巴往上一磕，怎么柔弱怎么来。

乐于关心的话倒是问出口了，奈何接下去要说什么，却有点组织不了语言。她盯着岑然放空了好一会儿，一直等到岑然以为她又灵魂出窍了，她才点着头诚挚地说了一句：“多喝热水。”

岑然努力眨着的星星眼，在听到这句话之后，眼皮瞬间一耷拉。刚还软绵绵的身姿，这会儿看起来有点僵硬。

多喝热水简直了！哪个直男“发明”的？站出来我喂你喝个够！

岑同学表面无动于衷，内心怒吼咆哮。

岑然到底是没好意思耽误人家学霸太多时间，等乐于吃完，就和她在校门口分开了。他说：“待会儿老王要是问起来，你就说陪我出去挂水了就行。”

乐于抬头看了他一眼，“嗯”了一声，又插着口袋进了校门。

岑然看着她不紧不慢走进去的背影，莫名觉得心情不错，下意识嘴角一弯。

第二天上课的时候，岑然戴了个黑色的口罩，怕把感冒传染给“周围的同学”。那点低烧是早退了，只不过还有点着凉的后遗症。

乐于看了眼从后门走进来的，就露了两个黑眼珠子的同学，一时间有点发愣。看着那双莫名让她想起阿胖的眼睛，又见他坐到了旁边那一桌，才恍然大悟：哦——原来是邻桌。

岑然见她盯着自己，心说经过昨天一起翘课吃点心的愉快相处时光，小同学终于是记住自己了，可喜可贺。

“早。”岑然没摘口罩和她打了声招呼。本来就带着鼻音，这会儿的声音更是像闷在了被子里一样。

“好点了？”乐于觉得为了昨天那包糖炒栗子和那顿甜品，也很有必要关心一下同学。

岑然就为了这三个字，藏在口罩后面的嘴角止不住上扬，连带着眉眼都弯了，闷闷地“嗯”了一声，听上去却是带了两分雀跃。

“多喝热水果然有用啊。”乐于感叹道。

“……”

岑然觉得自己这几天，充分体会到了什么叫作“上一秒晴空万里，下一秒风云骤起”，心情荡漾得比蹦极还刺激。

乐于见他前一秒还像是阿胖被撸顺了毛，眯着眼睛享受地打着呼噜，下一秒却像是自己嫌它太胖，撤了它的点心不给吃，小家伙耷拉着眼皮斜眼看着你，一副“你不爱我了”的表情。

小姑娘莫名觉得，这人的小表情，还蛮有意思的。

“中午请你吃饭，你先想想要吃什么。”乐于还惦记着昨天是他付了钱，不想欠着这位的人情，毕竟还不熟嘛。

岑然的心情又被那根橡皮安全绳给拉了回来，刚想开口跟她再聊两句，就有酸溜溜的围观群众进来横插一杠了。

“乐乐……”俞晚舟哀怨地叫了一声，“你什么时候和他那么熟了？咱们不是说好了，今天吃完饭还要去排队买糖炒栗子的吗？”

Chapter 03

老师，我想和乐于做同桌！

01. 月考

乐于从小就对这种带着点撒娇的语气，没什么抵抗力。乐于同学属于那种，长得特别像擅长“撒娇”这项技能，实际上手一操作就要被骂一句“菜鸡”的人。

“我们可以三个人一起吃，”乐于赶紧安慰解释，“昨天他请我吃了点心，我得还他一顿。”

岑然：我不想三个人一起吃。

“哦，这样啊。”俞晚舟探过身子隔着乐于，看着岑然挑了挑眉，“那是要的，毕竟咱们，不能占这位不太熟的同学便宜。”

俞晚舟：虽然我也不想三个人一起吃，但是更不能让乐乐和你单独两个人去吃！看你那张专门骗女孩子的脸，绝对不能让我们单纯可爱的小乐乐被你骗了去！

岑然看着俞晚舟没说话，对着天花板翻了个白眼。

乐于看着这两位，有种他们下一秒就要站起来叉着腰，抬着下巴看着对方说一声“哼”的感觉。

中午这顿本应尴尬的“三人行”，因为林航的坚持介入，变成了四人行。

岑然没有让女生请客的经验，平时和林航他们几个，都是谁爱付谁付，也从不会出现抢着付钱跟要打一架似的情况。

这会儿乐于又问他想吃什么，岑然开口就说“你想吧，我来请”，结果乐乐同学面无表情地看了他一眼。

“我想吃食堂！”岑然赶紧说道。

岑同学安慰自己来日方长莫要着急，至于急什么，他也不清楚。

林航蹙着眉头偏过脑袋看了看他，心说这位来了A中一年半还没去过食堂的人，今天是抽风了？

乐于这几天被学校外头的美食迷了眼，还没去食堂转悠过，这会儿听岑然这么说，倒是觉得也不错，可以去看一看。于是，她拿上了校园卡就带着几位出发了。

食堂三楼是各类炒菜。

食堂的小炒跟外面的小饭店比起来，品种不算少，价格也便宜，乐于滴着校园卡，要了好几样。

岑然感冒还没好，吃饭的时候特意多拿了一双筷子，夹到自己碗里才换手边的筷子吃。

乐于看了他一眼，觉得这人虽然看上去傻兮兮的，倒是还挺细心。

“乐乐你点了这么多啊，真是忒客气了。”林航看着桌上的小菜，觉得自己待会儿估计得多吃点才能满足然哥如今不浪费一粒粮食的要求。

乐于刚想对他说别怕吃得完，就听另外两位难得踩在了同一节点上，异口同声道：“乐乐是你叫的？”说完又互相瞪了一眼。

林航：“……”不是，大家都是同学，我怎么就不能叫了？

乐于默默端起了饭碗扒了一口饭，心想着，A中真的是传说中C市最好的高中吗？怎么这儿的同学，看上去都不太聪明的样子……

四人在颇为诡异的气氛中吃完了饭。

下午自习课的时候，王成武就跟他们说这两天要组织月考，让大家安排一下复习时间。

高二分班之后，月考就像是月初扣话费一样，每月雷打不动地进行。(1)班的同学除了个别几个，都是“学习使我快乐，怎么又下课了我还想学习”的那种学生，因此老王说了之后，全班都没什么大反应。

至于最后面那几位，反正垫底名额早已内定，因此也没有怨声载道，看上去比乐于还淡定。

A中的小月考不分班，期中期末才会分一分，所以大家还是按照原来的位置坐。主要是这一班的好学生，都是要凭自身实力参加高考的，实在没有作弊的必要。预定倒数一二的那两位，谁也看不上谁的答案，就更不会去抄了。

不过这回两人之间隔了个乐于，监考老师倒是忍不住去后排那儿转了两回。

小月考按照高考的科目来，语数英，外加两门选测。

第一门语文，乐于做得不算快，两个半小时的考试时间，等写完作文的时候也没剩多久了。收完卷子休息了二十分钟，紧接着就是数学。(1)班是物化理科班，因此理数有附加题，也是两个半小时。做起数学题的乐于速度倒是快了不少，比起语文的审题时间，她对数字的判断明显下笔神速。

把主卷写完了的乐于也懒得检查，随意看了看四周。

有时候视力太好吧，也是一种苦恼，乐于随便瞥了一眼，就看见旁边那位岑然同学，密密麻麻写了一张卷子，都非常完美地避开了正确答案。

乐于：“……”又一次开始怀疑A中名不副实。

看了看时间，还早，这会儿做完了题，倒觉得有点困了，乐于干脆把有选择题的一面往桌子上一摊，胳膊也没遮着试卷，趴在桌沿上就准备眯一会儿。等发附卷了再起来做那四道附加题。

前面的监考老师偶一抬头，突然发现最后一排少了个人，吓得立马站了起来走到了最后。

等到了最后一排才发现，原来是这位新来的小同学——趴着睡着了。后面几位本来就高，小姑娘身形又娇小，这么一趴，坐讲台上远远看过去，还真就没看见人。

监考老师也听闻过这位转校生，这会儿见了真人，却在考试的时候睡大觉，顿时觉得传闻不可信。这么一想，岑然说不定是个好学生。

“同学，同学。”老师叫了两声，这位都没什么反应，呼吸均匀顺畅，看上去睡得蛮舒服的样子。

监考老师看乐于的卷子摊在那儿，顺手就拿起来看了眼。等她从头看到尾之后，就轻手轻脚地给人把卷子重新放了回去，也不准备叫乐于了，甚至想给乐于搭个小毯子。

这位睡得有理。

反正都走到这儿了，这位女老师顺便看了眼在一旁奋笔疾书的岑然的卷子。

等她大致扫了一眼，才觉得：传闻有时候还真的挺可信的。

下午月考结束之后，同学们干起了从小爱干的事情：对答案，估分数。

“这次的附加题好难啊，我估计这回都上不了180分。”数学课代表张昱感慨了一句。

“好像其他不难一样，”学委李源嘀咕，“是不是怕我们寒假里没好好复习啊，这次月考搞得那么难。”

“我要是这次进不了年级前十，我妈就得让我把过年收的压岁钱都吐出来。”班长蒋超骏叹了口气，有一种吃进肚子里的鸭子还能飞了的感觉。

“……”

俞晚舟看着一脸淡然的乐于，难得关心起了别人的成绩：“乐乐啊，我看你考试的时候都睡着了，是不是考得超级好啊？”

“不知道，没检查。”乐于回道。

俞晚舟觉得从她此刻毫无表情的脸上看出了一种扫地僧的高深莫测，言下之意仿佛就是“我要是检查了，年级第一肯定稳了”。

乐于实在太娇小，俞晚舟为了显示出自己对小同桌的崇拜之情，特意矮了上半身，缩着半趴在桌子上，对着乐于眨着星星眼：“肯定比前面那几个人好。”

岑然看着俞晚舟一脸骗小姑娘的模样，抽了抽嘴角，轻声“哈”了一声。不知从何时开始把对俞晚舟的定位从“无关紧要的路人”，上升到了“不能轻视的潜在敌人”。

月考过后，俞晚舟和学校里另外几个体育特长生，就开始过起了每天训练的日子，除了正课，早晨六点到第一节预备铃之前，下午自习开始到晚饭时间都得训练。所以这几天早上，等乐于醒了都是一个人来的教室。

也不知道是俞晚舟手脚太轻还是乐于睡得太死，每回俞晚舟是什么时候出去的她都不知道。

“报告。”门口又响起了一个懒洋洋的，一听上去就是还没睡醒的声音。

“啊，快进来。”老王看她插着校服衣兜垂着脑袋，一脸“嘤嘤嘤，对不起，老师我又睡晚了”的样子，就不忍心苛责她。

况且这几天办公室里的老师批卷子的时候，无一不在恭喜他：“老王啊，这回你开心了，这成绩冲个省状元也有希望啊。”

王成武乐得连脸上的笑纹看上去都平添了一分成熟男人的魅力。

岑然看着睡眼惺忪的乐于走到旁边那桌坐了下去，维持着插口袋的动作估计得有个五分钟没有动弹。柔软的发丝掠过她的耳垂，掩住了半张侧脸，岑然看不清她是什么表情。直到以为她坐着睡着了，他才见她把手从校服口袋里拿了出来，摸进课桌肚子抽了本书，摊桌上放着，又把手插回了口袋里。

岑然觉得她肯定没在看书。因为他直着身子看了一眼，那本英语书，小同学放反了。

乐于几不可见的一个小动作让他一怔——小姑娘插在口袋里的手像是揉了揉肚子。

岑然也没多想，拿着水笔戳了戳她。

乐于觉得好像有个东西在戳自己的胳膊，但是懒得转头——太耗费体力了，尤其是在自己没睡饱，还没吃上早饭的情况下。

“没吃早饭？”岑然见她不动，干脆开口问了一声。

乐于没来之前，岑然和俞晚舟都是虚隔着两个空位坐的。如今乐于来了，岑然也不知道什么时候开始，把那个没人坐的位置给霸占了，这会儿正隔着一条小走廊趴着和乐于说话。

乐于听见“早饭”二字，终于有了点动静。她缓缓转过脑袋，看着岑然，顺手把一侧的发丝往耳朵后面捋了捋，缓缓眨巴了下眼睛，有气无力地、软绵绵地“嗯”了一声。

天哪……

02. 早饭

这一声像是小奶猫撒娇一样的“嗯”，让岑然忽觉两腿一软。

虽然知道俞晚舟是去训练了，他却还是觉得莫名不爽，有一种很想等俞晚舟回来了对她来一句“你不好好宠着就让我来宠”的冲动。

“你等着啊。”岑然撂下一句话，抬头看了一眼坐在讲台前面的王成武，趁着老王低头的瞬间从教室后门隐了出去。

学校食堂的早饭在早读课之前就结束了，校外的那些，在走读的学生都进了校门之后，也就不让他们再随便出去买了。不过岑然这种被保安老大爷视为“没救了，不用管”的学生，这会儿就充分体会到了“学渣”这种身份的便捷性。

岑然出了教室就掏出手机，打开微信点开了备注是乐乐的那只胖橘，发了个消息过去：有什么忌口的吗？

他一边往外走，一边等着她的回复。

他出了校门也没瞎转悠，直接找了家早点店，叫了个蛋饼打包，又拿了瓶热豆奶，想着小同学惊人的食量，给她来了个巨无霸大全套。

一直等他拎着早饭进了校门，手机才响了一下。岑然看了一眼屏幕上的消息勾了勾嘴角，简单的两个字：没有。

还好先买了，要不等这位回了再买，她估计得饿傻了。

岑然拐到教室后门，步子很轻，两三步就跨了进去。看见乐于已经由插着兜垂着脑袋，改成了插着兜侧头趴在了课桌上，眼睛半眯着，小脸被课桌挤得有点变形，一侧鼓鼓囊囊的，小嘴被压得都嘟了起来。

岑然看着她像是被饿了好几顿的样子有点心疼，又有点想笑。他非常想掏出手机给她拍一张，发个朋友圈配字：饿。

“快吃。”岑然递过去轻声道。

脑袋边上鸡蛋饼混着烤肠和炸物的香气，把乐于神游天际的思绪瞬时拉了回来。

岑然见她像是一只半睡半醒间的小猫咪，突然听见开罐头的声音，连个咯噔都不带打的一下子坐了起来。他终于是没忍住，抿着嘴弯了嘴角。

乐于看了一眼桌子上的早饭，又偏头看了一眼她邻桌，非常真心实意地笑着小声道："谢谢啊。"

岑然弯了弯眉眼，觉得自己今天早上嘬的那盒纯牛奶估计是别的流水线上跑过来的，是加了糖的那种，回味起来甜滋滋的，让他忍不住舔了舔嘴角。他也没多说话，只小声又催她快吃。

王成武抬头看了一眼教室最后面，也没出声，微微一笑几不可见地摇了摇头，又低头看自己的教案去了。

岑然看乐于贼兮兮地低头啃着鸡蛋饼，又看了一眼桌子上那瓶热豆奶，就觉得自己办错了事儿。

他刚才走得太急，没注意那盖子是像啤酒瓶子那样，得拿开瓶器才能打开的。他刚想伸手把豆奶拿过来，想办法给她开一下，就见她把蛋饼往桌上一搁，一手拿起豆奶瓶子，一手从口袋里摸了串钥匙，咔咔两下，就把瓶盖子给打开了。

岑然："……"

岑同学伸在半空中的手还没来得及收回来，四个手指头不自然地来回弯了弯，嘴角无意识地抽了抽。

"你也想喝？"乐于嘬着吸管喝了一口热豆奶咽了下去，看着岑然的动作自我理解道，"我喝过了，待会儿大课间我给你去买。"

岑然艰难地扯了个笑："好……"

岑同学看着躺在乐于课桌上的那个小瓶盖，有一种英雄无用武之地的挫败感。

上午大课间的时候，乐于还真就去学校小超市给他买了瓶豆奶，一样的包装一样的配方，依旧是那个带着小齿轮的金属盖子。

不同的是，乐于买了三瓶，一瓶给他的，一瓶留给了自己，一瓶给了俞晚舟。

岑然觉得俞晚舟绝对是沾了自己的光。

于是乐于身旁这两位人高马大的同学，又一次见识了这位看着手无缚鸡之力的小妹妹，熟练地用钥匙给他们启了瓶盖，又插了吸管把喝的递给了他们。

两位默默接过豆奶：“谢谢啊……”

不敢惹不敢惹。

月考的卷子，老师们加班加点改了出来。

下午自习课的时候，王成武抱着一沓化学卷子，笑眯眯地走进教室。那表情，不知道的人见了，得以为是他女儿满月进来发喜蛋的。

不管下面有没有声音，王老师放下卷子，习惯性地抬手压了压，示意大家安静听他说话。

“这回月考虽然难度挺大，大家的分数都不算很高。”王成武说着又笑眯眯地扫了一圈众人，看见各位同学一脸的幽怨，又满意地点了点头，“不过呢，年级第一还是在我们班，这一点还是值得庆祝的。”

“学委，是你吗学委？”张昱捅了捅坐自己前面的李源。这位上回就是年级第一，刚老王说第一还是在他们班上，那第一怀疑对象就是学委了。

“应该不是吧，我觉得自己这回考得不是很好。”李源推了推眼镜，表面上还挺谦虚，心里却觉得这个第一应该是自己的，毕竟那位传说中的学霸妹子，跟自己想象中的完全不一样。下课经过后排的时候，经常见她摸着课桌肚找东西吃，要不就是趴着睡觉，回宿舍从不拿书，估计回去了也没复习。听说这回月考，她还在考场上睡着了。

李源觉得，那位估计是被吹得太神了，初中物理竞赛得过奖，小学跳过级，不一定现在成绩就很好啊。他们班那位然哥，传说小学初中的时候，还是位学霸呢！你敢信？

“老师，是谁啊？”有人忍不住问了一声。

王成武非常淡定地笑了笑：“不急，等班级年级名次全都排好了，我再跟你们说。”

“咦——”

众人纷纷哀号，这位向来这样，撩人撩一半，就是不给你说全乎，让你想半天。

“我们这节课先来讲讲试卷啊，大家先把卷子传下去。”王成武给每组第一个人发了卷子。

乐于他们这组的试卷传到李源手上的时候，他顿了顿，忍不住翻了下最后一张卷子。

“欸欸，学委，你倒是传啊，发什么愣呢？”张昱看他拿着卷子不动，捅了捅他催促道。

李源回神，把卷子传到了身后。同桌瞥了李源一眼，觉得学委的脸色，不太好看，也不知道受了什么刺激。

J 省的选测科目每科满分 120，高考的时候按分数名次百分比打等第，全省前百分之五是 A+。李源的脸色之所以那么难看，是因为他粗略看了一眼乐于化学题目的正确率，觉得这人——是不是平时懒散的表现都是装出来的？合着偷摸在宿舍刷题了吧？

“可逆反应 H?（g）+I?（g）=2HI（g）达到限度时的标志是……”

王老师见人手一卷，开始分析起了题目。

乐于拿过试卷看了一眼，耳朵听着王成武讲题，心里觉得上王老师的课，特别舒服。那副慢悠悠的语调，让人忍不住就昏昏欲睡，催眠得很。她脑袋点了两下，就点到课桌上去了，最后干脆找了个舒服的睡姿，趴着梦游去了。

“这道题我们班就乐于一个人做对了，”王成武也不知道讲到了哪儿，乐颠颠地朝着后面看了看，“我们让她来说一下解题思路。”

这会儿自习课，俞晚舟在训练，乐于旁边也没个人，王成武喊了好几声也不见后面有动静，同学们都忍不住回头看了看。

转头的瞬间，那令人合不拢嘴的一幕就在同学们心中留下了不可磨灭的印象。

“乐乐，乐乐。”岑然一边用气音轻声唤着他邻桌，一边轻轻拍着乐于的头发。

当然这么个拍的动作，在同学们看来，更像是在抚摸学霸妹子的脑袋瓜，看上去仿佛在给一只睡熟的小猫咪顺毛。

连一向慢慢悠悠讲话从不大声的王成武，都想问他一句：同学，你这么叫，她能醒吗?

乐于还真没听见那几声飘在空中的呼唤，只觉得有东西在自己头顶上一下下地抚着，轻轻柔柔的，像是一种似曾相识的感觉，让人觉得安心又舒服。

岑然正在纠结要不要稍微大声那么一点点，自己的左手就突然被一个软乎乎的“小爪子”一把抓住了。

“干吗呀？”乐于抓着那只手没放，眯着眼睛抬起脑袋，像是撒娇一样的语气对着岑然来了那么一句。

岑然：“……”我的天，又来……

小姑娘的掌心很软，带着些凉。倒不是那种冰得人一个激灵的冷意，就像是大热天的，摸上了一块暖白脂玉，温凉的触感只让人觉得熨帖。

看着她微眯着眼睛对着自己睡意迷蒙地笑了笑，岑然觉得自己的心跳，就像是老式绿皮火车出站一般，本来很规律地缓缓跳动，随着车身的移动，逐渐在铁轨上飞驰起来，每到一截轨道的接缝处，就“咔哒咔哒”地震个不停，越震越快。

“我、我……”

03. 奶糖

岑然很想说，我不是在耍流氓……

乐于听见声音，微蹙了蹙眉头，一下子松了岑然的手，低头揉了揉眼睛。

“啊，”她再抬头的时候，声音听上去有些失望，“是你啊。”

岑然被她松开的手有点失重，不自然地垂了下来。看着她前后表情的变化，生出了一种她刚刚那笑意，是把他误认成了别人的感觉。看着她揉得有些发红的眼尾，本来就圆溜溜的杏眼，这会儿因为刚睡醒又带了点水汽，看上去像是要哭不哭的样子，莫名就觉得自己心里那辆绿皮车的车速慢了下来。小火车“咔哒咔哒”地缓缓进站，到了下一个站头，那车轮轧在铁轨上发出的震动和响声，压得人心头，有点发闷。

不管这两位的内心戏如何丰富，这一幕在别人看来，那就是：风云校霸啊，你如此轻声细语是为哪般？软萌妹子啊，你这下手颇狠让他情何以堪？

这两位看上去——绝对有问题！

“欸，那个，”王成武适时出声，“乐于同学你来说一下，这道题你的解题思路是什么样的？”

乐于还有点蒙，也不知道王成武到底叫她起来干吗，迷迷糊糊地转头又看了岑然一眼。

“21 题的 A 小题。”岑然偏过脑袋，小声道。

乐于微微挑眉点头，简单地说了几句，心里想的却是：这位卷子上看不见几个钩的，居然还在认真听老师分析卷子，连讲到哪里了都知道，真是有点不敢想象。

第二天早自习，乐于没迟到。不过她的邻桌，倒是比她来得还早。

乐于走到桌子旁边的时候愣了愣，准备拖椅子的手搭在扶手上一顿。看着桌上的饭团和牛奶，她下意识地就看了眼她邻桌。

“怕你又来不及吃，给你先备着。”岑然抬头，很自然地说，“下回你不想早起的时候，就直接睡到早读课前来教室。”

乐于缓缓地拖开椅子：“谢谢啊。”

这种给她备了早饭，又让她想睡就多睡会儿的话，好像很久没听过了。

其实今早她已经吃过了，只不过看着邻桌的好意，她觉得自己完全能吃得下去。

伸手摸上那盒牛奶的时候，她又是一怔。这种利乐盒包装的牛奶，都是常温的，这盒却是热的。虽然其他地方摸着是干的，仔细看接缝那儿却还有点水印子。

乐于默默拆下了吸管，戳进牛奶盒子里嘬了一口。

“中午想吃食堂还是外面的？”温热的牛奶下肚，乐于咬着吸管偏头问了一句。

“嗯？”岑然一时有点没反应过来，“啊，都行，听你的。”

林航进教室的时候，正好看见两人在约饭。林同学觉得，然哥的整个后脑勺都在散发着愚蠢的笑意。

啧啧啧，年轻人啊！林航满意地露出了老父亲般的笑容。

月考的年级排名很快就出来了。下午自习课的时候，王老师仿佛减肥成功，走起路来都有点飘。

“咱们班这回连平均分数，也是年级第一。”王老师激动地甩了甩胳膊，挺有挥斥方遒指点江山的意思。

虽然（1）班暗地里就是理科快班，单科和总分的排名上面，很多同学都是常年霸占着前排的。奈何班上还有三位成绩在年级里更排得上号的同学，所以他们班的平均分，在十二个班里真心不太能打。

“啊？”同学们发出了有点震惊的感慨，“难道是然哥进步了？”

“我去，然哥寒假里补课了？”

“不应当不应当，然哥连寒假作业都没交。”

大概是昨天看见这位对他邻桌温柔得简直有点小心翼翼的模样，同学们今日居然斗胆公然议论起了他们的“校霸”。

岑然：“……”

我进步了？不可能啊，我要是进步了那绝对就是退步了啊。我肯定避开正确答案了啊。这次年级倒数第一肯定稳的啊……

岑同学陷入了深深的自我怀疑中。

王成武压了压手示意大家安静：“咱们班这次的平均分，有 397 分，足足比其他班高了 3 分，而且……”

王老师说着，又故意卖起了关子。

“啊呀，老王，你快说呀，真是急死个人。”

班上好些同学从高一开始，化学就是他教的，一年半相处下来，对王老师的脾气摸得透透的，有时候着急起来，也会有些没大没小，反正老王好说话。

王老师满意地看着大家急迫的模样，开了口：“咱们班这次上 400 分的，有 15 个人。其中有一个，上了 440 分！”

老王一看就是又激动上了，小圆手挥得跟哆啦 A 梦有一拼。

“什么？这么难的题目上了 440？”

“我天，学委是你吗，学委？”坐在李源后面的数学课代表张昱又叫唤上了——这位学委就是他高中生涯的奋斗目标。

他们理科班语文 160 分，数学 160 加 40 分附加题，英语 120 分，满分

480 分。这次的附加题也不知道是哪个魔鬼老师出的，感觉就是故意刁难人，连他都觉得自己是在乱写。

李源没理他，脸色有点沉，分数他自己估过，绝对没有 440 分。他联想到那天看见的乐于的化学卷子，就觉得应该是她没跑了。

可是他心里又有点不甘，自己拼死拼活地刷题复习，还不如人家考试睡睡觉的考得好。

“别吵，”李源有点不耐烦地扭了扭身子避开了张昱不停拍他的手，“不是我。”

张昱知道李源平时就有点高傲，这会儿听他这么说，也就没再纠缠他。毕竟学霸嘛，傲娇一点也是正常的。

岑然右手支着侧脸，看了眼旁边仿佛事不关己的乐于，觉得上 440 分的，应该就是小同学了。

这会儿乐于小手在课桌肚的书包里不停地掏啊掏，像是摸到了什么自己想要的，手顿了顿，又缓缓抽了出来。岑然瞥了一眼，红蓝白黑配色纸质包装的小圆柱状糖果，貌似是大白兔。

乐于窸窸窣窣地剥了糖纸，额头抵到课桌沿上，抬手把奶糖塞进了嘴里。

岑然看着她，不自觉地小幅度晃起了身子，无意识地浅浅弯了下嘴角。

林航听见同学们说然哥是不是复习了进步了的议论，心里乐了乐，回头就想问问他，不想正巧被他撞见了这么一幅少年满眼含春的凝视图。

林同学忍不住眯着眼睛“嘶”了一声，觉得自己的牙有那么点酸。

“这位得了 443 分的同学，就是咱们班新来的小同学。”王老师终于舍得说了，“给咱们的年级第一乐于鼓掌！”

王成武说着，第一个带头拍起了手。

“我的天！ 443 分！”

“学霸妹子厉害啊！这个难度考443分，保持到高考省状元都稳了啊。”

“大神请收下我的膝盖！”

“不知道她选测的两门怎么样。”

“……”

乐于正在埋头啃食奶糖，突然听见有人提了音量喊她的名字，噌一下就站了起来。

曾经这种上课时候忍不住偷吃被抓了个现行的事情她也没少干过，这会儿还以为是自己偷摸塞零食又被老师发现了。她站起来正准备接受组织的批评和再教育，就听见教室里响起了掌声。

乐于一脸蒙地站着，新塞进嘴里的那颗奶糖还没来得及嚼，鼓了一块在右脸颊上，下意识地转头看了岑然一眼。

岑然看着她一脸的茫然，鼓着的腮帮子像是偷偷进食被抓包，突然停止咀嚼保持不动的小仓鼠，可爱得让人——心里忍不住地发软。

少年觉得自己心里像是被人安了根琴弦，这些天不时地有人伸手来轻轻拨弄一下，一抹一挑，轻颤着发出轻柔飘忽的好听音律。

岑然回神，也跟着鼓了鼓掌，又给她解释了一下：“恭喜你得了年级第一。”

乐于很想回个“哦”，又怕嘴里的奶糖露了馅儿，只好咽着口水点了点头。

等表扬完了该表扬的，作为班主任的王老师还是没忘了其他同学：“咱们班这回还有三位同学，考得不是太理想。”

教室里鸦雀无声，觉得老王的这句“不是太理想”，简直对他们美化过了头。

老王看了眼乐于身边的空位：“俞晚舟同学不在，她这次倒是进步了些，是咱们班的第37名。”

众人："……"老师你要不要把倒数第三说得那么清新脱俗啊？

"那个，岑然同学，还要努力啊。"王成武又开始了他"不放弃每一位同学"的教学宗旨，"下回你随便考考，都是进步！"

众人："……"

所以然哥又是年级倒数第一……

"老师！"教室最后一排突然有人举手示意，接着是那声清亮不掺杂质的少年人特有的嗓音，"我想和乐于做同桌！我想好好学习！"

04. 贴吧

众人："？？？"

呜呜呜，妈妈我耳朵坏掉啦，然哥说他要好好学习……

王成武闻言也是一愣，瞬间僵在讲台边上不知道怎么接他的话。

"那个……岑然同学你……"王老师努力组织了一下语言，"有这份心就很好啊！"

"那就让乐于跟我做同桌吧。"岑然说着，还对着王成武笑了笑，"我觉得我的成绩说不定在年级第一的影响下，还能再抢救一下。"

"校霸"难得在班里诸位同学面前笑得这么没有杀伤力，这一记又让不少转过头看热闹的惊掉了下巴。

呜呜呜，妈妈我眼睛好像也坏掉了，然哥居然笑得那么人畜无害，我怕不是瞎了……

林航整个人趴在椅子的靠背上仰望着岑然，感觉自己眼泪都快流出来了，心说这就对了啊，做人就要实在一点，想要就说啊！

王老师张了张嘴巴，心说这位怎么笑起来跟乐于有得一拼，真是让人不忍心拒绝啊……

“嘿哟，干吗呢这么热闹？”

王成武刚想问问乐于，你看能不能带着同学一起进步进步，就看见后门那儿俞晚舟走了进来。她一身运动服，校服外套垂在手上，可能是跑得有些热，不知道是汗珠还是水珠，缀了几颗在额前的发丝上。

王老师瞬间清醒，不知为何生出一种“差点趁着小儿子不在家，要把相中的媳妇许给大儿子成亲，却被及时赶回来的小儿子当场抓包”的荒谬感。

“啊，那个，俞晚舟啊。”王老师有点后悔自己当初没做语文老师，这会儿跟学生沟通起来，怎么就那么费劲呢。

俞晚舟拉开椅子坐下，对着小同桌弯了弯眼睛，在课桌下面对着乐于伸手道：“草莓味的。”等忙完这一系列的动作，才转过头对着王成武“啊”了一声。

岑然垂眼看着乐于接过那根粉色系的棒棒糖，挑了挑眉。

“你看让乐于和岑然做同桌行吗？”王老师觉得还是直截了当问吧。

“什么？”俞晚舟有些激动，差点拍着桌子站起来，“不是，为什么呀？我们俩这坐得好好的。”

俞晚舟说完，立马意识到这鬼提议是谁提出来的，噌地转头看向旁边那桌的岑然。

岑然给她扯了个机械性的假笑，开口道：“因为你这回，考了37名，而我，还是年级倒数第一，比你更需要学霸同桌的帮助。”

俞晚舟：“……”鬼才信你！

“你……”

俞晚舟话还没说完，又被岑然接了过去：“而且你和乐于一个寝室，要学习晚上还可以找她。我走读的，只有白天能请教同学了。”

岑然又扯了个只有弧度没有感情的笑容，仿佛在说“对方辩友，请摆出你的论点反驳我”。

“……”俞晚舟第一回觉得这人这么赖皮，以前怎么就没看出来呢！你维持一下你校霸的高冷形象好不好？

王老师觉得岑然说得还挺有道理，于是开启了和事佬模式：“是啊俞晚舟，你这回考试，有进步啊，岑然真的比你更需要上进的同学带带他。”

俞晚舟看了眼对方辩友，争不过，看了眼裁判，吹黑哨。她转头可怜兮兮地看着当事人：“乐乐……”

岑然觉得自己如今有那么点摸清乐于同学是什么路子了。一看俞晚舟装可怜，他立马出声转移核心人物的注意力：“俞晚舟，你白天老要训练也没个人影，早读自习都不在，你总不能上主课的时候问她题目吧？不如就把这个学习的机会让给像我这样更有需要的人。”

岑同学说得一本正经、正义凛然。

俞晚舟的星星眼还没酝酿出来，乐于就因为岑然的话转移了视线。

俞同学无奈地叹了口气，胳膊肘撑着课桌，偏过脑袋一掌拍在自己额头上。

这一仗，貌似是败了。

“行吧。”俞晚舟无奈道。倒不是真觉得岑然需要学习，只是那句“你白天也不见个人影”，让她想想也是，除了上主课的时间，乐于都是一个人坐着，也怪无聊的。

“你，挪回你旁边的座位。”俞晚舟嘴上是答应了，心里肯定还是不太乐意的，坚持着自己最后的倔强——好歹让乐于坐当中啊，隔条小走廊也能假装是同桌不是。

乐于之前还在为选热牛奶还是棒棒糖发愁，这会儿两人既然已经达成了共识，还真就没自己什么事儿了。于是，她收拾了一下课桌，腾了个位置，俞晚舟也顺势挪过一个座位。

王老师看着小媳妇被大儿子抢了去——啊，不，看着乐于成了岑然的同桌，又好好关照了他几句，预祝他在好同学的带领下取得卓越的进步。

岑然表面不动声色，心里面小船荡漾得飞起，满脸严肃地点头，不停说“好”。

看完了戏的众人还有点没缓过神，连作业都有点没心思做了。还没等下午自习课的放学铃响起来，A 中的贴吧里就已经沸腾了。

“震惊！本校某知名大佬欲从良，真相居然是……”

楼主：……

我只是个路人甲：楼主你倒是说啊！我瓜子饮料都备好了！

网恋选我我超甜：弱弱地问一句，是我理解的那位大佬吗？

又骗感情又骗钱：楼上的，你没有理解错，就是那位颜值爆表徒手能把人抡墙上的大佬。

……

楼主：我来了！现在心情还是有些激动。刚刚在组织语言，这是我收到回复最多的一条帖子，果然大佬的八卦人人爱。

您拨的号码是空号：从文字中都能看出楼主现在慌得不行，请拿稳你的手机，赶紧说。

楼主：事情是这样的，（1）班不是来了个转校的学霸妹子嘛，前几天他们班人就觉得大佬有些不对劲。自习课妹子睡着了，大佬一边摸着她的头发，一边企图唤醒她，那声音叫一个温情脉脉。据现场同学传回报，在场的人包括老师无一不震惊。最厉害的还在后面……

人类的本质是鸽子：楼主卡得一手好文，请继续。

楼主：刚刚去喝水了，我们继续。妹子大概是被大佬摸得不耐烦了，一把抓住了大佬的手！你们是不是觉得此时大佬要发飙了？不把人抡黑板报上怎么也得来个过肩摔？然而并没有！此时大佬任由妹子抓住了自己的手，眼神宠溺地看着她，仿佛下一秒就要说："傻瓜，怎么能在这里睡，着凉了怎么办？"

剪刀手爱德华：楼主，你再去喝水我就咔嚓了你，请一口气说完谢谢。

楼主：水喝多了，去上了个厕所。刚刚说到大佬宠溺地看着妹子，此时妹子却并没有买账，冷冷甩开了大佬的手，面无表情地说了一句"怎么是你啊"。面对妹子如此无情无义无理取闹，大佬依旧按捺了性子，并且在今天下午的自习课上，和他们班体育委员（就是那个挺有名的俞姓帅气小姐姐）为了争当妹子的同桌，差点打起来！连他们班王老师都差点没劝住啊！场面一度非常凶残！

楼主：大佬的说辞是要和学霸妹子一起坐，想跟着她好好学习，这理由你们信？至于真实原因是什么，相信聪明如你肯定是懂的。啧啧啧，我也是听我（1）班的朋友说的，如有不实之处，本人概不负责。（披上马甲遁）

工号 9527：楼主强烈的求生欲。然并卵，你发帖的时间出卖了你。

年级前三：23333，给楼主点蜡。

楼主：我去，我现在删帖还来得及吗？

学厨师哪家强：晚了，已截屏。

……

A 中的贴吧平时还算比较正经，不是《英语想要满分不需要什么智商，只要方法对》，就是《跪求小高考模拟卷参考答案》。但是偶尔冒出来的这种校内风云人物八卦帖，才是真正能一石激起千层浪的精华帖火爆帖。

岑然平时不上贴吧，林航一直不知道这人捧着手机是在干吗，这会儿坐在岑然前面，翻着 A 中贴吧看得津津有味。

"嘿嘿嘿嘿……"林航忍不住乐出了声。觉得他们班这些成绩好的同学，平时看上去都挺正儿八经的，没想到背地里那么闷骚，这个添油加醋的本事和迎空翱翔的想象力简直了。

“欸欸，笑就笑，别撞桌子啊。”岑然抬手拍了拍他，轻声说道。主要是乐于又在趴着闭目养神，岑然很怕这位笑得跟个二傻子似的家伙把人给吵醒了。

林航转过头，看见乐于趴着，了然地“哦”了一下，又凑过去小声开口道：“不是，然哥，你上咱们学校贴吧看看，保证给你非一般的惊喜。”

Chapter 04

我，岑然，你同桌，记住，成吗

01. 食堂

“没兴趣。”岑然淡淡道。

这会儿他还沉浸在得偿夙愿的满足感中，其他一切繁杂事务暂时没空理会。

小同桌就坐在自己旁边，两人趴在桌子上的胳膊肘，只差了三厘米的距离。岑然觉得自己动一动就能碰上。

乐于入睡速度极快，没一会儿，呼吸声就均匀轻缓了起来。

岑然看着少女长长的睫毛覆着，小小的身体呼吸间缓缓起伏，觉得自己刚刚那一出，值了。

林航挑了挑眉，眼神在后面这两位身上来回游移了一番，心说我刚刚可提醒你了啊，回头走在学校里被人围观，您老还不知道发生了什么可别怪兄弟我。

乐于来了A中几天，觉得还挺适应，本来C市和A市离得就挺近，饮食习惯和气候也都差不多。A中的同学还比自己想象的有趣不少，自然是没什么不习惯的道理。

周末的时候，乐暮春适时发来了消息：乐乐周末回家吗？

乐于没在上课，就给他回了个电话过去。

“爸，”乐于喊了声，“你周末回去吗？”

“我可能周末还得带他们再做两个实验，不一定回得来。”乐暮春愧疚道。

“啊，”乐于略有些失望，只是语气里听不出来，“那我不回了吧，这儿吃的很多，挺好的。下周你要是回家再和我说。”

“行。”乐暮春又问道，“新同学怎么样？好相处吗？”

“嗯，都挺好的。”乐于实话实说，“挺有意思。”

乐暮春在电话那头笑了笑，能让他女儿觉得有意思的人，那应该还真的挺有意思的。

父女俩又聊了两句，乐暮春让她钱不够花跟自己说，叮嘱完才挂了电话。

乐于打完电话愣了会儿神，老爸其实对自己很不错，只要有时间在家，买洗烧一条龙，从来不会亏待她的胃，零花钱也给得很足。

乐于一直觉得她爸大半的工资都是被自己吃掉的。小的时候乐暮春也拿她开过玩笑：“乐乐以后可得找个能不嫌你吃得多的男朋友才行，不然小伙子那点工资，还不够你买糖吃的。”

“那以后谁给我买好多好多糖吃，我就找他做男朋友。”小朋友还处在童言无忌的阶段，顺着乐暮春的话，奶声奶气地就脱口而出。惹得几个大人发笑不已。

乐于想着，不由自主地弯了弯嘴角。

“周末不回家？”岑然见她打完电话状态就有些不对，像是开了个屏障阻隔了跟外界的沟通，陷进了自己的思绪里。于是，他斟酌着问了一句。

“啊，”乐于从回忆中抽离，转头看了他一眼，“不回去了。”

岑然本来想周末叫司机来接自己回去一趟拿点东西，这会儿听乐于这么说，倒是改变了主意："我就住学校边上，周末要是无聊，给我发消息，我带你去附近吃好吃的。"

"甜的吗？"乐于大概是还没从刚刚的思绪里彻底回神，脱口而出问道。

"嗯？"岑然愣了愣，"啊，都有，你要吃什么都行。"

乐于看着他有些呆愣的模样，瞧了得有半分钟，才觉得自己有点好笑，弯了弯眼睛也没接话。

周末，岑然在学校旁边的家里等了两天消息，一有响动就着急慌忙地摸过手机看一眼。只不过不是公众号推送，就是林航他们几个发来的。

林航：然哥然哥，咱们几个群里聊天你看见没啊，怎么不说话？

岑然：屏蔽了。

林航：虽然我早就猜到，但是你能不能说得稍微婉转那么一点？

岑然：有事说事。

林航：没事干，你在哪儿呢？去打两局？

岑然：不去，有事呢。

林航：学习呢？

岑然：恭喜你猜对了，拜拜。

林航看着屏幕上那个弯着嘴角，挂着职业性假笑的小黄人朝他挥着小手，就觉得这天没法聊下去了。也不知道他一天天的都有什么事，难道说……

林航脑海里浮现出乐乐同学的脸。

哎哟我的天，然哥这速度也忒快了点吧？

乐于虽然和岑然成了同桌，倒也没真把他那话放在心上，就这么突然找人带她出去吃一顿，想想还是挺奇怪的。

周一早上有升旗仪式，上周末的时候王成武本来找了乐于，问她愿不愿意在升旗仪式的时候上主席台讲讲自己的学习方法。毕竟年级排名榜已经贴了出来，大家对这位半路杀出来的黑马选手，还都挺好奇。

乐于一句“老师你觉得我要是说我的学习方法就是吃饱睡足，是不是不太合适”，就把王成武想让她发言的念头彻底打消了。

王老师觉得她要是真上去这么一说，其他同学估计得炸，不是觉得这位在“装”，就是觉得她在嘲讽在座的各位都是垃圾。于是他果断放弃。

校长只在讲话的时候提了一嘴，让其他同学学习她认真刻苦的学习精神。

（1）班众人：校长你怕不是对这位学霸妹子有什么误解。

不明真相的其他同学：努力努力再努力，向学霸看齐！

岑然之前上课的时候，缺课也不多，这会儿为了小同桌能不饿肚子，更是早上来得非常及时。

“周末怎么没给我发消息？”岑然试着让自己的语气温柔温柔再温柔，奈何问出来的话听着还是有些赌气的味道。

“嗯？”乐于有些没反应过来。

岑然看着她一脸茫然的样子，觉得自己真的要佛一点才行。他带着一丝烦躁撸了一把额前的头发：“没事，吃早饭吧。”

今日份的早点看着有些油腻，不过乐于倒是挺喜欢的。C市特有的鸡仔饼，面饼的夹层里夹着类似于油渣的馅料，咸甜的口味，表面裹上鸡蛋，扔进油锅里炸到金黄酥脆。捞起来沥干了油，趁热吃，还能听见咬下去时“咔哧咔哧”的脆响声。

至于配的喝的，倒是挺清淡，玻璃瓶装的一瓶常温草莓汁。

乐于闻着鸡仔饼的香味，抬头看着如今的同桌有些压抑的表情，没出息地盯着他咽了咽口水。

岑然有些哭笑不得，拉开椅子长出了口气，软了语气：“快吃吧，这个热的才好吃。”

“啊，”乐于缓缓抬手摸了上去，“谢谢啊。”

“中饭我请你吃吧。”乐于觉得这人带的早饭，比食堂的好吃不少，而且每天早上还能多睡半个小时，相当美滋滋，完全没有办法拒绝。

岑然闻言，心情好了不少，决定不再纠结周末这人怎么没给他发消息，让他在学校旁边一个人白等了两天的事情。

“好。”岑然点头。

大课间的时候，岑同学出教室打了个电话。

“爸，在忙吗？”岑然问道。

“再忙也不能耽误接我们家小少爷的电话啊。”岑志远在电话那头玩笑道，“没事儿，待会儿也准备去吃饭了，怎么了儿子？”

“就我最近吧，觉得食堂的饭菜，它还行。”岑然笑笑，“就是贵了点。”

“啊，”岑志远一时有点没反应过来，顿了顿，“懂了，保证你明天吃上又便宜又好的食堂饭菜。”

“谢啦老爸。”

父子俩又闲扯了几句，岑然说要回教室上课了才挂了电话。

第二天同学们去食堂的时候，发现饭菜一夜之间换了价目表，纷纷降价，甚至品种和口味都提高了不止一个档次。

学校公告栏的意思是，为了促进各位同学的健康发育，学校经研究决定，特意为大家准备了安全又价廉的食品。同学们以后可以少去外面的小吃街就餐，A中大食堂就可以满足你们的所有需求。后续还会有更多品类的餐饮项目进驻本校食堂。

话虽如此，同学们却是纷纷猜测：这回又是哪家的太子爷要来我们学校了？

中午岑然跟着乐于几个去食堂的时候，只觉得周边气氛跟以往有些不同。

平时他走在学校里吧，好歹“恶名”在外，有些胆子小一点的同学见了他，都得绕着走，今天这些人，看他看得有些明目张胆啊，而且视线不光在他身上停留，很多时候还在乐于身上转。

岑然蹙了蹙眉头，觉得有点不爽。平时食堂还没那么多人，今天特价第一天，人多得跟超市鸡蛋一块钱一斤似的。他办这事可不是为了让这么多人来盯着小同桌看的。

“哎呀，那不是大佬吗？”同学们纷纷议论，“旁边那个萌妹子应该就是那位学霸妹妹了吧？就周一早上升旗仪式校长单独表扬的那个。”

“错不了，你没看见俞晚舟还跟着呢吗？”

俞晚舟同学也算是学校风云人物之一，国家二级运动员，多次代表A中参加市运动会取得名次，那也是校长口中经常会表扬的同学。

“没跑了，还有大佬的朋友林航。”

“欸欸，你说他们这算是什么神奇的组合？”

被问到的同学摸了摸下巴，瞬间脑补了一本百万字豪门狗血八卦小说。

“最近大家都很闲？”岑然问着身边的林航。

02. 无视

“然哥，”林航看了他一眼，“我建议你上咱们学校贴吧看看，可能你就明白了。”

岑然挑了挑眉，没在意这话，反问林航：“你说你们俩跟着来算怎么回事？”

“我这不看俞晚舟也跟着来，怕你尴尬嘛。”林航觉得自己这个老父亲角色扮演得真是又艰难又不讨喜。

乐于再一次感叹 A 中是个好地方，之前来三楼就觉得小炒不错，如今不仅品种更丰富了，连价格都便宜了一半不止。学校食堂本来就比外面实惠不少，这会儿更让她觉得吃饭简直跟不要钱一样。

“你说你们俩，都让乐乐请客，你们好意思吗？”四人坐下，岑然磨了磨后槽牙问这两位。

“不用啊，我来，我来。”林航赶紧说道。

“你有校园卡吗？”岑然偏过头瞥了他一眼。

林航一顿，还真没有，高一那会儿发了，后来也不知道扔哪儿去了。

“没事，花不了多少钱。”乐于见这两人忙着眉来眼去，开口道。

俞晚舟一手撑着左膝盖，一手往嘴里送着菠萝咕咾肉，斜眼看着对面两位“蹭饭的”演戏。

“你好像，”林航盯着岑然，“也没有吧？”

岑然抿着嘴点了点头，又转头盯着乐于问道：“乐乐啊，我把钱充你校园卡里，跟你一起用行不？”

俞晚舟对着食堂三楼高高的房顶翻了个大白眼，敢情这位在这儿等着呢。

“你不会自己去补办一张啊？”还没等乐于回他，俞晚舟就抢白了。

“补办一张三十块钱呢，可以吃好多天中饭了。”岑然微笑脸回她。

俞晚舟：“……”你难道是差这三十块钱的人？你怎么有脸说？

“唔，行啊。”乐于觉得新同桌说得挺有道理，“别浪费，不吃饭还能喝两杯奶茶了。”

“不是，他……”

“欸欸，体育委员体育委员，你赶紧吃，菜都要凉了。”林航适时出声，笑得非常讨好，就差站起来拱手说一声“姑奶奶求你别说了”。

俞晚舟长出了一口气，看着吃得挺欢的乐于，有种自家的纯情小白菜刚发芽，就已经被对面那头不怀好意的小猪崽子盯上了的感觉。

这天下午第二节是体育课，A 中虽然学习抓得紧，各项课余活动倒是从来没有少过他们的，就连（1）班喜欢打打球的男生都不少。

A 中占地面积挺大，除了大操场，还有体育馆，里面篮球场、乒乓球台、羽毛球场地，都有。学校要是有个正儿八经的篮球赛，都会用到体育馆的篮球场，平时他们打着玩的，都是在室外操场的场地。

下课铃声一响，很多人就先下楼去操场了。

岑然本来想等着乐于一块儿下去，无奈，还没说话就被林航和叶盛他们三个拉了出去，说是要珍惜每一分每一秒先下去打球。

“乐乐，我先下去问问体育老师这节课要不要准备什么器材啊，你慢慢来，待会儿去操场找我。”俞晚舟离了座，胳膊肘撑着她的课桌矮着上半身叮嘱了一句。

“唔，”乐于刚拆了一个小蛋糕准备补充补充能量，“好。”

俞晚舟见她抬头看着自己，眼睛圆溜溜地眨巴两下，自带美瞳特效，忍不住伸手揉了揉她的头顶，内心长叹了一口气：哎，这么可爱的小同桌，便宜岑然了。

乐于能量补给完成，慢慢悠悠往操场晃，岑然远远就看见了她。

等她经过篮球架这儿的时候，岑然刚停了投篮的动作摆好笑脸，准备跟她打个招呼，却没想到——她瞥了他一眼，像是不认识他一样，继续目不斜视地走了过去。

岑然：“……”

林航几个看着拿着篮球僵在原地的岑然，觉得这位现在周身气压有点低，让人感受到了仿佛倒春寒一般的冷意。

“不是，然哥，你同桌肯定是近视眼，”赵天宇赶紧上前帮着那位荡马路一般远去的小同学解释道，“她肯定没看清你。”

岑然这会儿是真有些不开心了，偏过脑袋垂眸看了赵天宇一眼，面无表情地说了一句：“她视力，5.3。”

赵天宇看着他，快速眨了两下眼睛，身体不由自主地朝后缩了缩。

小同学，我也帮不上你了，你自求多福吧，赵天宇心道。

上课铃很快响了，体育老师吹了声集合哨，（1）班的同学按着高矮排了三排。他们班女生少男生多，第一排都是女同学。乐于的个子，正好和岑然站了个对角线。

站在队伍前面的乐于浑然不知，这会儿因为她，后排的几位男同学都快失声痛哭了。

尤其是站在岑然旁边的那位，一脸便秘状，看着岑然沉着一张脸，丝毫笑意都没有，就觉得自己今天是不是应该跟老师请个病假，说自己“大姨夫”来了要去边上休息休息。

被大佬打断腿和承认自己会来“大姨夫”这两者之间，男同学们情愿选择后者。

体育老师拍了两下手，吸引了一下大家的注意力：“咱们四月下旬就是春季校运会啊，也不知道等你们高三还能不能参加了，趁着这次机会大家踊跃报名。待会儿俞晚舟和岑然带人去器材室拿铅球和跳高杆，再拿两个软垫。咱们这节课先练练，成绩还行的都给我报名啊，别藏着掖着。”

岑然体育成绩一直不错，体育老师也挺喜欢他，平时叫他帮着去拿点运动器材，这位同学也挺配合。就是他每次运动会都懒得参加，要动员上好几回才行，刚那话基本上就是对他说的了。

俞晚舟叫了两个男生跟着自己一起去器材室，还没迈出步子，就看见岑然从最后一排绕到了最前面，杀气腾腾地走到乐于面前站定。

乐于正在自我放空中，突然觉得眼前的光线暗了暗，回神之后抬头看了一眼。

眼前的少年逆着光，发丝的边缘透着点金色的阳光，乐于眯了眯眼睛。

“走，器材室拿铅球。”岑然隔着校服外套，捉过她的手腕，拉着人就往器材室的方向走。

(1) 班众人惊了：大佬这是要展现自己真正的实力了？

“欸欸，岑然，你叫她去拿干吗？”俞晚舟从队伍里出来，差点就想问候他一声是不是有病了，让人一小姑娘去拿什么铅球？

“哎哟喂，我的小姑奶奶，您就别去添乱了。”林航赶紧上前把人拉住，“他们之间，有点很小很小的误会，你让他们好好聊聊。我帮你去拿还不行吗？”

体育老师刚毕业没两年，属于自动把自己划分到青春少年一类的人，这会儿看着几位的互动扬了扬眉，对年轻人之间这种充满火花的“激情碰撞”非常喜闻乐见。

俞晚舟瞪了林航一眼，也没真以为岑然会把乐于怎么着。只是刚岑然那气场，让她这位见惯了大场面的都愣了愣。

林航也没想到岑然会这么沉不住气，当着全班同学的面就把人给拉走了。这会儿还有别班的人在上体育课，虽然不敢上这儿来看热闹，不过那一个个脖子抻着，林航觉得今天的贴吧里又该热闹了。

A 中连体育器材室都透着“壕”，面积颇大，米色的磨砂地砖，半人高的透明玻璃窗，一排排的架子上整整齐齐地码着各类器材，白墙上还贴着硕大的红色标语：体育是运动的艺术，艺术是体育的灵魂。

岑然熟门熟路，拉着乐于直接拐到了器材室角落里。

墙边上放着两个摞起来的跳山羊箱子。

岑然低头看着她。这会儿离得近，才觉得乐于真心是矮，都能看见她的发心了。

“不拿铅球？”乐于抬头问了一声。

岑然看着她一脸的状况外，抬头深深吸了一口气，又缓缓呼了出来，简直想捧着她的脸跟她说：你看清楚看清楚！我是你同桌啊！

乐于看他做完深呼吸，忽觉自己双脚离了地面，像个小孩子一样被人撑着胳肢窝举了起来，放到了跳山羊的海绵皮垫子上。

少年臂长腿长，撑着墙面环了个U形，离乐于有些距离。

乐于安安稳稳地坐在一米多高的垫子上，还是得微微抬头才能对上他的视线。

屋外的阳光透过半人高的玻璃窗投射进来。少年垂眸，鸦羽一样的长睫半覆着，在下眼睑那儿投了一小片阴影，他睫毛轻颤，那阴影也跟着在脸上跳跃。

阳光里的细小尘埃跟着少年的呼吸不停地旋转，闪着金色的微光。乐于缓缓眨了两下眼睛，像是看见那些闪着光的尘埃，犹如点点星光，映在了少年墨玉一样的瞳孔里。

少年原本清亮的嗓音压低了些，微沉，带着一丝蛊惑人心的意味。

“你看清楚，我是谁？”

03. 椰奶

乐于看着他的眼睛盯了好一会儿，差点脱口而出“你是阿胖”，但是觉得自己要这么说，估计会被打死，还好反应慢，没来得及说出口。

“你是……”乐于缓缓开口，“我同桌吧？”

“……”那个带着一丝不确定语气的“吧”字，让岑然有一种深深的无力感。

“所以你能认出来是吗？”岑然耐着性子开口，“刚刚为什么装不认识我？”

乐于知道自己的毛病，可要说她“装不认识”，她还真不知道自己什么时候装了：“那个，我们刚刚什么时候碰上过了？”

岑然闻言，闭上眼睛，缓了好一阵，才垂头叹了口气。

“不好意思……”乐于很怕把人气出病来，毕竟这么会买吃的的同桌，不一定好找，“我有点脸盲，真不是故意装不认识你。”

“行吧，”岑然觉得自己彻底没脾气了，“我，岑然，你同桌，记住，成吗？”

“啊，”乐于顿了顿，“好。”

岑然垂下了胳膊，觉得这人虽然嘴上是答应了，但是往后路上遇见了，还指不定能不能认出自己。

他往后退了一步，想问问她要不要帮忙下来，毕竟她两条腿还离地面有些距离，自己把人弄上去的怎么也得帮人下来吧。

他刚在气头上，问也没问就跟小同学拉拉扯扯搂搂抱抱的，这会儿没了脾气，倒是有点不好意思起来了。

“等等。”乐于以为他要走，伸手拉了一把他的校服外套。

“嗯？”岑然被她拉得 踉跄，往前一步又只好一手撑着墙。

“别动。”

少女开口的两个字不带什么感情，却让岑然乖乖听了话，愣是没敢动弹。

乐于仰头看着他，左手拉着他一只袖子没松开，抬起了右手。

岑然眼角余光瞥了一眼那只离自己越来越近的“小爪子”，眼睛微睁了睁，觉得自己这会儿身体有点发僵。

“……”我去，这是要干吗？摸我脸吗？小同学你胆子好大！不过莫名有点期待是怎么回事……

少女白皙纤细的手指近在眼前，像是丈量尺寸，拇指和中指在岑然脸上比画着。先是从耳朵到眼睛的距离，再是两眼的间距。缓缓移动，又自上而下。从额头，到鼻尖，掠过嘴唇，停到了下巴上。

岑然呆愣愣地站在原地，保持着一手撑墙的动作，连呼吸都不敢用力。少女修剪得干净圆润的指尖，不经意间触上他的脸颊，像是蜻蜓点水，飞掠而过。自己还未察觉，就已经在少年的心湖里点开了一圈圈涟漪。

乐于量完，又盯着他认了好一会儿。

岑然其实长了一张极度没有威慑感的脸，要是不摆出那副为了迎合人民群众心目中“校霸”形象而故作深沉的样子，乐于觉得这人看上去——还蛮可爱的。

清晰的双眼皮，睁着眼睛时窄窄的一道。眼尾微垂，盯着你看的时候透着那么点无辜。乐于觉得，怪不得总觉得这人的眼神跟阿胖特别像。

“你的三庭五眼，挺标准。”乐于开口，好像在做什么学术性判断。

岑然回了点神，觉得自己刚刚真是脑补过了头。学霸的世界我不懂。

岑同学正处在不知道怎么接话的状态中，又被少女两手拽着校服外套往身前拉了拉：“你蹲下来一点。”

乐于对这位身上经常冒出来的甜香气很好奇。这回离得近，又闻到了那股椰奶香，干脆弄个明白。

这位力气挺大，在岑然同学没有反抗的情况下，轻而易举地就把人拽得上半身前倾了一些。

小姑娘鼻尖凑到了他的额发前。

岑然：“……”我的天……这回总不是我在自作多情了吧？

岑同学感受着她嗅着小鼻子闻了一会儿，轻轻吸气的声音都能听见。

“洗发水的味道吗？”乐于把人松开，浅浅笑了笑，“真好闻。”

岑然就这么被她折腾得心情跌宕起伏，跟坐海盗船似的来回荡漾，忽上忽下。他起身退开，抿唇看着她，没发声，默默决定把那个牌子的洗发水用上一辈子。

此时隐藏在器材架子间的三男一女——

“姑奶奶别去！别去！”林航小声又急切地喊着，就差上手抱着俞晚舟了，“我兄弟往后的幸福就在你手上了！”

俞晚舟半眯着眼睛偏头盯着他，冷冷道：“撒手……”

“不不不，你往后要什么都好说，你让他们聊会儿行不？”林航赔笑道。

“……”俞晚舟觉得这人就跟块狗皮膏药似的，撵都撵不走，瞧着很烦人。就是那狗腿的态度吧，你又不好意思朝人发火。

另外两位男同学透过塞满了篮球足球排球各种球的架子，靠它们打着掩护看着角落里的那一对，又转头看了眼身边的那一对。他们相视一笑，用意念露出了内心的想法：那边，是爱情；这边，是奸情。

“下来吧。”少年朝她伸手，嘴角微扬。

乐于撑着他的胳膊肘跳了下来。

这边几位看见主角换场，扒着架子的手纷纷松开，转头摸铅球的摸铅球，摸跳高杆的摸跳高杆去了，嘴里还念念有词：“我得好好挑一挑，挑一颗圆的。”就差伸手拍拍铅球熟没熟了。

岑然和乐于绕到器材架那儿的时候，正巧看见林航把俞晚舟松开。

岑然和乐于：“……”

林航看着两人一脸愕然的表情，赶紧摇手：“不不不，不是你们想的那样！”

俞晚舟这会儿真的想拿铅球好好敲敲他的脑袋，成绩差也就算了，竟然还表达不清，越描越黑。

两人非常同步地看了林航一眼，又看了俞晚舟一眼，点点头，连说了三个“明白”。

林航和体育委员："……"你们俩明白个大头鬼！

乐于看见另外一个男生拿好了铅球，走过去拎起筐子两手一提。

"欸，你……"俞晚舟刚想说我来拿你提不动，话还没说完就看见乐于已经拿了起来，看上去……还挺轻松，"呵呵，你等我拿两个垫子跟你一起走。"

岑然见终于不是自己一个人吃瘪了，心情又好了不少。他拿着垫子对着乐于比画了一下，想象她要是拿垫子回队伍，同学们远远看过去，就跟个军绿色海绵垫子自己在走路似的，莫名就觉得有些好笑。

"啊，"走出器材室，乐于像是突然想到了什么，"咱们是不是开学前就见过？"

岑然不知道今天自己是第几回叹气了，整得跟个深闺怨妇似的："你终于想起来了？"

乐于见他拿着软垫，偏头对她弯了个没得感情的假笑，莫名有点心虚。

"哈，那什么，"乐于咽了咽口水，"一样的椰奶香。"

"……"我真是谢谢你了啊洗发水！不然这位到现在都想不起来那天的也是我！

"哟呵，今天这器材拿得有点久啊。"体育老师扫了几人一眼，玩笑了一句，又见乐于手上提的那筐子铅球，挑了挑眉。

这位优秀的年轻教师宋老师也是A中贴吧的忠实用户，前两天那篇震惊了众人的大佬从良帖也是每层楼都拜读过了，甚至还披了个小马甲跟了个帖。

刚刚看见"大佬"一脸想提刀砍人的表情拉着学霸去器材室，就觉得挺有意思。这会儿看着两人像是已经谈拢了这条街到底是归然哥还是归乐乐姐管辖的表情，尤其是"大佬"嘴角眼尾无一不透着笑意的样子，就觉得：

年轻，真好啊。

宋老师让（1）班的同学分成了两组，分别推铅球和跳高水平测试，轮流互换。他和俞晚舟分开记录。

岑然一直记得第一回遇见乐于那次，她的那招“独门暗器”，还有那句“校铅球队的”。

一直不知道这么个小小的身体里到底藏着多大的能量。岑同学很想见识见识。

岑然排在后面，所以这会儿麻溜地跑去乐于那组看她扔铅球了。

俞晚舟发令，乐于持球，贴颈、团身、滑步、旋身、投掷，动作连贯一气呵成颇为专业。

岑然不禁看得微张了张嘴，视线随着她投出去的女子四公斤铅球划了个抛物线。

一群人盯着乐于手里的铅球，就跟一群小猫盯着个红外线手电似的，整齐划一地用脑袋画了个弧线。

俞晚舟噔噔跑过去，测了下成绩，又噔噔跑回来：“乐乐，你可以啊！11 米 76。报名报名！咱们班女子铅球第一稳了！”

乐于伸出手比了个“OK”的手势。

这几个体育特长生里也没个扔铅球的女生，体育委员俞晚舟觉得按照以往的学校整体水平来说，乐于这成绩相当可以了。

“乐乐，你这再训练训练，考个二级也可以啦。”俞晚舟觉得乐乐这也就是随意发挥，还没有体现自己的真实水平，站在一边动员道。

岑然在一旁发话了：“人随意考考就是清华北大的料，费那个劲干吗？”

俞晚舟想想也是，不过校运会还是一定得让乐乐参加的。体育委员对致力于提高班级全员身体素质一向热衷。

“不过，乐乐，”岑然低头看了她一眼，“你这么矮是不是让铅球给压的啊？”

乐于刚还带着一丝笑意的嘴角一僵，缓慢而机械地偏过头，看着他。

俞晚舟：“噗——”

林航低头，一巴掌拍在自己脑门上——哎呀，然哥，我到底说你什么好？这下你刚刚器材室那一出，都白瞎了啊！

Chapter 05

你好像，特别喜欢发呆哦

01. 饭卡

岑然看着旁边几个人要笑又不敢笑的样子就觉得有点莫名其妙，自己难道说错了？

你说人小姑娘吃那么多，也不见胖，又不见长个儿，可不就是被铅球压的吗？

乐于面无表情地抬头斜眼看着岑然，让岑然觉得这位在下一秒就要说出那句无情的：你是谁啊？

岑然虽然不知道自己哪里说得不对，但还是想赶紧找补两句，宋老师却在旁边喊上了："岑然你过来，给大家做个示范。"

"你等等啊，"岑然非常自然地伸手拍了拍乐于的发心，"我待会儿过来。"

乐于："……"你再拍一个试试看……

林航无奈地叹了口气，也跟着去了跳高那边。

俞晚舟觉得林航这位兄弟的幸福并不在自己手里，要毁也是毁在他自己手上的。她"嘿嘿"笑着揉了揉乐于的头顶，又跑去记录其他同学运动的数据了，徒留乐于一个人面无表情地站在原地：长得矮，怪我喽？

宋老师让两组交换过后扫了一眼每个人的成绩，看到乐于的铅球数据时，抬了抬眉毛。

“下节课我们测一下男子 1000 米和女子 800 米，大家准备准备啊。”宋老师无视各位同学的哀号，转头笑道，“乐于是吧？你们看看人家小姑娘，学习又好，体育又好，这铅球推得，都快赶上二级运动员了。”

乐于倒是没什么反应，对角线那头的岑然却是一副与有荣焉的表情，弄得身边的几位男同学云里雾里，这大佬的情绪变化，有点大啊。直觉告诉他们，刚刚这两位去体育器材室，肯定发生了什么不为人知的精彩故事。

果然，下课铃声刚响起来，贴吧里就热闹上了。

今天的标题更加劲爆，堪比娱乐圈当红小鲜肉恋情曝光——大佬恋情石锤！有图有真相！

配图是一张从体育器材室半人高玻璃窗外面偷拍的照片。不过因为反光，距离也有些远，看得不是特别真切。隐约看上去就是大佬包围了可怜的学霸小妹妹，让人坐在跳山羊上面荡悠着两条小短腿不许下来。

楼主：啊啊啊，楼主亲眼所见，大佬今天差点咚咚了学霸妹子！但你要是以为剧情有这么顺利那就大错特错了！啊啊啊，没想到学霸妹子比大佬还牛！我爱了！

工号 9527：哪里有八卦，哪里就有我。

距离高考还有 455 天：楼主请注意你的用词，什么叫你爱了？大佬允许了吗你就爱了？

楼主：楼主和妹子同性别，楼主没在怕的哈！啊啊啊，你们都别走，一定要听我说！

……

楼主：今天我们班体育课和大佬同一节。你们也懂的嘛，平时见大佬的机会不多，像我们这种颜狗，能看见都是想舔一舔的，所以对大佬的动向关注密切。没想到啊没想到！刚一上课就被我们看见了非常带劲的一幕！大佬当着他们全班同学的面拉着学霸妹妹的手走了！走了啊！就这么走了！嗷嗷嗷，我们班女生当时就激动了，这是什么偶像剧剧情！大佬拉拉我！我也要跟你走！

挖掘机技术哪家强：楼主小姐姐，不要给自己加戏啊，赶紧说。

楼主：呜呜呜，这种剧情什么时候才能轮到我呀……好了，我们继续。我们班那个位置，正好可以看见体育器材室嘛，然后你们知道咩，大佬像抱小朋友一样把学霸妹妹放在了跳山羊上面，双手一环撑在了墙上。（楼主脑补对话：女人，你想往哪里跑？）两人不知道说了些什么，感觉大佬正要倾身亲上去的时候！学霸妹妹展现出了比大佬还大佬的霸气！她居然上手啦！妹妹一把把大佬拽了下来，伸手就在大佬的脸上揉搓了半天啊，大佬都没有反抗，就这么让她捏扁搓圆，啊啊啊，这是什么反转剧情？当时我们就震惊了！

网恋吗我雷佳音：啧啧啧，不敢相信，这还是那个传闻中没得感情的大佬吗？

……

林航披着“距离高考还有455天”的小马甲，看着越来越跑偏的回帖，觉得还是有必要让岑然看一看，毕竟这贴吧里还有老师时不时地出没一下。万一被当成是两人在早恋，那他家然然弟弟这棵初恋的小树苗就得被无情扼杀在萌芽状态了。而且吧，照这么个势头发展下去，感觉岑然这校霸的位置，就快让给他们的乐乐小同学了。

“大哥，我求你看一眼还不行吗大哥。”林航把自己的手机往岑然脸上杵。

“你直接说到底什么事儿不就行了。”岑然叹了口气，觉得这位发小什么都好，就是事儿有点多。

林航摸了摸后脑勺：“这个吧，它就真不怎么好形容，你还是自己看比较省事儿。”

“行吧。”岑然无奈，接过他手机滑了起来。

林航本来以为这人应该会愤怒、暴跳如雷，或者开个无情的国骂，再不济也得蹙着眉头骂一句“我去”吧？

结果眼瞅着他从一开始的面无表情，到嘴角勾起了一丝可疑的笑意，再到现在笑得跟个非常需要人关爱的智障少年一样。

林航：“……”

“然哥。”

林航叫了一声。没反应。

“嗨，然哥然哥，别笑了。”林航都有点受不了他，“我这也不是让你来看乐子的啊。你以后跟乐乐同学相处，注意点啊。”

“为什么？”岑然抬头，“我们俩那就是纯洁的男女同桌关系，你有什么意见？”

林航愣了愣：“不不不，完全没意见。”

“嘿嘿嘿，写得挺好啊。”岑然又低头看了一会儿，心里还挺美滋滋的，“挺有意思。”

林航缓缓把手伸过去，想把自己的手机拿回来，不料岑然偏了偏身子，没让他如愿。

林航：“……”不是，之前不要看的也是你，这会儿捧着我手机不还给我的也是你，还有没有人权了啊？

高二的学习任务还挺紧，3 月 17 号、18 号就是小高考。他们这些理科班的同学，还得抽空背背文科内容，毕竟一次性通过考核并且得了 A，高考还能加个分。

乐于没忘了新同桌当初要和自己一块儿坐的理由——好好学习，共同进步。那么乐乐老师肯定得好好关照一下同学，好歹让人混个C吧，别没合格到了高三还得补考，那也太对不起这位每天给自己带的早饭，和硬要在自己校园卡里充的五位数饭钱了。

乐于犹记得那天，这位在校园卡充值的窗口把饭卡当储蓄卡用的情景。

那位充卡的大叔脸上，神情颇为复杂。

“那个，这位同学，你是不是来错地方了？”大叔手指微颤，“要存钱，去银行，咱们这儿不受理大额存款。”

“不是，谁规定充校园卡还有金额上限了啊？”岑然觉得大叔很不讲理。

乐于：“……”

身后排队的众人：“……”不敢惹不敢惹，大佬充个饭卡都如此霸气。

“后面还有人排队呢，”乐于适时开口，“赶紧充完了走吧。”

“麻烦你少两个0，”乐于对着充卡大叔比了比，想想还是太多，“算了，还是少三个0吧。”

“一个，不能再少了。”岑然很怕她用完了就让自己去补卡，那接下去一年半跟着她一起吃的计划可不就泡汤了。

乐于看了眼身后同学们假装看手机的，盯着天花板吹口哨的，还有低头认真拔着指甲盖儿边上倒刺的，仿佛一点都不着急。

“行吧，充吧。”乐于无奈道。

“不好意思啊，耽误大家时间了。”岑然心情不错，接过校园卡看了一眼又塞回给了她。

排队众人：“……”

哎呀！贴吧诚不欺我！大佬居然跟我们说不好意思！大佬从良啦！

“小高考政史地基本上都得靠记，不过也都是些基础题，难度不大。趁还有大半个月把老师画的重点复习一下，及格应该没问题。”乐于这么说，也是为了不打消他的积极性。这位月考卷子全部填满还能考年级倒数第一的同学，她还是挺佩服的，“生物选择题也还是记忆为主，大题你就得分析分析了。你把这几道大题做一做，有什么不明白的再问我吧。”

自习课上，岑然看着她推过来的往年真题，心里有点不是滋味。这一年多来第一回觉得，自己是不是得慢慢把这个“学渣”的帽子摘了？不然有点对不起小同学的谆谆教导啊。

乐于见他就差咬着笔杆子冥思苦想了，微微叹了口气。也不知道这位小高考能不能合格，好像蛮艰难的样子。

岑然决定还是循序渐进，也不能一下子正确率太高，选择题稍微选对了那么一两个，等做到大题那儿的时候又顿住了。

这我还写不写啊？

乐于看他又在愣神，像个检查小孩子作业的家长一样，悄无声息地偏过身子，侧到了岑然斜后方：“要我给你讲讲吗？”

“嗯？”岑然还在既不能让自己什么都做对，又不能让自己显得太蠢的情绪中纠结，一下子听见耳朵旁边有人说话，咻地转过了脑袋。

小同学的脸近在咫尺，下巴好像快搁到自己肩膀上了。

“……”讲，讲什么？

02. 春游

岑然没敢呼吸，憋着一口气咽了咽口水，又咻地侧过了脑袋盯着生物卷子：“啊，讲，讲讲吧，好像看不懂。”

乐于心中微微叹了口气，唉，果然，连题都看不懂，真的太可怜了。

要是乐乐同学是个善于观察的小朋友，这会儿应该就能注意到同桌这位年轻人，耳朵尖尖泛着点不自然的红晕。

“你看啊，首先题目里的是个动物细胞，”乐于把他的试卷抽过来了一些，拿着2B铅笔在题目上勾勾画画，“你把教材翻一翻，把那个细胞结构稍微记一记，就知道它问的这个图形，是个线粒体……”

岑然坐她右手边，所以这会儿她拿着笔给他讲题目的时候，他只能侧着身子。

少年觉得小同桌身上挺暖和的，不然这会儿自己怎么觉得有点热乎呢。

“理解了吗？”乐于见他不回话，又出声问了一遍。

“啊？”岑然心说我理解了吗？我也不知道啊，你在说什么？

乐于叹了口气，觉得这人可能初中水平都没有。

“我再给你讲一遍啊，你别急。”

“哦哦，好。”岑然傻呵呵地应了一声，决定“认真”听一听。

周围同学：“……”好可怕……然哥真的在学习！

小高考对于（1）班的同学来说，那都不是事儿，唯一值得期待一点的，就是争取尽量都得A，到时候高考好加分，所以基本上也就岑然在做做这些基础题。王成武见了倒是非常欣慰，不停跟办公室里的老师感慨自己班上的都是好孩子。

“欸，你听说没，咱们三月底小高考完，就要去春游啦。”

“知道，知道，那天经过老师办公室听到了，就高三没有。”

都是十几岁的半大孩子，对学习以外的事情，还是非常热衷的。

“今年去哪儿啊？”林航对着那本只看得懂单个字母的英语书问同桌。

“听说就在本市啊，不是那什么的樱花开了嘛。”陈晨摊着一本语文课本回道。

“哦。”林航点头，只要不上课，他都没什么意见。

说者无意听者有心。

岑然晚上回了家，就在防潮箱里摸索上了。

平时喜欢拍些风景照，备的几个都是广角镜头，岑然找了找，挑了个

35mm、1.4 光圈的定焦头，卡在了机身上。岑然调着拨盘，透过取景器按了两张，回看了一下觉得还挺满意。春游那天可以用上了。

这几天自习乐于都在抓岑然同学的小高考基础题，这位正确率有点忽上忽下，让乐于觉得有点摸不清他的底子。

林航竖着耳朵听着身后两位的“学术交流”，时不时装作无意地伸个懒腰，顺便回头瞥一眼，对两位这种互帮互助的同学爱感到欣慰异常。

“你这题之前不是做对过吗？这回是不是又忘了？”乐于标出了他的错题，无奈道，“不过总体还是有进步的，考个 C 应该不难。”

小高考的合格率在 95% 以上，一般只要你上了个正常的学，都能过。只不过这位……乐于本着老王那套鼓励为主的原则，实在不忍心说他什么。

“放心吧，乐乐，”岑然回道，“我到时候一定考及格，绝对不给你丢人。”

乐于偏头，看着他满脸认真的样子，就差举个小拳头给自己喊一声加油了。她觉得这人傻归傻，瞧着倒还蛮可爱的。

小高考两天考完四门，月末学校就给这帮小崽子安排了春游。反正成绩要到 4 月初才出，就算没考好的也不着急。

C 市三月底的天气，白天已经挺暖和了。A 中校服挺多，男生的春季款就是黑裤子配白衬衫，少年人本来就长得精神，一个个穿着倒还都挺像那么回事。尤其是岑然这种，如果穿着校服捧着本书，站在学校图书馆的白色窗帘旁边低头看着，那就是校园日偶剧标配男主。

女生的校服更有意思，湖蓝色立领盘扣七分袖上衣，配个黑色小伞裤裙，黑色的圆头搭扣小皮鞋，白袜子。每年春天一到，A 中校门口来来往往的外校男同学都能多不少。少女们成群结伴，看着挺有民国范儿，非常有 A 中特色。

大部分女同学都对春季校服挺满意，只有俞晚舟，极力拒绝。这位一米七八的小姐姐觉得自己穿上这一身就跟女装大佬一样。

今天每个班级的同学都在教室里集合，等着待会儿到校门口坐大巴去景区。

教室后门，乐于穿着春季校服，套了件米白色的针织开衫，松松垮垮地挂在身上，像是从民国时期穿越过来的女学生。貌似她还没适应环境，乖巧地跟在俞晚舟后面，看得岑然心里又忍不住软了软。

只不过看到俞晚舟穿着那一身男生校服站在乐于身边的时候，又莫名觉得心里面犯了点酸意。

无法解释。

“来了，”岑然把早饭递过去，“先吃，待会儿别饿着肚子晕车了。”

今日份的早餐也算是C市经典款——粢饭团。乐于抓过那只一手捏起来还有点费劲的饭团，咬了一口，里面按着她的口味，在糯米饭的内侧铺撒了一层白糖，紧接着是肉松，里头还夹杂了一点爽脆的榨菜。再往里是必不可少的油条，另外还配了烤肠和卤蛋。

乐于不知道岑然是上哪儿买的。这家的粢饭团，肉松是那种酥酥脆脆的口感，卤蛋又非常入味，连带着蛋黄里都有味道，贼好吃。

岑然见她一边吃，一边把粢饭团捏紧，生怕肉酥掉出来。他伸手就把豆浆给她插上了：“喝点，别噎着，他们家豆浆也不错，自己磨的。”

“唔，”乐于伸手接上，“谢谢啊。”

俞晚舟偏头看着旁边的两位直抽嘴角：你小子也忒殷勤了一点吧？

乐于吃着吃着，就感受到了邻桌的视线，抬头看了一眼俞晚舟，又看了一眼自己手上的粢饭团。

她默默放下，在小书包里掏了掏：“吃这个吧？”

乐于想起来俞晚舟今天跟自己一样，都起得晚没吃早饭。昨天下课一起去外面超市买了零食，这会儿只能从书包里掏两个小蛋糕给她垫垫了。

俞晚舟接过。乐于听着她窸窸窣窣拆包装袋的声音，没敢再抬头，默默啃着粢饭团里的卤蛋，感受着空气中无形的电波在自己头顶上刺啦作响。

大巴车每个班级一辆，大家都有座儿，也不着急。他们后排的几位晃晃悠悠等着最后一批上车。

不过上了车，这位小同学到底应该和谁坐，倒是让人挺困扰的。

“大家都是同桌和同桌坐的，凭什么乐乐要和你一起坐？”岑然觉得没道理。

“大家都是同性别坐的，凭什么乐乐要和你坐？”俞晚舟觉得真理站在自己这边。

乐于：“……”这两位仿佛是小学生……

林航抬头看着俞晚舟：“要不，我跟你坐？”

俞晚舟垂眼：“……”

“欸欸欸，后面几位同学坐好了啊，”司机师傅在前面招了招手，“别站着了，待会儿发车了。”

大巴车缓缓驶出。

林航转头，透过两个椅背当中的缝隙看了一眼最后那排呈V字形排列的三位。三人均面无表情地坐在位置上，旁边两位看上去不是太开心，当中那位一动不动，双手乖乖摆在膝盖上，匀速眨着眼睛，看上去一脸蒙。

林航缓缓转过脑袋：真是个神奇的组合。

风景区离A中还挺远，在一个天然湖边上，每年春天都能吸引不少周边市民。自驾游的有，戴着小红帽跟着举个小黄旗的导游一起组团来的叔叔阿姨们也有。

有一段路开得特别慢。乐于不知道什么时候开始打起了瞌睡，小脑袋一点一点的。

岑然见状，一手不动声色地往前伸着挡了挡。虽然系着安全带，还是生怕这人迷迷糊糊就倒下去。这会儿他倒是有些后悔和俞晚舟争了，他们坐的最后一排有些高，如果是坐两人位的话，小同桌还能睡得舒服一些。

大巴车打了个转向灯，右侧车道不挤，司机师傅瞅准了，一把方向盘就漂移了过去。

同学们跟着惯性往右倒，乐于也不例外，她还睡得云里雾里，指不定以为是梦里在坐过山车呢。

岑然右手撑着前排后座的扶手，目视前方，表情十分淡定，就是僵直着没敢动弹的身体出卖了他的心。

大巴车拐上了环湖公路，开得相对顺畅了些。乐于同学大概是觉得这靠垫还挺舒服，脑袋瓜顶着人胳膊就没再挪开。

岑然咽了咽口水，稍稍侧了一下肩，找了个让人靠起来更舒服一点的姿势，然后继续装木头人。

03. 湖风

“同学们醒醒啊，”王老师站起来拍了拍手，“马上就快到啦。”

乐于一个激灵直了身子，坐她边上的俞晚舟也迷迷糊糊地抬手打了个哈欠。

“这就到了？”俞晚舟伸了个懒腰，侧头瞥了一眼旁边的两位，距离保持得很好，体育委员很满意。

岑然缓了缓神，稍微动了下有点僵硬的胳膊，垂眸看了旁边的小同桌一眼。

乐于眼睛是睁开了，神思还处在游离阶段。

王成武见有的同学还没醒，非常积极地开展起了老王牌叫醒服务："大家这是还没睡饱吧，我给你们唱个歌醒醒神啊。"

"嗷——"前排一位男同学叫唤道，"醒了！醒了！"

"王老师别！您歇会儿，我们缓缓就成。"林航在最后面也不忘插一嘴。

"呵呵呵，"王老师觉得这些同学真的非常体贴，"没事儿，老师不累，我给你们唱个《青藏高原》啊。"

"我天……"林航小声嘀咕了一句，"酷刑啊。"

老王一开口，司机师傅都忍不住踩了一脚刹车，各位同学被安全带勒得往前倾了倾。王老师笑呵呵地扶了扶车座把手，稳了稳身形。

车厢里歌声嘹亮，王老师唱得激情澎湃，各位在座的同学们却是安静如鸡。

一曲唱毕，众人表情均是颇为复杂。司机师傅握紧方向盘的手也终于松了松。

车厢里一时间安静得有些诡异。

"好。"车厢最后排传来一声没什么感情的赞叹，跟着是孤零零的拍手声。

众人先是一愣，再是齐刷刷地回头张望，简直不敢相信有人会夸得出口这个字！

乐于看着车厢过道里两排脑袋瓜，茫然地咧了个笑。

岑然眯着一只眼睛缓缓侧头看向她，慢慢吐出三个字："好听吗？"

乐于回视："挺好啊。"歌词全对。

岑然看她一脸认真，丝毫不像是在拍老师马屁的样子，讶异地挑了挑眉。

这"青藏高原"都唱到"四川盆地"那儿去了，真的……好听？

"不——"乐于有点心虚，对自己的艺术鉴赏能力向来不太自信，弱弱地问了一句，"好吗？"

岑然快速眨了两下眼睛，缓缓把双手举到脑袋边上，一边“啪啪”拍了两下，一边开口：“好，好，非常好。”乐乐说好就是好。

众人：“……”呜呜呜，然哥你不带这样的啊，照顾一下大众情绪行不行啊？你不能为了讨好学霸妹子置我们的生死于不顾啊……

“好……好极了……太太太……太好听了！”

在大佬的带领下，同学们只能含泪鼓掌，脸上还不能表露出丝毫的勉强。

“呵呵呵，”王老师觉得自己当初应该去考个声乐的，做化学老师简直是埋没了人才，“既然大家那么喜欢，我再给你们唱一个吧……”

司机师傅握着方向盘的手又不由自主地紧了紧。

众人闻言，不时有同学把头埋在了前排座椅的靠背上，低着头抽抽着肩膀。

“那么开心呢？”王老师心情相当不错，“看你们笑得那样儿。”

众人除了乐于同学之外：“……”妈妈！救救我们……

在经历了老王魔音摧残的最后一小段路后，大巴车终于到了景区门口，同学们纷纷松了一口气，就是这会儿看着乐于的眼神里充满了复杂的情绪。在看到大佬漠然回视的时候，他们又纷纷装作无事发生一般把视线移向了别处。

“啊哈，今天天气好晴朗，处处好风光。”

“……”

王老师把班里同学带了进去，不忘再关照一遍：“大家分组活动吧，一定注意安全啊，下午三点在这儿集合，咱们再一起回学校，然后再解散。”

“好——”同学们纷纷应声。

林航陈晨跟着岑然几个没分开。岑然自然是陪在乐于身边，至于俞晚舟，以往春游或者集体活动，这位跟文艺委员她们几个玩得都不错，但是今天，体育委员决定舍友在哪儿她在哪儿，坚决不能让前同桌落入虎狼圈。

文委也是高个子小姐姐，目测一米六八左右，小裙子穿在身上，两条大长腿非常引人注目，不时有年轻人行个回头礼。

“舟舟今天不跟我们一起？”文委安逸婷婷袅袅地走了过来。

乐于盯着人小姐姐的大长腿看了一会儿，眼珠子没舍得挪窝。

岑然看着她抽了抽嘴角，很想说一句：你也有，咱别看了成吗？

“啊，”俞晚舟回她，“今天你们玩，我陪着我舍友呢。”

安逸小姐姐意味深长地看了岑然和乐于一眼，朝着俞晚舟点了点头就带着几个女同学先走了。

岑然倒是松了口气，那位要是叫着乐于一道走，自己还真不知道找什么理由让她留下来跟他们几个大老爷们一块儿组队。

“叶盛和天宇待会儿来找咱们，等等他们俩。”林航发了个微信，又对着岑然晃了晃手机。

岑然点头。

“哎哟，妹妹，”叶盛老远就看见了这几个人，实在很好认，三个大高个领着个小朋友。人还没到，老远就喊上了，“这身校服穿你身上那绝对是拍写真的水准啊。”

岑然闻言，垂眸瞥了他一眼。

叶盛还想再夸两句，被林航捅了捅：“赶紧的，就等你们俩呢。先进去晃晃。”

叶同学可能是没感受到然哥刚刚那个眼神，看岑然今天背着个单反相机包，又皮上了：“哟，然哥今天把‘小老婆’都带上啦？”

“我怎么以前没觉得你话那么多呢？”岑然插着校裤口袋瞧着他，“我连个女朋友都没谈过，哪里来的小老婆？”

其余几位闻言，都觉得这位同学是意有所指，是非常明显地说给某一位同学听的。

在场的几位表情各异。俞晚舟对着天空翻了个白眼，林航一脸欣慰，叶盛觉得自己刚来时候说的那话简直是在作死，一时间觉得春季校服有点冷。赵天宇和陈晨只当自己什么都不知道，低头玩着手机。

只有那位当事人，勒着两根背包带子面无表情地看着来来往往的路人。

几位商量了下，决定先坐快艇去湖中间的小岛转转。

坐快艇的队伍明显比坐小游轮的长，大概是年轻人觉得这个稍微刺激那么一点点。

轮到他们几个的时候，快艇上面已经坐了几个人，这几位只能和别人拼座。

俞晚舟刚前脚踏上去，低头一数人头就觉得有点不对劲，这自己一下来就正好坐满了啊。

刚想抬脚回去，就被林航一把拽住了："坐坐坐，别走啊，来来来，救生衣给你。"

"欸，那个男同学你赶紧坐下，"开快艇的师傅压了压手，"救生衣定穿上啊，注意安全。"

"……"俞晚舟觉得自己的性别遭到了歧视。

"体育委员快坐！别气别气！"林航塞了救生衣就把人拉着坐了下来，指了指自己的眼睛，"大叔，眼神不好。"

"你这一看就是风姿绰约的小姐姐啊。"林航狗腿道。

俞晚舟一边用力穿着救生衣，一边眯眼看着他。谁不知道你打的是什么主意？

师傅开了发动机，白色的水雾渐起，快艇离开了码头。

俞晚舟看着站在岸边朝她微笑挥手，乐得像个招财猫一样的岑然，气得磨了磨后槽牙。

被大部队抛弃的两位同学一个无所谓，一个莫名挺乐呵。乐呵的那位有种终于能单独约个会——不是，能单独说上两句话的感觉。

前面那艘快艇开出去一段距离，后面的又“突突突”滑到了码头边上。

两人排在最前面，岑然先跳了下去，很自然地转身伸手：“小心。”

少女隔着他的长袖白衬衣，搭着胳膊跨了下去。

后面跟着的有游客，还有不少A中的同学。看着大佬一脸温柔地为学霸妹子服务，有些没上贴吧晃悠过的，一时间都觉得下巴有点沉。

“给我吧。”岑然顺手帮她把小书包解了下来，提了提还挺沉，估计装了一背包吃的。

“你……”乐于惊了惊，“没带吃的？”

岑然觉得自己原来在对方心目中就是这种人，无奈道：“穿上救生衣就还给你。”

“啊。”乐于心虚点头，捞起位置上的救生衣套上了。

小姑娘个子小，救生衣都是一个尺寸，这会儿坐下之后低头扣着安全扣，脑袋缩在空荡荡的救生衣里，看上去还挺搞笑。

岑然“嘿嘿”笑了两声：“你这怎么跟缩在了乌龟壳里似的，感觉手都够不上扣子了。”

“……”乐于钩着安全扣的手一顿。救生衣前面空了一大块，自己低头按扣子的确有点视线盲区，只是这位的形容……

岑然见她不动了，以为她真的看不见，拖着这位的小书包侧身，抬手就给她把安全扣“吧嗒”两下按了进去。

也不知道是不是被湖面上的小风吹的，少年指尖微凉，不经意间触上了自己手背的感觉，像是羽毛盈盈划过，轻轻柔柔。

“我发现你好像特别喜欢发呆啊，”岑然见她不动作，偏了偏脑袋凑到她耳边问了一句，“又在想什么呢？”

04. 月老

乐于不知道是身边这位说话时吹来的气息，还是湖面上飘来的小风，只觉得耳朵尖尖被扫得有些痒，微微缩了缩肩。

岑然见她低着头埋在救生衣里不说话，就露了双眼睛在外面，觉得这位大概是不会理自己了。他抿唇笑着拍了拍她的发心："吃的上了岸就还你，别怕。"

乐于："……"

师傅开了马达，小快艇"突突突"冲了出去，身后跟着一条小白龙。

这位师傅跟前头那位稳健型选手的驾驶风格截然相反，非常空荡的水面他一定要开出公路赛竞相追逐的刺激感。

蛇皮走位，非常风骚。

"抓紧啦。"师傅一边带着你体会本景区最刺激的水上项目，一边不忘提醒你注意安全。

一船就八个人，大家拉着前面的扶手，跟着师傅一把把的方向左右摇摆，不时发出"哦哦"的起哄声。

师傅大概是觉得这一批"观众朋友"很配合，非常卖力地展现起自己真正的实力，每当"观众朋友"们以为这小快艇快要侧翻的时候，又被一把方向给拉了回来。

惯性太大，就算岑然拉着前面的扶手，还是控制不住往身侧偏。

"难受吗？"岑然侧身顺势问了一句。

乐于转头："挺好玩。"

岑然看着她被风吹得眼睛微眯，刘海乱飞，还一本正经地说"好玩"的样子，忍不住抿嘴笑了笑，伸手虚覆在了少女额前："那下回一块儿去游乐园玩？”

“啊，”乐于也不知道自己听没听清，“行。”

少年得到了自己满意的答案，心情大概是不错，转头哼起了小曲儿:“轻轻柔柔的想念，在单恋的季节，还记得湖畔曾与你相遇……”

乐于听着旁边年轻人哼着欢快的曲调，嗓音清澈，唱出了不一样的味道。歌词被风吹得有些散，听不真切。少年伸过来的那只手没有再收回去，微拢着替她挡着眼前的湖风。

掩在手心后面的眼睛垂了眼睫，缓缓眨了两下。

两人到湖间小岛的时候，俞晚舟他们一帮人已经在等着了。

体育委员一副“你有没有趁着我不在怎么怎么着我家小白菜”的表情。岑然一脸莫名其妙，觉得这位对自己的敌意简直不可理喻。

几人沿着湖边的沙滩一路往西，远远就瞧见了一把硕大的同心锁，得有一人多高。好多小情侣和游客都在前头摆着各种 pose 合影留念。悬着同心锁的铁链上密密麻麻地悬着不少小锁，有些看上去还挺新，刻着恋人的名字。

走近一瞧，才知道是一间月老祠，门下还书着一副对联：绿柳含笑永结同心，红梅吐芳喜结连理。门头两侧的白墙上挂着红色的网，上面缀着不少祈愿的红丝带和小木牌。再往旁边一些的树上还悬着透明的玻璃风铃。有湖风吹过的时候，清脆的风铃声和着小木牌“嗒嗒”的碰撞声，还挺有意境。

不过这意境很快就被某些二货打破了。

“嘿，咱们七个单身狗，还要在这儿站多久？”叶盛开口，又对着里面喊了一句，“爷爷，爷爷，我什么时候才能找到女朋友呀？”

“……”

众人看着他一副不演就会死的样子，无言以对。

“要不，”林航开口征求大部队的意见，“进去转转？”

岑然不着痕迹地扫了乐于一眼，轻描淡写道：“来都来了，转转呗。”

大佬发了话，队员们跨过门槛走了进去。

月老祠里香火挺旺，不少年轻人请了香，求了签，拿着同心锁一脸甜蜜地出门挂去了。

岑然垂眸观察了一下小同桌的表情，还是那副带着一点茫然的状况外，好像眼前的这些事儿都跟自己关系不大，纯粹就是个路人。

少年收回视线，抿着嘴微微挑眉，又轻叹了一声。他头一回看着别人成双成对的，生出了那么一点点羡慕来。

小部队回去的时候，为了避免来时的情况，俞晚舟同学提议不坐快艇了，要坐画舫，体会一下在湖面上悠悠飘荡的感觉。当然，主要目的还是让这两位别再掉队了。

这个季节景区人很多，基本上每棵樱花树下都有人，一群年轻人溜达了小半个上午，都觉得有点饿了，上了岸随意找了个空地儿就准备吃吃零食赏赏花。

乐于对这个安排很满意，春游嘛，对她来说能安心坐下来吃一会儿才是最重要的。

她坐下之后，解了小书包，想起同桌今天什么吃的都没带，非常有良心地摸了一小块巧克力给人递了过去。

“哦，他……”

林航刚想说“他不吃这些”，就被岑然打断了：“谢谢啊，你怎么知道我爱吃？乐乐我发现我们的口味还挺一致的。”

林航：“……”节操呢？原则呢？你什么时候爱吃这些甜食过了？

俞晚舟斜眼看着岑然把昨天她和乐于一块儿挑的巧克力拆开，挤出来一点，咬了一小口，笑得眼睛眯眯。体育委员使劲咬着自己手里的一罐子

薯片，“咔嚓”作响。

“乐乐，我这儿也有吃的，”林航把背包里的零食倒了出来，“一起吃啊。”

“嗯。”乐于点头笑了笑，先给自己拆了个棒棒糖。酸甜水果味，开开胃。

岑然对甜食是无所谓的态度，这会儿小口吃着，垂眸看着小同桌慢慢悠悠地剥着糖纸，极度认真。想到开学前一天第一次见到她那回，这位手举着最后一颗山楂糖葫芦出现在众人面前的画面，无意识地就弯了弯嘴角。

乐于感受到了头顶斜上方的视线，转头瞥了一眼。

“嗯？”岑然看她盯着自己，指了指她的嘴角。

“沾上了。”乐于舔着棒棒糖回道。

“哦哦。”岑然觉得自己刚刚又有点想多了，伸出舌尖舔了舔。

“反了。”

“啊，”岑然又换了个方向，“这会儿呢？”

乐于看着他舔了半天，莫名想到阿胖，人家猫都能自己舔毛洗脸收拾得干干净净。

少女叹了口气，棒棒糖往嘴里一塞，鼓在脸颊一边，一手撑着地，一手抬起伸到少年嘴边，仰着脑袋无奈道：“还是没舔干净。”

岑然眼睛微微睁圆了一些，又快速眨巴了两下。少女的食指指腹在他的嘴角边上蹭了两下，力道不大，让人觉得痒丝丝的，呼吸间还能闻见她嘴里棒棒糖的味道。

草莓味的。

Chapter 06

愚人节配情人节，都跟逗人玩似的

01. 樱花

岑然：我我……我现在好像有点动不了，我应该说点什么？谢谢？

俞晚舟：怎么有种小白菜成了精反扑小猪崽的感觉……我大概是疯了。

林航：我在低头吃零食，我什么都没看到。

陈晨：Me too.

叶盛 & 赵天宇：玩游戏呢忙得很，我们什么也不知道。

乐于：“……”总觉得周围的磁场，不太对。

“啧，”叶盛横着手机屏幕，“你是傻子吗？怎么又送人头？”

“我凭本事送的人头，你凭什么骂我傻子？”赵天宇干脆把手机往草地上一扔。

叶盛抬头瞥了一眼，手上没停：“行行，你干脆挂机吧，这样我们还有希望。”

“嘿，”赵天宇闻言，又把手机拿了回来，“你这么说我就不乐意了，我还真就要展现自己真正的实力了。”

也不知道赵同学是如何展现其非凡实力的，一局打完，叶盛看他的眼神感觉是很想跟这位发小恩断义绝的。

“苍天啊，来个正常人跟我一块儿开个黑吧！”叶盛终于是忍不住了，拉着林航哀号。

“一起吗？”乐于咬完了棒棒糖最后一点点糖渣子问道。

“嗯？”叶盛转头，“妹妹也玩游戏？”

岑然怎么听这称呼怎么不爽，抬头瞥了叶盛一眼。

“嗯，”乐于划开手机，点开游戏文件夹，转了个个儿对着叶盛几个，“这些都行。”

“哎呀，妹妹你可以啊，”叶盛凑过去看了一眼，“什么都玩啊。”

“无聊的时候会玩玩。”乐于解释。

“正好，”叶盛抬头看向岑然，“然哥一起啊。”

岑然摸过手机的“爪子”一顿，想想自己唯一的“开心消消乐”，是不是不要拿出来比较好。

“就这个刺激战场吧，”叶盛转头对着赵天宇，“求你歇一会儿。”

“行吧。”赵天宇无奈，自己菜得这么有水平，自己也是知道的，“我看你们玩总行了吧。”

岑然点开应用现下了一个：“等我一会儿，下一个。”

“然哥，”叶盛大概是觉得春天来了，万物复苏，连带着空气里飘着柳絮花粉什么的，让他皮有点痒，“我说你平时吧，也不学习，也不见你玩游戏，你到底有什么娱乐活动啊？”

岑然：“……”说出来吓死你，我在家刷题玩呢，你敢信？

岑然没理他。

叶盛见他没反应，自动脑补了一下，“呵呵”笑了一会儿：“移动硬盘 800 个 G？”

岑然在手机屏幕上划拉的手一顿，先是微微侧头看了乐于一眼，她在拆薯片，没反应。

接着，他又抬眸瞥了叶盛一眼，带着那么点警告的意味。

叶盛连忙紧紧抿起嘴，身体往后一缩。

“你个猪话怎么那么多呢？”林航觉得叶盛早晚死在他那张嘴上。

乐于：“……”嗯……我好像明白了……

林航给岑然简单说了下规则，四个人组队就玩上了。俞晚舟凑到乐于身边看着。

“欸欸欸，”叶盛是个没记性的孩子，“然哥你别趴下啊！刚枪！跟他刚枪！”

叶盛：“欸，我去！那么快……”

岑然：“……”

“呃哈哈哈，”俞晚舟笑得有点开心，“他这是挂了？”

乐于抬头瞥了他一眼，没说话。

一局打完，林航弱弱地问了一声：“还玩吗？”

众人齐齐看向岑然。

第一把，没经验，再试试呗。

“玩。”

第二把出乎意料的顺畅，排队一分钟，成盒 20 秒。

岑然：“……”我的天啊……

乐于内心终于有了点波动。

“还、还玩吗？”林航看着脸色有点沉的岑然，气势更弱地问了一句。

“玩！”我还真的不信了！

这一把明显持续时间久了一些，只不过……

“然哥，时间来不及了，”叶盛又叫唤上了，“跑毒跑毒！”

岑然眉头一皱：什么玩意儿？

众人看着某人再一次成为一个小盒子，都是有点说不出话来。

“然哥你这真是……”叶盛顿了顿，“一气‘盒’成啊。”

岑然气得把手机往草坪上一甩，鼓了鼓腮帮子，出了口气。

“哈哈哈，”赵天宇心情很好，“然哥比我还菜。”

岑然半阖着眼皮给了赵天宇一个“你再笑笑看”的眼神，赵天宇抿着嘴憋得有点辛苦。

乐于再次抬头看着他的眼神里带着一丝同情：这位学习不好也就算了，连玩游戏都那么菜……真的好惨。

岑然垂眸看见小同桌投来的目光，长叹了一口气：“要不，我氪个金试试？”

“别了吧，”乐于盯着手机屏幕悠悠开口，“有时候氪金也无法改变自己是个菜鸡的事实。最多也就是个贴了金箔的菜鸡，菜得闪闪发亮。”

“……”岑然一顿，像慢动作回放一样缓缓转过脑袋，面无表情地垂眸看着小同桌。

“噗——”

其余几位终于是没忍住，终于有人替他们说出了自己内心真实的想法。

游戏是玩不下去，再玩下去某位同学估计就得跟他们实战了。肉搏的那种。

几位沿着樱花林走走晃晃，林航拉着俞晚舟就往前面走，留了岑然和小同桌两个坠在最后面。

三月末的樱花，粉白粉白的，成团地开着，笼成一团团粉色的棉花糖，衬得树下的少女也是一脸绯色。

“我帮你拿。”

这会儿大概是热了些，乐于外套搭在了手肘上。没等她回话，岑然伸手接了过去，搭在了另一侧的胳膊上。

乐于抬头，慢半拍道：“谢谢啊。”

低头的时候看见岑然裤子口袋里鼓鼓囊囊的，也不知道藏了什么东西。

岑然拍了拍她的发心，示意她抬头：“给你一样东西。”

“嗯？”乐于仰起脑袋。

岑然站定：“把手伸出来。”

乐于见他手插在裤兜里，有点好奇他到底藏了什么，勒着书包带子的手抬了起来。

“两只手。”岑然开口。

小姑娘乖乖又伸了一只过来。

少年抓了一把粉白在她手心里：“趁你们玩游戏的时候草地上捡的。”

话音刚落，他又扬了扬手，接着端起相机迅速后退了几步。

乐于兀自盯着掌心里柔柔的花瓣发呆，隐约觉得眼前有东西飘落，抬眼，愣了愣。

岑然透过取景器，看见眼前的少女，微微抬头，起先有一瞬的怔愣，接着缓缓眨了眨眼，无意识地弯了弯嘴角。

快门按下，定格。

多年后的岑然再想起这一天，也会记得那一刻的天空蔚蓝，空气里的微风透着暖意和淡香。少女站在粉白的樱花树下，就算身边往来的人群熙熙攘攘，也像是被大光圈虚化成了朦胧的背景。他的眼中，只有那个穿着湖蓝色校服，瞳仁里透着光，往后成了自己一辈子牵挂的，乐于。

02. 生日

“欸，天哪……”

林航几个见后面两位久久没跟上，转头瞧了瞧。这一幕恰好被几位年轻人看了去。

“论撩妹技术，还是然哥上乘啊。”叶盛感叹。

赵天宇终于肯定了他一回，点头道：“嗯，那话怎么说来着？直男不撩你不是不会撩，是他不想撩。我算看出来了，咱然哥就是这种人。”

……

这边几位还在探讨撩妹技术哪家强，岑然放下相机的一刻就有国际友人上前搭讪了。

大概以为他是摄影师，直接就问上了，能不能跟这位看着很中国风的小妹妹合个影。

岑然：“……”论女朋——咳咳，不是，论女同桌太讨人喜欢了怎么办？很困扰，求支着儿。

虽然有那么一咩咩的不乐意，岑同学还是两三步跨了回去，撑着腿微弯腰，问了问乐于的意思。

“哦，”乐于回道，“都行啊。”

乐于这会儿的心思倒是不在这儿，刚听这位的英语口语，不像是能考年级倒数的水平啊。乐乐同学心中有点疑惑。

一群人晃晃吃吃，转眼就快到集合回去的时间了。岑然、俞晚舟一左一右保驾护航，其余两对同桌各站斜后方。早到了门口的同学看着这么个组合远远走来，突然生出了一种“乐乐姐 C 位出道”的感觉，只觉此处 BGM 应该配个《乱世巨星》更为应景。

大巴车开回去的时候，王成武终于是放过了他们，说是让他们睡会儿，玩了一天该累了。司机师傅觉得这位班主任老师还算是有点人性的。

回程的时候，林航拉着俞晚舟一块儿和陈晨一起坐在了最后一排，说是要教体育委员玩游戏。然哥太菜，他们放弃了，以后要拉着她和乐乐一起开黑。

俞晚舟想着刚刚那一幕“人工樱花雨”，觉得自己稍微想通了那么一点。小白菜与其落在这些“歪瓜裂枣”手里，还不如就让给小猪崽了。她眯眼瞟了林航一眼，跟着他一起坐到了后面。

大巴刚启动，岑然就觉得身边这位好像已经睡着了。

车厢里为了换气，每个座位头顶的风口里都吹着风。岑然抬头看了一眼，抬手把小风口给合上了，又伸手探了探，觉得没有风吹出来了才垂了手。

车行了一段路，大约是这帮年轻人真的玩得有些累了，车厢里挺安静。只有林航对着俞晚舟小声絮叨着：“你沿着树啊、石头啊什么的跑，小心被人发现……”

刚在景区的时候，岑然蓄谋已久想给乐于拍几张照，拿了她的外套就没给人还回去。这会儿见她像是已经眯着了，抖开了衣服，侧身缓缓给人搭了上去，动作很轻。

等岑然重新坐好，不知道是不是感觉到有东西覆了上来，乐于动了动，原先搭在小裙子上的手落了下来，垂在了身侧。

宽松的针织外套覆着，谁也没瞧见柔软的毛线织物下面，少女的手背堪堪落在了两人中间。岑然甚至能感觉到，手侧多了一点暖意。距离很近，或许只差了一毫米的距离。

岑同学在做个人和不做人之间犹豫了三秒钟，指尖动了动。像是幼兽第一回捕猎，带着试探和一丝不安，又有些雀跃和兴奋，小心翼翼地，屏着呼吸，轻轻缓缓地，把小拇指搭在了身边人的手背上。

就这么一个简单的动作，少年像是做了一整个世纪那么漫长。等指尖感受到了温度，才又长又缓地呼了一口气，只是胸腔里跳动着的声音，却没能因为平缓的呼吸变慢。

春日午后三点多的阳光从玻璃窗外透进来，不晒人，却还是照得岑然眯了眯眼睛。身边的少女安静地睡着，长睫垂落，带着金色的碎光。大巴车悠闲地开在环湖路上。

少年恍惚觉得远处飘来了歌声：春天的来临，悄悄地释出暧昧的气息，在百花齐放的季节里，你清新脱俗得有股诗意……甜甜蜜蜜的暧昧，在热恋的季节，还记得你的笑容无比的甜……

晚上到家之后，岑然把白天拍的照片导进了笔记本电脑里。他盯着屏幕上打开的照片，一会儿左手托腮，一会儿两手十指交叉托着下巴，一会儿又身子往后靠在了座椅靠背上。

看了一会儿，他又重新倾身上前，下巴支在桌面上，右手摸着鼠标抬眼看着，感叹了一句：“原片都那么完美，这技术，修图都无从下手。不愧是我拍的。”

春游过后没两天，就是岑然生日。这天早上乐于刚到教室，岑然就盛情邀约上了：“乐乐这周日晚上有空吗？”

“嗯？”乐于啃着早饭抬头，咽下后回道，“有啊。”

“那个，”岑然觉得自己居然有那么点不好意思，简直魔怔了，“那天我生日，晚上叫了林航他们几个一起吃饭，你也一起来呗。”

“啊，”乐于摸出手机看了一眼日期，愣了一瞬，“好。”

岑然见她答应，松了口气，跟人约好了时间地点，美滋滋地上课了。

“然哥，”林航觉得自己现在有点慌，“你要不，给她打个电话？”

岑然看了一眼时间，脸色有点难看：“给她发过消息了，她说知道了。”

“那个，”林航企图再次解释，“要不你跟她再说说，我觉得你这个生日吧，第一回知道的人，会误解，也是情有可原的。”

岑然没说话，沉着脸瞥了他一眼：“我这生日怎么了？”

“很好！很好！”林航赶紧摆手，“好极了！特别好记！”

“吃吧，别等了。”岑然开口。

这位平时其实很好说话，只不过犯起轴的时候，几位还是不怎么敢劝，这会儿都闭了嘴。

岑然看着服务生端上来的一道道菜，觉得索然无味。

一顿饭吃得气氛有点诡异。

林航几个纷纷把准备的礼物拿了出来，各种调节气氛。

岑然拆了礼物，一一道谢。他拿着林航送的，听着林航的介绍，却是有点哭笑不得。

“70-200mm 焦段，2.8 光圈，全时手动对焦，逆光状态也有超强表现。”林航犹如专业导购，“保证你百米开外都能把人拍得清清楚楚。”

岑然无奈笑叹：“你这是让我未来往职业狗仔的方向发展？”

林航“嘶”了一声，抬着下巴蹙了蹙眉，想象了一下岑然端着单反相机，矮着身子偷摸尾随在小同学身后，时不时举起来“咔嚓”一张的画面，觉得好像是有那么点猥琐。

几人插科打诨了一番，气氛逐渐热络。只是看着最后端上来的一份份甜点，少年还是忍不住叹了口气，自己前两天特意来和这儿的主厨沟通了一下餐后甜点安排什么，这会儿还是白瞎了……

03. 甜点

“昨天为什么不来？”岑然压着脾气开口，每个工作日的豪华早餐还是没忘了给人放桌上。

乐于一愣：“昨天，昨天不是愚人节吗？”

这该死的生日日期。

“所以你就觉得我是在逗你玩？”

“不……”乐于有点不确定了，“是吗？”

岑然烦躁地撸了把额发，闭了闭眼睛，深呼吸一口，盯着她：“我什么时候骗过你了？”

少女眨了两下眼睛，看着同桌脸上一副“你好好回答，回答不好今天就把你贴在黑板报上”的表情，咽了咽口水。

今天，这位好像真的有点生气。

“对不起啊……”乐于心里一声叹息，心说我真以为你是趁着愚人节逗我玩呢。

小乐乐头一回如此机智，却没想到人家真的是愚人节这天生日。

少女嗓音软软，一改平时没什么感情起伏的语调，听着就像是打翻了水杯的小猫咪蹭到你身边跟你“喵”了一声，撒娇讨饶似的。听得人心里软绵绵的，只想把身份证拍到课桌上说一句：是我不好，我应该直接给你看身份证的，你就不会误会了！

“啊？”岑然没料到这位道歉速度那么快，有些没反应过来，不知道怎么接话，反倒是自己愣了。

“要不，你哪天有空，我请你吃好吃的？给你补回来？”乐于再接再厉。

岑然眨了眨眼：“那多……不好意思啊。”

乐于刚想说应该的，就听他又补了一句：“还有生日礼物。”

“……”有钱人果然抠门啊。少女内心感叹。

“快吃。”岑然把一盒子小蛋糕往人跟前推了推，还有一瓶草莓汁。

乐于不晓得这人哪里搞来的三无产品，经常能看见他给自己带这种透明玻璃瓶里的果汁，还怪好喝的。

揭开盒盖，整齐码着五样小甜品。樱花红豆浮云卷、蒙布朗、火焰榴梿芝士、喷霜玫瑰慕斯，还有一颗做成蜜瓜形状的小甜点，挺逼真。

“先每个尝一口，”岑然看她无从下手的样子，凑过去说了一声，“把觉得好吃的先吃了。”

乐于转头，抬眼看了看他：“头发有点乱。”

“嗯？”岑然对这位时不时的答非所问有点茫然。

乐于见他瞪着眼睛不动，抬手到他额前，揪着人发丝理了理：“好了。”

明明什么也没碰到，少年却觉得被轻轻扯着的发丝有些微痒。像是小奶猫刚刚“喵”完，又伸出不带尖爪子的小肉垫，往你胸口上踏了几下，小脑袋抵着你的额头蹭了蹭。

蹭得岑然只想说一句：要什么口味的罐头？我全都买给你！每天不带重样的！

岑然还沉浸在小奶猫的肉垫好软，胎毛也好舒服的飘飘然中，就听前面某位看不清形势的同学开了口：“哎，乐乐，你不知道昨天然哥等你等得都快哭了。”

乐于咬着蛋糕叉子侧头瞥了同桌一眼，想在这位脸上找出一点眼睛红过的痕迹。

“滚！你个猪能不能别胡说？”岑然转头骂了一句，觉得这人简直破坏自己在同桌心中的伟岸形象。

骂完又觉得自己居然在小同桌面前说脏话了，岑然赶紧眨巴两下眼睛看着乐于：“我没有，别听他乱说。”

乐于先前还是不信的，这会儿看着这位“恼羞成怒”的表现，觉得大抵是真的了。她心里又开始不好意思了起来。

“你想要什么礼物？”

岑然愣了愣，觉得她怎么跟直男似的，直接问自己要什么礼物，都没有惊喜了，没意思。

乐于以为他是不好意思说，又开口："想到了告诉我，我去买。"

"……"没意思。

林航看着两位的表情咧着嘴角抖着肩膀。

"乐乐，你什么时候生日呀？"岑然觉得反正话题都扯到这块儿了，干脆问一问。

乐于挖着"蜜瓜"的手一顿："2 月 14 日。"

唔，外面是巧克力，里面是紫苏味的奶油，最里面还有蜜瓜味的果酱。

"哎哟呵，你们俩这生日还真配啊。"林航乐了两声，"愚人节配情人节，都跟逗人玩似的。说出去都没人信。"

两位缓缓转头看着他。

林航看着乐于面无表情，又见岑然仿佛下一秒就要说出"我看你更好玩儿，你把头伸过来，让我玩玩试试"。

他默默闭嘴，转头，抽出英语书。

"乐乐还比我大一个半月？"岑然趴在课桌上看着她吃，脑袋搁在胳膊肘弯弯里问道。

"小学跳了一级。"乐于淡淡道。

"哦。"岑然眨了眨眼，"那后来怎么不跳了？"

乐于斟酌了一下，决定实话实说："我爸跟老师说，智商跟得上，情商跟不上，怕我吃亏。"

岑然忍着笑意"哦"了一声，直起身子，左手支在课桌上托着左脸颊，转身对着教室后门。

乐于："……"不要以为我不知道你在笑，课桌抖了。

这年清明小长假三天，从周四到周六。乐于说要回 A 市，等放完假回来请他吃饭。少年乐呵呵地答应了。

A市离C市不远，高铁一个小时车程。临放假前，乐暮春就给乐于来了电话。

“乐乐，”乐暮春觉得嗓子有点发紧，咳了两声道，“今年还要回去吗？”

“回。”

没什么情绪，但又很坚定的语气。

乐暮春在电话那头微微叹了口气，自己这个宝贝女儿，看着性子软乎，其实也是个倔的。不然，也不会……

“行，”乐暮春回，“那你周三晚上下了课爸爸去接你。”

“好。”

乐于挂了电话。俞晚舟洗完澡擦着头发从卫生间里出来，见她坐在床上神色不太对，手机握在手里还没放下，屏幕已经暗了。

“怎么了乐乐？”俞晚舟蹲下身子。

体育委员第一个念头就是：那小子欺负我们家小白菜了。

乐于像是盯着她，又不像是盯着她，眼神有些空。

“怎么了这是？”体育委员觉得没跑了，肯定是岑然那家伙欺负人了，“谁欺负你了你告诉我，看我不捶爆他的狗头！”

“嗯？”大概是俞晚舟最后那句话太激动了一些，乐于回神，“啊，没、没事。”

“是吗？”

“真没事，”乐于低头看着她笑了笑，“是和我爸打电话呢。”

“哦，”俞晚舟蔫了蔫，觉得自己捶不到岑然的狗头了，“没事就好，快去洗澡吧。”

俞晚舟起身，揉了揉乐于的头顶，小舍友头发软软的，还挺好摸。

乐于“嗯”了一声，从衣柜里拿了睡衣，进了卫生间，反锁了门。抱着衣服站在洗漱台前，盯着镜子里的自己看了好一会儿。

进了淋浴房，打开花洒。

温热的水流从头顶倾泻而下，少女微抬着下巴，闭上了眼睛。

04. 放假

周三上课的时候，乐于简单装了几件换洗衣服，背着书包到了教室。岑然见她每回带书包都不是为了装书，就觉得有些好笑。

下午自习课结束，乐于直接背着书包起身，准备往校门口走。

乐暮春已经发了个消息过来，到了。

“欸，等等，”岑然急急忙忙往书包里塞了几本书，抬头道，“我跟你一块儿走。”

林航觉得这人有时候就是爱装，你说你想和小同桌一块儿走还不快一些，还要装上两本书，你带回去你看吗你？

乐于脚步顿了顿，站在后门口不远处等他。

“好了走吧。”岑然单肩挎着书包，觉得自己瞧着简直比学霸还要认真。

乐于走得不快，岑然跨个两三步还能转头倒退着走等等她。

“家里人来接你吗？”岑然知道她小长假要回 A 市，就是不知道她怎么走，要是没人来接，岑同学非常乐意直接跨城“快递”，当天送达。

今天要回他那个依山傍水的家，司机已经在另一条路边上等着了。

“嗯，”乐于点头，“在门口等我了。”

“哦，”一点小小的失望没有打倒岑同学，“那我等你回来请我吃好吃的啊。”

乐于试着勾了勾嘴角，点了点头。

岑然总觉得今天小同桌心情不太好，直接证据就是中午吃饭只要了五个菜。

走出校门口，乐于远远瞧见了乐暮春，顿了脚步：“我先走了。”

岑然顺着她刚刚的视线看了一眼。今天放学人太多，也没看见和乐于长得像的家长，低头笑了笑：“嗯，节后见。”

两人道了再见，各自往不同的方向走去。

乐暮春觉得女儿虽然个子不高，不过在人群里还是挺显眼的，从拐出校门那会儿就看见她和一个个子很高的男同学一起走了出来。

男生前前后后绕着女儿转，看着挺阳光开朗的样子。在乐暮春眼里，两个小孩这一路算是有说有笑了。

乐爸爸还挺开心。

“同学吗？”乐暮春接过女儿的书包问了一句。

“嗯，”乐于点头，“同桌。”

乐暮春笑了笑：“长得还挺帅。”

乐于不置可否。

乐暮春见她又不说话了，揽过女儿的肩头拍了拍：“打车去车站吧，外公外婆等我们吃晚饭。”

乐于闻言，眼神暗了暗，“嗯”了一声。

“你这同桌瞧着不错，”乐暮春还是想找点话题和女儿聊聊，“看上去就是品学兼优的样子。”

乐于无语：“……”爸，你近视度数又深了吗？

乐暮春早订好了票，父女俩进了高铁站，一路到了 A 市，又转了地铁，到乐于外公外婆家的时候已经快八点了。

老两口听见楼下按门铃的声音，还没等父女俩上来，就赶紧把房门开了，站在电梯口数着楼层等着他们。

“囡囡回来啦？”外婆看见乐于，赶紧一把搂过小外孙女在怀里抱了抱，又松开了些捏了捏脸颊，“怎么瘦了？”

乐暮春“呵呵”笑了两声：“妈，你哪回见了乐乐不说她瘦了？她那体质像谁你又不是不知道，吃再多也那样。”

乐暮春说完这句话，气氛一凝。

“外公外婆。”乐于软软地喊了两声，适时打破了沉默。

“欸欸，”外公拍拍乐于的脑袋，“乖囡，快进去吧老太婆，站这楼道里干吗呢？乐乐该饿了。”

“啊，对对，”外婆揽着小外孙女的肩就往屋里走，完全不管后面的两位男士了，“外婆给你做了糖醋排骨、油焖虾、腌笃鲜……”

“爸，东西放哪儿？”乐暮春进屋，顺带关了房门。

“哎哟，”外公接了过来，“你这是当做客呢？回自己家还要带东西。”

“谁规定回自己家还不能带东西了？正好晚上和你喝……”乐暮春乐了两声，又顿了顿，低了声音，“算了，下回吧。”

外公转头看了一眼，见祖孙二人大概是进屋了，抬手拍了拍他的肩没说话，把东西拿进了客厅。

饭后，外公陪着乐于在客厅里看电视，也不知道放的什么台，外公笑得不行。乐于则像是跟不上节拍的合唱团成员，总是在电视机里观众朋友们和外公一起笑完了好一会儿，才“呵呵”乐上两声。

乐暮春帮忙洗碗。

外婆在案板上切着水果，耳朵里听到老头子的笑声，转头瞧了一眼客厅里的一老一少，压低声音问了一句：“囡囡还是这样吗？”

也不知道是不是洗洁精太滑手，还是听了这句话。乐暮春手上的碗一滑，“哐啷”一声掉在水池里，还好没有碎。

乐暮春转头看了一眼，大概客厅里没听见动静，捞起碗继续洗着。

“各项测试都没有问题。”乐暮春微叹了口气，“但是你也知道这孩子聪明，医生说，她或许只是知道，应该怎么配合。”

外婆闻言，也跟着叹了一声，心疼道：“这孩子，根本不是她的错，怎么她就都往自己身上揽呢？要怪也是怪那个杀千刀的……”

“妈，你也别太担心，”乐暮春安慰道，“今天我去学校接她，看见她和她同桌一路上有说有笑的，处得还不错。”

“哦？”外婆抬头，“是吗？是男小囡还是女小囡啊？”

“男的，长得还挺神气，个子又高。”乐暮春描述道，“跟在乐乐身边转来转去的，看着就蛮阳光的样子。”

外婆这下也来了兴趣：“乐乐从小就讨人喜欢，这个年纪有男孩子盯着不要太正常哦，你别管他们。”

乐暮春被丈母娘这个提前告诫“不要棒打鸳鸯”的话给逗乐了：“妈你这想得还挺远啊。我晓得的，你放心，乐乐能和同学玩得好，我开心都来不及了。”

“你也别光顾着笑，”外婆操心完了小的又准备操心一下这个大的，“也这么多年了，你也好考虑考虑自己，找……”

“欸！”乐暮春冲干净了碗，赶紧在擦手布上抹了抹水渍，“这个拿出去吃是吧？我来端出去！”说完端着果盘就溜了。

“哎哟，你们一个个的，”外婆小声嘀咕了一句，“还说小的呢，自己不也一个样子，唉。”

第二天一早，乐暮春提前叫好的车就在小区门口等着了。

路上有些堵，一路开开停停。乐暮春坐在前面，透过后视镜看着坐在后排最左边的女儿，一路上闭着眼睛靠着车窗玻璃，也不知道是睡着了还是没睡着。

快到的时候，外婆拍了拍乐于，把外孙女叫醒了。乐于笑了笑，跟着一起下了车。

公墓挺大，一排排整整齐齐，像是一个个小房子。

虽然是清明，也还是安静的。间或经过别人的墓前，就算是时间已经过去很久，已经能在那家人脸上看见笑意，只是当事人心中到底是何想法，旁人也是无从揣测。

乐于捧着一把白色的小雏菊，跟着三个大人到了今天的目的地。她看着墓碑上和自己长得有八九分相像的年轻女人的照片，顿了顿，蹲了下去，摆上了鲜花。

05. 开学

回忆有时候就像是躲在用布虚掩着的纸盒子里，轻轻一拨弄，就能悉数从盒子里跳出来，不给你一点喘息的时间。

乐于觉得自己的眼睛干干的，没有一点湿润的意思，只是有点涩罢了。

墓碑两侧的山茶花开得繁盛，园子里鸟声如洗，美好得让人有些麻木。

“乐乐，”乐暮春轻声唤了一句，“地上凉，起来吧。”

没有动静，乐暮春又轻唤了一声。

乐于抬头，勾了一点嘴角，“嗯”了一声。

回程的路上，乐暮春看着女儿神情茫然地斜靠着车窗玻璃上，几不可闻地叹了口气。

少女看着车窗外往来的车辆行人在自己眼前经过，只觉得一窗之隔就仿佛隔了一个世界。肉体像是焦渴龟裂的土地，只觉得焦灼眩晕。

晚上的饭桌上，外公外婆不停地劝着菜，乐于不住点头，就是不怎么动筷子。

“乐乐，”乐暮春给女儿舀了一小碗汤递过去，“没事吧？”

“没事啊，”乐于抬头环视了三位一圈，弯了个看不见眼睛的笑容，“可能下午吃了点心不怎么饿吧。”

“对的，对的，”外婆赶紧接话，“下午我给乐乐买了两块小蛋糕的。”

乐于接了乐暮春递过来的汤，茶树菇炖排骨。本来是挺清补的一碗汤，不知道为什么，这会儿闻着肉香味，胃里面有点翻腾。

乐于勉强喝了两口咽了下去，喉咙口却像是哽着东西一样，不接受新的食物下肚。两口汤一喝，小姑娘急急忙忙搁了碗，捂着嘴巴跑到了卫生间里，顺带反锁了门。

“这……”

“妈，你坐，”乐暮春赶紧站了起来，“我去看看。”

等乐于在里面没动静了，卫生间的门才被轻叩了两下，乐暮春在门外问道：“乐乐，你没事吧？”

“爸，没事，大概吃坏肚子了。”乐于隔着门应声，嗓音有点沙，“我过会儿就出来。”

乐暮春搁在门板上的指关节紧了紧，又无奈地垂了手，没再发声。

这一天吃的东西本来就不多，这会儿吐得大概胆汁都出来了，从胃里泛到食道，再哽到喉咙口，一路有种灼烧感，说不上的难受。

乐于抬了水龙头把手，捧着水漱了漱口，抬眼看着镜子里眼眶红红的小姑娘愣了一会儿。她垂头用冷水洗了把脸，扯了毛巾擦干，开门走了出去。

“外婆，”乐于懒懒地开了口，“我好像吃坏肚子了，我能不吃饭了吗？”

“哎哟，我的乖囡，”外婆赶紧站起来搂了搂小外孙女，“好好，不吃了不吃了，晚上饿了外婆给你下鸡丝面。”

“那我洗个澡早点睡了。”乐于靠着老人，抬眼问了问。

“好好。”

床头一盏暖黄色的小台灯，映着少女墨黑色的眼。

卧室里没有吊顶，只四周勾了个简约的石膏线。乐于盯着朦胧的白色天花板，缓缓眨着眼睛。

被子里伸出一只小手，按灭了光源。

一瞬的黑暗让人眼睛难以短时间内适应，眼前瞬时笼了一层黑雾。残缺的，支离破碎的，混乱的片段，断断续续地透过黑雾浮现眼前。

少女藏在被子里的指关节紧了紧，脑袋往里缩了缩，让被子蒙上了眼睛，阖了眼皮。

一股温热晃荡着，流过脸颊。

“囡囡怎么还没起来？”外婆看看时间问着乐暮春。

“大概昨晚没睡好，”乐暮春安慰道，“平时就爱睡懒觉，让她多睡儿吧。”

外婆看了一眼女婿，想到小外孙女昨天食不下咽的样子：“每年回来都这样，下次你就别带她回来了……”

“妈，”乐暮春打断丈母娘，无奈笑道，“你又不是不知道，我要说不让她回来，她也不会听我的不是。”

“都是些个倔的，你们几个就谁也别嫌弃谁了。”外婆瞥了女婿一眼，转身，“做午饭去了。”

乐暮春笑了两声，转头看着女儿那间房门，无声长出了一口气。

“不行，我得去叫一下，”外婆看着挂钟的时针瞄着“1”的方向，“吃饱了再让她睡。”

“囡囡啊，”房门轻扣，“起来吃饭啦，吃好了再睡呀。”

“妈，你这样叫她跟催眠似的，她起不来。”乐暮春笑道。

外婆白了他一眼，接着敲了两下门。

乐暮春拿了手机拨了乐于电话，站在房门口等着，只是到电话那头的“嘟嘟”声自然挂断了，也没人接起。

“乐乐！起床啦！”乐暮春敲了敲房门，抬高了音量喊道。

“哦哟，你们两个，”外公也跑来凑热闹，“囡囡平时上课吃力的呀，一定要叫她起来干吗啦。”

三个人折腾了半天，里面还是丝毫没动静。

乐暮春这会儿才觉得不太对劲：“妈，有钥匙吗？开门进去看看，平时再贪睡也不会睡那么死的。”

外婆一听，心里慌了慌，自己这个唯一的小外孙女可千万别再出点什么事儿：“有的有的，我去拿。”

房门一开，窗帘还拉着，屋内没有开灯，外婆握着门把手开了一条缝，又喊了一声：“囡囡，起床吃饭啦。”

没反应。

外婆干脆开了门进去，先是一把拉开了窗帘，让小外孙女感受一下阳光的威力，又准备再提供一下叫醒服务。

她转身看到小外孙女整个人闷在被子里睡着，心脏像是被人捏了捏，有点透不过气来。

看着被子缓缓地起伏，才深吸了几口气，直笑自己是年纪大了爱胡思乱想。走到床边，她掀了一点被子准备叫人，话还没出口，就又被吓了一跳。

小姑娘脸红得有点不正常，额发湿哒哒的，眉头微蹙。

这会儿大概是终于听到有人叫她了，努力支开眼皮半眨了两下，还不忘弯了弯嘴角，有气无力地喊了声“外婆”。

外婆抬手一摸，一阵心疼：“哎哟，乖囡，你怎么发烧了。”赶紧给她睡衣外面罩了外套，对着屋外喊了一声，“小乐，快进来，囡囡发烧了！”

又是一阵兵荒马乱。

小长假过后，正常上课。

岑然惦记着小同桌要给自己补过生日这回事儿，在家里期待了三天，上课前一晚就让司机给他送到了学校旁边。

一大早，他拎着早饭进了教室，春风满面，就差哼个小曲儿了。

众人看着大佬一脸“春意盎然”的样子，纷纷揣测这位假期里是不是又和那位被他当“大佬”供着的学霸妹子干吗去了。

岑然落座，看人还没来，给她把早饭搁在了桌子上，脑袋趴胳膊肘弯弯里盯着那瓶透明玻璃瓶里的橙汁。明黄色的，跟今天的太阳一样亮眼。

少年左等右等，嘴角上扬的弧度随着早读课铃响，再到第一节课预备铃响，越来越平。

这会儿，他抿着嘴不乐意地问着俞晚舟：“你出宿舍的时候乐乐还在睡？”

“嗯？”俞晚舟刚训练完回来，也有点蒙，“她昨晚没回宿舍，还没来？”

岑然闻言，有点小郁闷：“没，大概在家睡过头了？我发个消息问下她吧。”

岑然一个消息发了过去：乐乐你怎么不来上课？早饭都凉了。

手机调了静音，岑然就这么搁课桌肚里，低头盯着手机屏幕。一直盯到第一节课上课铃声响起，屏幕也没亮起来。

岑同学不甘心，又发了一条过去。

岑然：我等着你请我吃好吃的，连早饭都没吃。

还没反应。

岑然有点颓，一上午给这人发的消息，就像是被对方屏蔽了一样。毫无应答，石沉大海。

中午林航叫他一块儿去吃饭，这位也没去，赌气地把同桌的早饭给吃了，只不过边吃边在心里抱怨：冷冷的，真难吃。

这会儿看着早上那瓶让人心情愉悦的橙汁，也觉得格外碍眼，干脆拧开瓶盖自己喝了。还好天气不算热，没馊。

岑然觉得自己好苦，仿佛一个言情小说里的苦情男主角。

下午，岑同学再接再厉，觉得这个点这人总得醒了吧？

岑然：你说吧，是不是不想请我吃饭了？

岑然：不吃就不吃吧，我请你好不好？

岑然：我知道一家甜品店，他们家的黑糖鲜奶特别好喝。

岑然：所以你赶紧滚回来上课！

……

岑然消息发出去，又觉得那个“滚”字不太合适，点开了想撤回，发现已经过了时间。他无力地把下巴支在课桌面上，第一回真正地坐在教室里一整天，没听课。

“回你消息了吗？”自习课前俞晚舟主动问了邻桌一句。

“没。”岑然摇头。

“我发她消息也没回。”俞晚舟觉得有点奇怪，“我来打个电话问问她。”

岑然直了身子，表面看不出什么情绪，耳朵尖尖竖起来听着。自己也不好意思给她打微信语音电话，体育委员这么说再好不过了。

“不接……”俞晚舟挂了电话，转头。

岑然这才觉得，除了失落之外，有一点心慌。

她突然出现，成了自己同学，又成了自己同桌。可是和她的唯一联系，就只是一个微信号而已。

你看不见对面到底有没有看到你的消息，故意不回还是这会儿有事。

他甚至连她的电话号码都没有，更别提对她有更多其他的了解。她家住哪儿？要是实在找不到她，自己该去哪里找她？她要是开学突然出现了那么一下，隔了两个月不到又突然消失了，一声招呼也不打，那自己还能见到她吗？

若干年后要是还能再遇见，就凭她认人的本事，还能记得自己吗？

……

岑然觉得自己不能再细想下去了，这么想下去估计得疯。

“不行，”少年噌地站起来，“我去问问老王。”

Chapter 07

岑然觉得，“直”这种东西，真的不分男女

01. 回校

年级组的老师这会儿都觉得，能在办公室看见这位学校风云少年主动前来，自己可能是眼神不太好了。

难道这位是来问题目的？

岑然打了招呼进去。老王笑眯眯地抬头：“岑然同学有什么化学上的难题要问我的吗？”

“……”大概或许可能，这也是一种化学反应？

“老师，乐于怎么没来上课？”岑然问得直接。

在等王成武回话的那么几秒钟时间里，那股心慌劲儿又上来了，要是老王直接说“她又转学了”，自己应该拿什么心态来面对这个现实的问题。

“啊，”王老师恍然大悟，神情严肃道，“乐于同学生病了，她父亲给我打过电话请假了，要过几天才来。”

王老师对同学之间这种互爱之情颇感欣慰，捞过桌子上的超大号保温杯，拧开，慢条斯理地喝了口茶水。

“什么病？”岑然心跳漏了一拍。什么病还得严重到请假好几天的？

还电话不接消息不回的。

王成武端着保温杯抬头，看见岑然的脸色，差点一口茶水喷他身上。王老师有一种被人居高临下俯视的浓重压迫感，仿佛自己喝得再慢一点这位平时非常礼貌的“校霸”同学就要连老师都揍了。

王老师赶紧咽了茶水：“没大事，感冒发烧了，稍微有点严重，她父亲让她多休息两天。”

岑然微舒了口气，肩膀微微垂了垂，整个人松了一半，对老王这种说话大喘气，还配合着一副“我好心痛”表情的理科老师，表示无力吐槽。

“怎么回事？”俞晚舟都不忙着去训练了，等岑然回了教室赶紧问道。

“感冒发烧，”岑然回她，“请几天假。”

“哦，”体育委员同样松了口气，不然自己可爱的小舍友就要换人了，想想就伤心，“那就好。”

“好什么好？”岑然微眯着眼睛侧头瞥了她一眼，嗓音有点沉。

“不是，”俞晚舟赶紧解释，“我的意思是……”我去，我的意思是乐于不转学，没出什么事儿就好！

“你是不是有病啊？”俞晚舟见他冷着脸看着自己，也有点上火。

岑然收回视线，靠着椅背屈着长腿踩在课桌前面的横杠上，手指上转着飞起来像个小风扇的水笔。

自己大概是真的有病吧。这会儿知道人生病了，心里也没比开始以为人要转学来得舒服多少。

所以她是什么时候开始生病的？是不是很难受？这会儿好了没？为什么不回消息？连回消息的力气都没有，这得多严重了？

岑然觉得自己有点躁，长出了一口气，低声说了句“抱歉”。

俞晚舟倒是愣了愣，刚也知道他就是有点急，这会儿倒因为他这句“抱歉”弄得有点不好意思了。

“欸，没事，”俞晚舟拿着训练服站了起来，“回头等她回了消息再问问情况吧。”

岑然没抬头，“嗯”了一声。

前面的林航默默把这两位的话都听了进去。这会儿俞晚舟走出去了，林同学转过脑袋，看着岑然无意识地转着笔，额发垂得有些散乱，眼皮半阖地眨着，一看就是一副身心投入想心思的样子。

他默默转身，没敢说话。

然哥现在的样子，瞧着比初三那会儿气压还低。

医生担心有什么并发症，让小姑娘在医院住了两天，挂水观察。等乐于有力气想点别的了，才发现自己手机没拿。

平时也没什么人联系自己，这两天基本上都是挂水、喝粥、睡觉，于是她也就没叫乐暮春帮自己回去拿。

等回了外婆家，放好东西，她拿过手机充上电，开机看了下，才发现满屏幕的微信消息，还有未接来电。

乐于挑了挑眉，划开屏幕。电话是俞晚舟打的。一条条消息，有俞晚舟的，大部分都是岑然的，密密麻麻。

小姑娘生出了一种被人“夺命连环 call”的感觉。

乐于先给舍友回了个消息：发烧住了两天院，手机忘带了，这两天就回学校。

接着，她一条条看起了这位现任同桌的信息。到底是什么原因能让一个学渣写得比月考语文小作文还洋洋洒洒。

岑然：乐乐，你这样是不行的，逃避不是办法。难道你不来上课就不用请我吃饭了？

乐于：“……”小姑娘有点无语，这人一天天的脑子里都是什么神逻辑。

岑然：我问了老王了，你生病了。有人陪你吗？

岑然：等你好了，我带你去吃好吃的。

岑然：乐乐，好了就早点回来呀，过两天要月考了，我题目不会做。

岑然：乐乐你是不是嫌我烦了，我不发了。

岑然：不许拉黑我！

……

小姑娘看到最后几条，嘴角无意识地勾了勾，抬手按了条消息过去。

乐于：医院待了两天，手机忘拿了。这两天回去检查你作业。加油岑然同学。

少女看着对话框里的字斟酌了一下，觉得最后那句是不是有点礼貌又不失尴尬了些？

正想着要不要改一改，对面就开始显示了正在输入，没过 0.5 秒，一条消息就发了过来。乐于感觉自己都能看见对面那人捧着手机着急慌忙对着屏幕一通乱按的样子。

果然，这消息都透着一惊一乍：被我捉住了！正在输入！你好了没？

乐于脸上没什么表情，心里觉得有点好笑，删了那段话，重新发了一条过去：好了，明天下午回。

那头岑然摸着手机没动，之前小同桌一直没回消息，自己吧啦吧啦讲了一堆，好像有一种可以把心里话说出来不怕被人看见的感觉。这会儿当着“面”让他再说点什么，倒是有点无从下手了，莫名有点害羞起来。

当然岑同学是不会承认自己害羞的，他只是词穷了。

岑然看着小同桌回过来的言简意赅的几个字，磨磨叽叽发了个“好，等你”过去，也就没再说什么。

少女看着屏幕上最后两个字，愣了愣。

第二天，知道同桌要回校，这位终于是认真听了一天课，只不过不时摸出手机来看两眼。

小同桌果然没让他失望，一个消息也没再发来过。

岑同学觉得这会儿自己得适当地保持一下高冷形象，也没问她什么时候到学校。

下午自习课前，岑然和林航从学校小超市买喝的回来。刚踏进教室后门，林航就见前面岑然突然顿住了，自己高挺的鼻梁差点折损在他的背肌上头。

刚想开口问他怎么了，林航就看见前面的人抬手送水到嘴边的动作也停了停，三两步往前一跨。

林航觉得他就差来个滑跪了。

“乐乐，”岑然用了一副在乐于看来是可怜巴巴的眼神看着她，“你终于回来了。”

02. 情书

林航：“……”

我去！然哥，你这会儿的样子和前两天未必是同一个人啊？

啊！各位观众朋友你来听听这个语气，看看这个表情，品品这个眼神，你们说他是不是人格分裂？

林同学觉得自己对这位发小如今的表现简直叹为观止。

“嗯，刚到。”乐于回。

岑然一个闪现，用他水汪汪的无辜狗狗眼看着她。

小姑娘甚至生出了一种想要摸摸他脑袋瓜，叫他别哭的冲动。

“还烧吗？”岑然非常自然地伸出手，挑了她的额发，手背在人额头上贴了贴，又放回自己的额头上感受了一下，“好像没烧了。”

乐于在他做这个动作的时候僵了一僵，没想到这位做得那么得心应手一气呵成，自己都还没反应过来，这位就已经收手了。

微凉的手背贴着额头那一瞬的触感，配合着少年眼里不加掩饰的担忧，让小姑娘微眯了眯眼睛。

有点陌生的情绪，不知道怎么形容。

小同桌就这么盯着自己没挪开视线，岑然也没动，像是在观察什么了不得的艺术品，需要好好品鉴欣赏一番，直愣愣地盯了一会儿。

“乐乐你怎么瘦了？”他语带哀怨。

岑同学发出了对“艺术品”的鉴赏总结，甚至想伸手去捏一捏“艺术品”的脸颊，看看是不是如自己所下的判断那般。

他搭在课桌上的一条胳膊下意识地抬了抬，快到人脸颊边的时候才意识到气氛有些不对劲。

岑然同学犹如影帝上身，迅速换了个眼神扫了一圈四周。

这会儿周围一圈的同学和走廊外面零散经过的“路人”，都像是抗战时期的谍报人员，突然背书的背书，假装喝水的喝水，低头玩手机的玩手机，一副“我们什么也没看见”的惜命状态。

“头发黏在脸上了，”岑然也意识到这么光明正大地捏人小姑娘脸颊貌似不妥，可是伸出去的手要突然收回来也很尴尬，于是话锋一转，伸出无名指捋了一下她的头发，语调绵绵，“不难受吗？”

“啊？”乐于再一次进入宕机状态，觉得这一回回校，新同桌和以前，好像有那么点不一样，“哦。”

自习课铃声一响，王成武就走了进来，看着挺乐呵。

“那个，小高考成绩出来了，大家可以上J省教育考试院那个网站查一查，不方便的也可以叫我给你们查啊。”王老师接着说道，“接下去一个月大家活动都很多，后天月考，四月下旬运动会，月底期中考，然后五一小长假。”

王老师笑眯眯地扫了一圈众人：“开不开心？”

“……”

同学们一直觉得老王大概是把他们当小学生看待的，干脆非常配合地拖着音调集体回道：“开心——”

王老师很满足：“这个校运会啊，是非常能展现咱们班集体荣誉的一项活动，希望大家能踊跃报名啊。争取，我是说争取就行啊，咱们能拿个第三名的小锦旗挂挂。”

运动会年级总分前三名，学校会统一做一面大红丝绒配明黄流苏和金灿灿文字的倒三角小锦旗。

老王对这个锦旗不知道为什么谜之执着，高一的时候就念叨过，就是没拿到，倒数第三都没轮上。

这会儿班里换了一小批人，王老师又期待上了。

等俞晚舟训练回来，领了班主任大人的旨意，立刻动员上了。

让体育委员始料未及的是，这回都没让自己多费口舌，抢了自己同桌的邻桌大佬，就答应报了好几个项目。

她觉得可能大概或许是因为小舍友也报名了？真刺激。

“乐乐你也报800米呀？”俞晚舟有点担心小舍友的身体，“你这不是感冒才好吗？”

乐于觉得有些好笑：“还有十几天呢。”

“哦，”俞晚舟觉得自己有点傻，“也是。”

上回体育课女生800米，男生1000米体测，乐乐也就跑了三分钟出头，虽然比不上她，不过杀杀别的班，还是绰绰有余了。

体育委员想想自己和小舍友一起站在领奖台上的画面就有点小激动。

晚上回家的时候，岑然查了下自己的成绩，两个 C，两个 B。岑然觉得还行，成绩不算好，但看上去又有缓慢的进步，比较符合自己长期以来的学渣人设。

第二天，他还在乐于那儿邀了下功：“乐乐，多亏了有你。你看我全都及格了，这么短的时间里能都及格，你说我高考还有救吗？”

乐于侧过脑袋，抬头看了他一眼：“加油，你可以的。”

岑然还没来得及笑，林航就转头说上了：“然哥你何止是及格了啊，你可是‘2B’啊，可牛了。”

这位勉强全都达到了 C 的同学真心实意地夸着自己发小。

岑然拉平了嘴角，缓缓转头：“闭嘴，转过头去，今天都不要转过来。”

林航眨了眨眼，觉得越发捉摸不透这位发小的性子了，跟女人似的，分分钟可以给你转换十八种情绪，永远叫你猜不透他在想什么。

四月月考过后，没出意外，年级第一和年级倒数第一，是一对相亲相爱的同桌。

这回校长又在升旗仪式的时候隆重表扬了一下乐于同学。有些之前没怎么在意的，如今知道了“校霸”和学霸的一段段恩怨情仇，对这位妹子都是极其感兴趣。

岑然觉得他们（1）班的教室后门，最近下了课“顺便”经过去厕所的男同学，非常多。

岑同学觉得可能是自己最近太好说话了，不过看着小同桌毫无反应，丝毫没受影响的样子，又有点欣慰。

大佬发挥了一下应有的实力，侧身，背对着小同桌，朝窗户外面走廊上的男同学们瞄了一眼。

少年沉了脸的时候，还是挺有威慑力的。和他对上视线的男同学像是被按了一下的弹簧，迅速弹开，同手同脚地走了。

奈何还是有那么些不惧“校霸”淫威的耿直少年，觉得年轻人就应该为爱痴狂。

体育委员下午训练回来的时候，不仅给小舍友带了棒棒糖，还给人带了封一个巴掌大的，颜色非常暧昧的粉色系信件。

“嗯？”乐于有些不解，侧身问，“舟舟你还给我写信了？”

岑然一个侧头，迅速进入警戒状态，眯着眼睛看了看乐于手上那封“信”。

哈？封口处还贴了个红色小爱心的贴纸？

这玩意儿岑然从小没少收到过，一看就知道是什么东西！

岑同学把那玩意儿从小同桌手上一抽，在人背后低低喊了一声：“乐乐。”

乐于盯着自己那只还保持着举信动作，只是这会儿空了的手看了一会儿，听见身侧像是债务公司来讨债似的喊声。

小姑娘转头：“嗯？”

“咱们的当务之急，是好好学习。”岑然神情严肃。

“啊，”乐于不知道就他这样的为什么要突然说这种话，“有道理。”

“是吧？”岑然来劲了，“所以这种妨碍学习的东西，我帮你保管吧。”

乐于盯着他眨巴了一会儿眼睛反应了一下，觉得自己大概是明白了，这东西以前好像也收到过，是各种打着“让我们互帮互助友爱学习，一起在知识的海洋里遨游吧”的旗号，来跟自己套近乎的“小信件”。

“嗯。”乐于点头。

岑然拉平的嘴角立马疯狂上扬：妈呀！小同桌好乖啊！

俞晚舟看得无语，觉得岑然这会儿就跟个人贩子在拐骗小孩儿似的。唉，小舍友的智商大概都用在学习上了。

当时那个小男生来叫自己帮忙，她瞧着人家斯斯文文的，一看就像个好学生，就答应下来了。

这会儿看着乐于被岑然“忽悠”得连这情书长啥样都没看清，她有些无语。

“乐乐。”岑然把那封信随意往课桌肚里一扔，也没准备看，又喊上了。

“怎么了？”

“那个，”岑然觉得有点不好意思，搞得自己跟要饭的一样，“我那个生日……”

“啊，”乐于点头，“我一直等着你说要去哪儿吃饭呢。”

行吧，岑然觉得“直”这种东西，真的不分男女。

“我发现一家甜品店，是自助的，有点想去那儿吃。就当是，你帮我补吃生日蛋糕了吧。”

乐于一听，写着作业的笔都顿了顿。甜品，还是自助的？有这种好事？

少女转头，坚定道：“好。”

就知道她会喜欢，岑然弯了弯嘴角。

两人约了周末的时间。

“还有礼物。”岑然笑眯眯地加了一句，“别问我要什么。”

乐于：“……”

03. 礼物

乐于默默掏出手机，抱着试试看的心态，打开某浏览器搜索框。思索了一下，她输入了几个词：同学、高富帅、礼物。

不承想，跟她有同样困扰的人还不少，乐于悄悄地点进几条看了一下。

有说送手表领带剃须刀的，有说送车模 CD 动漫周边的，乐于觉得貌似都不太合适。还有个不靠谱的说送埃菲尔铁塔的，乐于觉得有点蒙。

更有热心网友直接建议提问人把自己打个蝴蝶结的。小姑娘眨巴了两下眼睛思考了一会儿，脸一热。

她有点小慌地偷偷瞥了一眼同桌，删除键一按，重新打了一条：男同学、礼物。

翻了半天，就在她差点决定上某宝买一套考卷的时候，终于找到一篇还算靠谱的，看着像个正常人能送的东西。

乐于同学逐一考量。

第一条，睡衣，号称万能又实用的礼物。

乐于觉得貌似不错，不过当看到那句“让爱人在睡觉的时候也能想起你”时，又默默放弃了。这感觉，想想就有点怪异。

第二条，变色水杯，你可以把对方的照片印在杯子上，随着水温变化展现他帅气的容颜。杯子还代表一辈子哦！

……

乐于：“……”我确定我搜的是男同学啊，不是男朋友啊……

小姑娘耐着性子看完了，最后觉得那条“制作一个 ta 形象的玩偶”，还算像个人。至于后面写着的“一定要让他知道你是如何克服各种困难才完成了这个作品，让他感动得一塌糊涂哦”，乐于决定选择性忽略。

因为乐乐同学决定某宝直接定做一个，要是让她自己动手，估计历经九十九难做出来的，也只能让人痛哭流涕。不是感动的，是想打人的那种。

岑然一直用眼角余光看着她。她偷偷摸摸跟在干坏事儿似的，还以为自己不知道……少年忍不住抿了抿嘴角。

周六中午，岑然在校门口等她的时候，竟然生出了一点点紧张感。

本来想叫司机来接一下，转念想想又觉得难得有那么个两人单独相处的机会，还是应该好好珍惜。

乐于今天没穿校服，一件简约的带着图案的白 T，黑色百褶小裙裤。T 恤塞在了裙裤里，腰细腿长白得晃眼。很简单的搭配，还是让人忍不住多瞄两眼。

岑然看着小姑娘远远走来，眼神都亮了亮。

A 中周末留校的同学也不少，尤其是高三的。这会儿跟他一样亮了眼睛的少年不在少数。

岑同学这会儿觉得，有点心塞了。爱穿什么是小同桌的自由，关键是，真超级好看。所以忍着吧，还能咋样儿？一个个戳瞎他们的眼睛不成？

“感冒刚好，冷不冷？”岑然见人走近，垂头问了一句。

乐于觉得这位少年，不那么咋咋呼呼的时候，音调柔柔，问出来的话，都像是带着点温度似的，暖着人心。

“不冷，”乐于心说我也不是因为感冒，“走吧。”

岑然“嗯”了一声。觉得两人的身高差，这会儿要是自己牵着她，背后看上去肯定就跟叔叔牵着小侄女去逛超市一样。他忍不住微弯了下嘴角。

车子没开多久就到了目的地。

岑然说的这个地方开在 C 市这几年兴起的一片新商业区。整个片区都是用老城区的白墙青瓦房改造的，铺路用的是青石板。

沿着运河两侧林立的老房子保留了江南水乡原汁原味的古朴调调，坐在临河的窗边吃饭喝茶，不时能看见观光的游船经过。船上要是有热情些的游客，还会跟你挥挥手，两边隔窗而望，相视一笑，颇有意思。

这地方白天和晚上是两种风格的风景。白日里可以坐在茶肆门口藤条摇椅里喝茶谈天大聊人生哲理，到了晚上则能溜进两边一间间闪着昏暗彩光的静吧，转头品品小酒听听驻唱歌手哼两首流行歌曲或者经典老歌。

乐于是第一回来这儿，瞧着都挺新奇。车开到门口的牌坊下面就开不进去了，乐于跟着少年一路往里走，眼神不时在卖棉花糖的小机器、奶茶店和各类甜品小食店的招牌上停留。岑然观察着她，抿着唇微勾着嘴角没说话。

在经过绕绕糖小摊子的时候，闻着空气里甜甜的麦芽香气，看着那一锅闪着琥珀色光亮的糖浆，小姑娘终于是有点走不动道了。

“还有多远？”乐于勒着小背包带子，顿了脚步抬头问了一声。

“不远了，”岑然有点好笑，忍不住伸出舌尖舔了舔嘴角，偏头笑了笑，复又低头看着她，“我想买两支绕绕糖。”

岑然俯身弯腰，凑到她耳边低声道：“其实我一直很想吃，可是没人陪，你看我这么大人了又不好意思，要不乐乐陪陪我？”

乐于简直想拍着胸脯说一句“多大点事儿，尽管买，包在我身上”。又觉得耳朵尖尖被人吹得有点痒，忍不住缩了缩肩，还是不忘说一声：“买。”

这两位能直接出道的颜值站在一块儿，还慢条斯理地边走边吃着绕绕糖，时不时地还抬手转那么几圈，引得路人纷纷侧目。

“啊呀，你看那个小哥哥还陪女朋友一起吃绕绕糖，好可爱呀。”不明真相的围观小姐姐小声嘀咕。

岑然表面不动声色，内心美得像摇晃了两分钟的可乐瓶子，就等着一开盖子疯狂冒泡了。

岑然带乐于来的这家店就在沿河边，两层的古建筑小楼，除了那些现代化的设备和机器，店里的装修风格也尽量往古香古色上靠着。挺中西合璧的感觉，又不觉得突兀。

老板瞧着二十七八岁，穿了一套店里统一定做的印着店名的烘焙服装，还是有不少小姑娘咬着挖蛋糕的小勺子不时往他脸上瞟两眼。

这会儿看见门口有人进来，一下子又被吸引了注意力。要说老板是实力派影帝级演员的长相，这位刚进来的小哥哥那就是偶像C位的颜值了。

哎呀，今天吃一顿甜品真是值了啊！

不过看到小哥哥旁边跟着的那位萌妹子，大家决定还是看看老板吧。太般配，抢不动。

老板像是认识岑然的样子，见两人进门就绕了过来，笑道："来了？去楼上吧。"

岑然笑着点头，示意乐于先走。

上二楼的楼梯大概没有动过，还是原来的木质结构窄梯，每一阶都不矮，少年跟在后面，不着痕迹地护着。

老板拿了一本菜单，看着很新，等他们在小包间里落座，顺手递给了乐于："我们这儿只要吃得完不浪费，随便加单几次都可以，你先看看菜单。"

"嗯，"乐于弯弯眉眼接过，"谢谢。"

岑然盯着她的笑脸，觉得自己发现一个问题。小同桌有时候笑，并不是真的想笑，只是跟你客气客气。或者是，她觉得自己干坏事了。

乐于低头认真翻着菜单，首页写着人民币 39 元一位，心里嘀咕了一下，觉得老板今天可能得亏本。她有点不好意思再抬头看人家。

老板见这位投入上了，转头看了岑然一眼，低声道："有事按铃，我先下去。"

岑然微勾嘴角抬了抬手："谢了。"

老板也同样无声笑了下："客气。"

乐于挑好了第一轮，把菜单转了个身往岑然那推了推："你看看吃什么？"

"啊。"岑然看着一本子的甜点挑了挑眉，挑了一小块抹茶布雷卷，瞧着没那么甜一点。

合了菜单按了铃，叫服务生上来点了单，岑然见她没叫喝的，又给她要了杯黑糖鲜奶，叮嘱了一声要温热的，给自己要了杯意式浓缩。

这会儿等东西的间隙，乐于终于有心思抬头瞅瞅周围了。

小包间私密性和开放性并存，门口只挂了个半截的麻布帘子，这会儿桌子南侧的雕花木窗敞着，楼下沿河的行人走动，不时还有两位穿着汉服旗袍的小姐姐，或是穿着龙凤褂秀禾服来这儿拍婚纱照的新人路过。对岸挂着红灯笼的酒楼茶肆，河面上悠悠漂着的画舫都看得清清楚楚，让人有那么点时光倒流的错觉。

乐于支着侧脸看得入神。

服务生一句“打扰了两位点的单”，才让这位回神。

岑然看着一桌面的小甜点，又忍不住抿唇舔了舔上嘴角。乐于见他这样，忙道：“那个，你要吃还可以加单。”

岑然：“……”我真的，不是要跟你抢……

“哦，对了，”乐于在开动前做了回人，拿过小背包拉开拉链，掏了个小礼盒递了过去，“祝你，愚人节生日快乐。”

“……”你可以单纯祝我生日快乐，别加“愚人节”三个字谢谢。

“谢谢啊。”岑然终于抑制不住嘴角上扬，也懒得伪装了，一看这么个礼物的大小，肯定不是什么考卷！

岑同学乐坏了。

“我能现在就拆吗？”岑同学捧着小礼盒，眨巴着狗狗眼倾身问道。

04. 晚餐

“嗯。”乐于挖着一杯盆栽提拉米苏点了点头。马斯卡彭柔滑的口感混着微苦的可可粉入口，幸福感满满。

少年像是第一回收到礼物一样，带着点激动和小兴奋，仔细地拆了包装，开了盒盖。

看着小盒子里躺着的Q版小玩偶，愣了一瞬。这小人，好似有点面熟。

“不喜欢吗？”乐于见他低头不说话，安慰道，“你告诉我喜欢什么，我再去买。”

少年闻言，小心翼翼地把人偶拿了出来，举到自己下巴跟前，弯了弯眉眼：“乐乐，原来我在你心里这么可爱啊。”

“……”乐于同学对这种急转直下的剧情有点招架不住，一时间不知道从何切入。

岑然也没指望从她嘴里听到肯定的答案，单手摇了摇手上的小人偶，笑得在乐于看来有些奸诈：“所以，你前两天偷拍我是为了这个？”

我还以为是你终于暗恋我了呢！岑然心道。

“……”乐于觉得自己隐蔽工作做得已经相当到位了。他朋友圈里也没个自拍，难得挑到一张，半张脸还眯着眼睛掩在比脸还大的单反相机后面。她趁着这位趴桌上午休的时候偷偷摸摸做贼似的拍了两张。

还好是Q版的，也不用太像，只是和某宝客服沟通的时候——

客服：亲亲，我们这边建议您提供清晰一点的照片呢。虽然是Q版，但您这个真的不行呢，看不出人呢。

乐于隔着手机屏幕都能感受到对方客服翻着白眼嫌弃的样子。

乐于：麻烦你仔细认认，我再给你详细描述一下。

客服：亲亲，我们这边建议您，给暗恋对象送礼物不一定有用呢。

乐于有点无语，敢情人家以为她是偷拍暗恋对象没拍清楚呢。

她无奈，只好举着手机假装发消息的时候若无其事地抢拍了一张。

谁叫这位要惊喜呢？小姑娘悔啊！早知道就买全套历年高考真题了啊！不要太惊喜哦！

回头她又给那家客服发去照片的时候——

客服：啊呀亲亲，你男朋友好帅呀！

“……”她到底做错了什么……

乐于：麻烦你给他做眼睛的时候，记得眼尾微微垂一些，谢谢。

客服：啊呀亲亲，你观察你男朋友观察得好仔细呀！

“……”给条活路吧，亲亲……

思绪拉回来，小姑娘嘴角一弯：“那你还满意吗？”

岑然第一回对她笑成这样生出一种“你要敢说不满意我下一秒就捶爆你狗头”的感觉。

“满意！”岑然赶紧点头，“喜欢惨了！”

乐于看他虽然语气夸张，神情倒是不像作假。她点头，继续吃自己的去了。

人偶是按着他穿校服的样子做的软陶手机挂件，眼睛尤其传神。岑然放在掌心里翻来覆去看了好一会儿，越看越满意。

“乐乐，”岑然又叫上了，“你是不是做了好几天呀，这个看着挺难的样子。”

岑然在小同桌脸上寻找着熬夜的痕迹，想看看有没有黑眼圈什么的，毕竟白天没看见她在教室里做过这东西。他仔细瞧了会儿，又觉得她气色颇佳。

乐于嘬着黑糖鲜奶里的珍珠，一顿，迅速眨巴了两下眼睛，抬头道：“那个，不是我做的。”

岑然见她又笑上了，这回明显是一副心虚的样子。

“啊，”少年心里微微失落，想了想又笑道，“是你送的就行。”

只是他发现一个问题，自己没有手机壳，没有地方挂……

两人在甜品店里坐到了吃晚饭的时间。夕阳斜映，乐于微眯着眼睛看了看窗外。这一段河道略窄，橙黄色的暖光笼着小桥流水，窗子底下人声渐起，瞧着比白天都要热闹。

“你请我吃蛋糕，我请你吃晚饭吧。”岑然道。

乐于转头，见少年左手托着侧颊，歪着脑袋弯着嘴角看着自己。他脸上覆了一层昏黄，像是下午吃的绕绕糖，闪着琥珀色的微光。他眼神澄澈，像只毫无心机的小动物。

“嗯。”乐于点头，无意识地勾了勾嘴角。

小姑娘下楼结账的时候心虚得不行，觉得自己以后都要被这家店封杀了。还好，老板看着她还是一副客客气气的样子。

乐于扫了二维码付了账单，出了店门。岑然跟在后面，转头笑着朝老板挥手打了个招呼。

“不远，”岑然站她身边，边走边说，“这会儿路上堵，我们走走？”

乐于点头。

少年走得不安分，快走两步便要转过身看她一会儿，等一等。夕阳拉长的人影，不时交错。

两人去了上回岑然生日去的那家店。

餐厅楼层挺高，服务生领着他们到了窗边能看见夜景的位置，带着标准的职业性微笑放下了两份菜单。

乐于翻了翻，后面没有标价。不过这地方格局挺高，看着应该不便宜的样子。周围客人不多，聊起天来声音也放得挺低。

小姑娘挑了挑眉，望向岑然：“下礼拜五天中饭，我请你小街上吃吧。”

岑然自然知道她的意思，撑上了脸颊倾身道：“乐乐，你是不是不把我当朋友呀？”

话里话外满含委屈。

“……”如今岑然一跟她装委屈，乐于就觉得自己有点扛不住。

“再说了，”岑然越想越委屈，觉得自己好可怜，“你给我补课，都没问我要补课费。我以为，你把我当朋友了呢。那我是不是还要给你钱呀？”

乐于觉得这人下一秒就要开始“嘤嘤嘤”了，忙道：“点菜。”

“好！”岑然缩了胳膊肘直了身子，秒打鸡血一般原地复活。

乐于低头抿了抿嘴角。

等乐于点完，岑然对着服务生道：“低温慢烤和牛、松露香煎鹅肝沙拉、奶油青豆浓汤，甜点要个树莓巧克力熔岩蛋糕。饮料给我个红茶就行。再加个你们主厨推荐的加拿大深海芝士焗龙虾。”

“需要酒水吗岑先生？”服务生习惯性地问。

岑然把视线从菜单上挪到小同桌的脸上，浅笑道：“不用了，未成年。”

“餐前的蜜桃甜酒要一份。”岑然转念道，“要无酒精的。”

“好的，岑先生。”

乐于听着服务生“先生先生”地叫着觉得有些好笑，瞬间把人叫老了好几岁的样子。

两人从煎面包到汤到沙拉到餐中饮料，再到主餐和甜品，磨磨叽叽吃了挺久。

本着小同桌“不能浪费粮食”的原则，等他们吃完，就差靠着椅背上不顾形象地揉起肚子了。

岑然抬手看了眼时间：“要回去吗？”

乐于转头望向窗外。

C市的夜景和其他城市的也没有很大的不同，遥望下去都是星星点点的人工灯光。瞧着挺好看，看久了也会觉得有些没意思。

俞晚舟周末都要回家，她回了宿舍也是一个人。不知道为什么，小姑娘这会儿不是很想一个人在宿舍待着。

“再去哪儿晃晃？”乐于转头问道。

岑然挑了挑眉：“住宿生不是有门禁？”

乐于思考片刻：“学校的铁门，不是很高。”

岑然愣了愣，反应过来之后抿着唇偏过脑袋看着窗外，盯了一会儿。最后还是没忍住，撑着脑袋侧身抖着肩膀。

乐于：“……”

岑然笑够了，转身道：“乐乐，你这个学霸，还真是不怎么典型啊。”

“习惯了，”乐于缓缓道，“以前不住校，早上经常需要翻，不然天天被拉上主席台念检讨，也不太好看。”

岑然舔了舔嘴角，脑袋埋到了手臂弯弯里，笑了。

乐于：“……”别没完了，笑笑可以了。

岑然起身，清了清嗓子：“走吧。”

“不买单？”乐于抬头问道。

“对啊，”岑然四下看了看，弯腰，压低了声音，用着只有两个人能听见的音量对着她耳语，“你看现在没几个人，我们偷偷跑吧。不然只能把你留在这儿抵押了，我可舍不得。”

乐于有些无语，这人明摆着说胡话，可又觉得，轻轻的语调拂过耳侧，莫名让人安心。

乐于坐着没动，等少年直了身子才抬头看了他一眼。

岑然居高临下地看着她，微微歪着脑袋勾着嘴角。乐于看着他这副模样，眨巴了两下眼睛。

“走吧，”岑然觉得再逗下去这位估计得急了，抬手揉了揉小姑娘的发心，“他们会自己在电子卡里扣的。”

就知道是这么一回事。乐于起身抬头：“去哪儿？”

“娱乐场所。”

Chapter 08

乐乐别怕，我一定接着你

01. 娱乐

乐于：“……”

这人正儿八经不正经的时候，还真有点让人摸不准套路。

当岑然把她带到所谓的“娱乐场所”，乐于才明白，这也就是比小区门口投币一元给你摇摆着唱三分钟“爸爸的爸爸是爷爷”格局高一点的——电玩城。

“儿童娱乐场所，”岑然站她身后，俯身道，“怎么样？小朋友还满意吗？”

乐于发现这位只要站着，想和她说话的时候就会不自觉地弯腰凑到自己耳朵边上。

“岑然。”小姑娘语调平平地喊了一声。

“嗯？”

乐于平时很少叫他名字，这会儿侧脸抬头，一脸严肃，圆圆的杏眼还直勾勾地盯着他。岑然微怔。

“我只是长得矮，”乐于顿了顿，“不是耳朵不好。”

岑然愣了一瞬，直了身子偏过脑袋抿唇笑了会儿，食指微屈蹭了蹭鼻梁，转头开口道："那玩吧，小朋友。"

电玩城面积颇大，里面的游乐设施也不少。展示柜台里满满铺着大大小小吸引人的礼物。

兑币机旁边还很人性化地放了一摞五彩塑料小杯子，供人接着哗啦啦流出来的游戏币。

周末很热闹。两位同学晃晃悠悠地转了会儿，观察了一下这个娱乐场所的设备。

坐那儿半天推游戏币出彩票的他们都没什么兴趣，拐了一眼就走了。经过跳舞机的时候，乐于盯着人跳舞的小姐姐两条大长腿看了好一会儿，被岑然一胳膊肘勒着脖子拉走了。

一个小朋友在那儿永远慢了半拍地打地鼠，两位少年倒是津津有味地看了很久，看得小朋友都快哭了，就差说一声"求你们走吧，别影响我发挥了成吗"。

两人在小男孩哀怨外加一点敢怒不敢言的注视下接过了打地鼠的小锤子，一人一只，并默契地对视了一眼。

只不过——

乐于在第三次被人抢打之后终于忍不了了："你就管你那一片成吗？"

"别啊，"岑然说着手上没停，"我顾得过来。"

乐于有些无语，那你一人上不就行了？

刚才的小男孩还没走，站在旁边看着两位表演，不知道是想待会儿接着玩，还是准备影响一下选手发挥。乐于觉得，终于能理解他刚刚的心情了。

一局结束，小机器"唰唰"吐着彩票。岑然对自己的手速很满意，拽下战利品，美滋滋地看着他同桌，一脸求表扬。

乐于勉强弯了弯嘴角："呵呵，你这也太快了一些吧。"

岑然乍一听，觉得说不出哪里的怪。他抬眼眨巴了两下，赶紧低头解释："不不不，你相信我，我不快的。"

乐于一脸莫名其妙地看着他。

两人气氛一时有些诡异。

乐于见他不自然地咳了一声，眼神跟自己对了一瞬又扭过了脑袋，顺其自然地往不是太健康的方面想了想，脸皮一热，觉得有些——无语。

一旁的小朋友眯着眼睛看着这两位：大人的世界我不懂。

"走走走，"岑然适时开口，"玩别的去。"

为了挽救一下自己的正面形象，岑然决定玩一把投篮，让小同桌看一下新时代少年积极阳光健康运动的一面。

岑然随便挑了一台机器。这种投篮机难度不大，只是连续投掷要点臂力，篮筐来回移动的时候要算一下距离。对他来说没什么挑战难度，分数没一会儿就超过了这台机器原来保持的记录。

周围渐渐围了一圈交头接耳的小姐姐。乐于觉得，他投篮纯粹就是为了这个目的。

投到后来，岑然都觉得时间够久了，偏头见乐于兴致缺缺的样子，赶紧随意漏了两个结束比赛。

"不玩了？"乐于见他拽了彩票准备走人，抬头问道。

"不了，"岑然回她，"我只是为了证明一下，我也可以时间很久的。"

"……"

乐于面无表情地盯着他，末了抬手，指着不远处的敲大锤："我想试试那个。"

"走！"岑然搭了下她的肩，轻轻把人带了一把。

"要不要帮你拿背包？"岑然见她举了锤子，玩笑道，"别影响你发挥。"

乐于侧头瞥了他一眼，没说话。

两个游戏币投进去，红灯闪烁，乐于抡了第一锤。

“嗙”的一声，力量值455。

岑然咽了咽口水。

周围小伙伴纷纷侧目。

第二下，力量值468。

岑然下意识往后挪了一小步。

围观群众自动退散。

最后一下，力量值486。

小机器发出机械性的女声：“恭喜您，总分破纪录啦。”

岑然：“……”惹不起，惹不起。乐乐，我以后一定乖，不用你动手。

“还想玩什么？”岑然看着各位观众惊得合不拢嘴的表情，笑着问道。

“都行。”

“走走走，摩托联赛。”岑然拉着她就到了门口几台机器那儿，只不过看着小姑娘的裙子又觉得不妥，“算了，抓娃娃去吧。”

乐于之前没玩过这玩意儿，倒是想试试：“不怕，裙裤。”

“行吧。”岑然无奈。

小姑娘挺豪迈地跨了上去。岑然觉得她跨的仿佛不是一辆游艺摩托，而是一辆重型机车。他瞬间脑补起乐于穿着小裙裤开着重机朝他轰了过来，到他身边的时候摆了个漂移急停，小细腿往地上一撑，捏着车把手抬腿后跨而下。她摘了头盔，风情万种地甩了甩头发，勾着嘴角媚眼如丝，对着他开口叫了一声……

“岑然，”乐于抬手在同桌眼前晃了晃，“你还玩吗？”

这人上课走神也就算了，连玩个摩托车都能走神。小姑娘觉得自己很服气。

“啊？”岑然回神，对自己这种只要一碰上小同桌，就能随时随地进入剧情的状态有点蒙，“玩玩玩！”

少年长腿一跨，给两台机器各塞了三个游戏币，“指导”她选了赛道和车型。

游戏开始，岑同学一路疾驰而去，遇上需要加助力的地方，越过跳台飞起老远。开了一会儿，他才觉得有些不对劲：“欸？乐乐你人呢？”

“……”开得慢你有意见？

岑然分神往人屏幕上看了一眼。就见她艰难地开出赛道，倒地。然后慢腾腾地开回来，继续龟速前进。油门不是很舍得给的样子。

少年在旁边看得直抽肩膀，笑道：“乐乐，氪金吗？”

乐于转头，干脆也不看路了，松了车把手，面无表情地看着他。

“欸欸，你又掉沟里了。”岑然看着她的屏幕摇了摇头，抬腿跨了下来，挪了个地儿。

少年坐在她身后，虚虚环着她。电玩城里有些吵，凑在耳边说话的声音却很清晰：“我教你。”

02. 翻墙

乐于身子一僵。

少年衬衣上下净清新的皂香，混杂着若有似无的椰奶香，透过他温暖的体温氤氲而出。这个略为暧昧的姿势，让她心里捶起了小鼓。

“你看啊，”然然小老师没有放弃这么个绝佳的反教学机会，“你过弯的时候不要直接一方向打过去，你先往右边借一点。”

乐于有点蒙，这人居然还真的非常认真地教了起来。

“来，你跟着我一起感受下这个方向和力度。”岑老师继续。

乐于只觉得小摩托车歪了歪，左脚跟着在地上轻撑了一把。

“我再带你开一段？”

还没等岑然嘚瑟完，他脑中自带《速度与激情》BGM《My Angel》的插曲也没播全乎，不远处的工作人员就抬着右手朝他们走了过来。他边走边说道：“欸欸欸，小伙子，这个是单人摩托，不能两个人一起坐的。小情侣感情好去开双人赛车吧。”

乐于：“……”什么小情侣……

岑然：“……”什么双人车……

少年长腿一抬，旋身跨了下来：“算了，还是去抓娃娃吧。”

乐于没说话，这会儿看着他，有那么一丝丝的不自在，比了个“OK”的手势。

两人围着娃娃机转了两圈，先观察了下有什么品种。

“欸欸欸，乐乐！”岑然瞧见玻璃柜里几只半人高的娃娃，有些兴奋地拍了拍乐于的肩，“你看这个像不像你的头像？”

乐于闻言，转头盯着透明玻璃柜里的娃娃看了一会儿，“嗯”了一声点了点头。

橘色花纹的卡通猫，做了个趴着的造型，睁着圆眼睛笑得一脸傻样。

岑然觉得她就差扒在玻璃柜上了，肯定是喜欢的。

“来来来，”岑然把游戏币的小杯子往机器平台上一放，“先抓这个。”

这种体积大的娃娃三个游戏币一局，爪子松得跟没弹性了的扎头绳有得一拼。

小姑娘就听她同桌在一边“欸欸欸，有了有了”“欸？我去”“我还就不信了”……

“岑然，”乐于决定跟他聊聊，“你等等。”

“嗯？”岑然停了手上的动作，又像反应过来似的抱歉道，“哦哦，你来试试。”

“我不是这个意思，”乐于无奈，“我是说，这机器应该都是调了参数的，固定满多少钱爪子就会紧一次，你这会儿投再多，它可能也出不来。你要不要等别人先玩会儿？”

乐于把刚刚观察的结果告诉了同桌。

岑然盯着她看了会儿，非常真心实意地夸道：“乐乐你真聪明。”

乐于：“……”

“所以说，”岑然眼睛亮了亮，“钱到位了就可以了，是这个意思吗？”

乐于顺着他跑偏的思路回道：“也、也可以这么理解。”

“好嘞！”

岑然转身，投币，继续。

“那我们就在这儿守着，来，一人一把，看谁运气好先抓上来。”

乐于：“……”行吧，有钱人的世界我不懂。

其间，岑然又去接了两三杯游戏币，最终不负众望，在围观群众一声声“哦哦哦，上来了上来了”“哎呀，又掉了”的惊呼声里把这个肥橘卡通猫给捞了上来。

娃娃机闪着一圈彩灯，叮叮当当地放着游戏胜利的音乐。岑然俯身，从出口里掀开盖板把卡通猫掏了出来。

“给。”

少年笑得一脸灿烂，像是得了什么了不起的宝贝玩具，急着要和喜欢的小伙伴分享。

乐于仰头看着他，抬手接过，眨巴着眼睛道：“谢谢。”

“哎，”岑然伸手揉了一把她的发心，“又那么客气。”

乐于一边往前走，一边偏着脑袋把视线从娃娃身后探出来。

“算了，还是给我吧。”岑然见她抱得吃力，伸出一手道。

话刚说完，少年就见小同桌抬头盯着他的眼睛睁得更圆了，一脸震惊与不愿相信，抱着卡通猫的两个手臂下意识地紧了紧。

岑然一怔，随即反应过来，抖着肩膀笑道：“不是，我就帮你拿一会儿，没想要回来。”

见她不动，他又郑重补充了一句：“真的！”

乐于：“……”有点丢人是怎么回事……

小姑娘把胖橘递了回去，看他一手提着非常轻松，感叹起人跟人的差距怎么就那么大呢。

两人抱着这么大个的卡通猫还挺招眼，不时就有小哥哥小姐姐回头望那么一两眼，满眼羡慕。

“啊，你看被人家抓走了！”旁边一位小姐姐跟男朋友抱怨。

“啊呀，他们俩在那儿抓了好一会儿呢，我看见的，花了不少钱。”小姐姐的男朋友安慰道，“再说那个也太大了，拿回去也占地方。”

“所以人家男朋友为什么长得那么好看还愿意陪女朋友一起抓娃娃？”小姐姐有点生气，“再说了什么叫占地方？我乐意！”

“你的重点是人家长得好看吧？”男朋友拈酸吃醋。

“我的重点是娃娃！”小姐姐不甘示弱。

……

乐于两只耳朵都听见了那两位的对话，面上只当无事发生，安静地跟着，悄悄抬头看了一眼旁边的少年。

两人的视线正好接上，乐于不自然地眨了两下眼睛，活像偷瞄隔壁班的校草被当场抓包的女同学。

岑然弯了弯嘴角："还玩吗？"

"回去吧。"乐于拿手机看了下时间。

岑然点头"嗯"了一声。

"你要把彩票换了吗，不要浪费呀。"乐于提醒道。这边的电子卡可以寄存彩票点数，回头有喜欢的礼物再换。

"哦哦，"岑然应道，"那去看看。"

岑然扫了一圈玻璃柜里的小东西，一眼看见了个手机壳，背后的图案和手上拿着的卡通猫是一个系列的，还挺可爱。

"这个够换吗？"岑然指着手机壳问了一声。

服务员小姐姐看了下电子卡里的点数："够了。"

"那就这个吧。"岑然挺高兴，笑道。

"哦哦，好。"小姐姐被他一笑，觉得脸有点热，赶紧低头开了玻璃柜，给人把东西拿了出来，"你的手机壳。"

岑然道了谢接过，一胳肢窝夹着卡通猫，迫不及待地装了上去，想着回家再把他的人偶挂上去，啧啧啧，简直绝配。

两人出了电玩城上了车，一起坐在后排。卡通猫由于体积过于庞大，只能趴在两位的腿上。这让岑然莫名生出一种"爸爸妈妈带着小朋友一起去游乐园浪了一整天，回家的时候崽累了，躺在他们俩腿上睡着了"的感觉。

到了A中校门口下了车，岑然也没把卡通猫还给她。

乐于第一回主动开了口："那个，我的娃娃。"

岑然失笑，内心想逗她玩玩的罪恶想法一不小心冒出了头："我好像有点后悔了怎么办？"

看小姑娘的表情，明显呆了呆。岑然抿了下唇，又开口："再说好像是我抓起来的。"

岑然眼睁睁看着她从呆滞，到震惊，再到一点点的失落挂在眼睛里。

他忍不住心揪了揪，后悔死刚刚自己的无聊了。

“不逗你了,别气。”少年赶紧找补,弯腰低声道,“我陪你爬完墙就给你,你一个人不好拿。”

乐于低头,有气无力地“哦”了一声,觉得东西没到手之前一切都不好说。

小姑娘转身朝着学校已经上锁的大铁门走去，还没跨出两步就被人从背后拎着书包带子一把拽了回去。

“不是乐乐，我说你们学霸的胆子也忒大了些吧？”身后带着揶揄的嗓音响起，“那儿闪着小红星星眼的摄像头拼命眨眼望着你，你还要明目张胆地爬铁门？”

乐于回身，抬头，一脸“那你说怎么办吧”的表情看着他。

岑然其实很想说“要不你去我那儿凑合一晚得了，房间多的是随便挑，实在不行我把我那间让给你也可以啊”，不过话出口却是：“跟我走，是时候展现一下我这个学渣真正的实力了。”

乐于不疑有他，懒懒地跟在后面，兴致不太高的样子。

岑然带乐于沿着 A 中绕了大半圈，到了操场后面车库的围墙边上才停了下来。

“这边没摄像头，墙也矮，”岑然转身道，“学渣必备翻墙秘籍。”

乐于观察了下，这边不仅墙矮，各位翻墙的前辈们还在此留下了几块垫脚的砖头，可谓是“前人栽树后人乘凉”。

岑然举了举手，把卡通猫先搁在了墙头上，本来想自己先上去再把人拽上来，又怕她到时候力气不够。

他思考了两秒钟，决定按照对待卡通猫的方式对待她。

乐于只觉得自己双脚突然离了地面，腰上被人撑着往上托了托，还没来得及反应，人就被一个托举抬了起来。她顺势扒着墙头跨上去坐好。

“你先坐着等我一下，我跳下去接你，别急。”岑然道。

乐于两条细长白腿明晃晃地在他眼前，刚刚两手环着的位置隔着衣料都能感觉到温度，让他觉得有些烫手。少年不自觉地在心里估摸了一下，总结道：腰好细。

大概是为了打破一下这么个有点旖旎又暧昧的气氛，岑然开口了。

“乐乐你胆子果然挺大的，”岑然念叨着，“爬个墙连个语气助词都不用。”

人小姑娘难道不是应该突然一声惊呼“啊呀人家好怕”，他小同桌怎么毫无反应呢？

乐于坐在墙头上有些无语，心说我那是还没来得及感叹就已经上来了，谁双脚突然离地那么远不惊慌啊？

岑然将人送了上去，两手扒着墙头，脚底踩着墙面两三下就翻身上去了，连垫脚的砖头都没用上。

坐上去之后倒没急着下去，他反而喊了一声：“乐乐。”

“嗯？”乐于莫名其妙。翻个墙咋还聊上天了？

“你好轻啊。”岑然盯着昏黄路灯下面少女的脸，接着开口，“是不是上回生病了还没好彻底啊，回头我给你补补，你不是还得参加运动会呢。”

小姑娘要说内心毫无波澜也是不可能的，有人关心的感觉，总是让人觉得奇异又温暖，只不过——

“咱能先下去了再说话吗？”

“哦哦，”岑然反应过来，“你别急别急，我下去接你，等我。”

少年说完，跨了腿就跳了下去。

乐于被他这句“等我”，又撩拨了下心弦。那天两人在微信上聊的最后一句，就是他发的“等你”。

思绪飘得又有点远，记忆里那个世上最温柔的女人对她说的最后一句话就是“那乐乐在家乖乖等我呀”。

小姑娘觉得自己很听话，带着期待趴在窗口等着。只是答应了要回来的人，也可能屋门一阖，就再也见不到了。

或者是像她的阿胖一样，自己只是很平常地出门上个学，早上还撸着它的额头看它眯着眼睛打呼噜，对它说一句“我去上学啦，阿胖在家乖乖等我呀”。晚上回家的时候却发现，阿胖再也不会肚子里“咕噜咕噜”地发出声响，拿脑袋蹭她的掌心，让她给它开罐头吃了。

“乐乐，别怕，”岑然站在墙下，张开双臂，以为小姑娘这会儿终于知道怕了不敢跳下来，“我一定接着你，不会让你摔着的。”

乐于回神，难得这么居高临下地看着她的同桌。少年眉眼弯弯一脸郑重，好似说出口的每一句话，都加了不掺水分的真心。

岑然见她不动，又上前跨了小半步，双手抬了抬。

乐于跨过腿，身子往前倾了倾，双手一撑，往下一扑。

“嘿哟，”岑然稳稳将人接住，还不忘加个语气助词，然后抬头，继续叨叨，“乐乐你真的好轻啊。”

岑然一手臂搁人屁股下面做底托，一手撑着她的背。很稳，也很暧昧。

乐于跳下来的时候下意识地想抓住什么东西，顺势环上了他的脖子。

要是这会儿有值勤的老师不小心经过，这对估计就得被抓起来作为在学校“早恋”还公开搂搂抱抱的反面教材了。

岑然说完，像是掂一袋米似的又把她掂了掂，接着叨叨：“真的好轻。”

小姑娘很无语。

她不知道的是，这位不时念念叨叨的少年，正在想着如何掩饰着内心汹涌澎湃的激动之情。

身体好香！不想放手怎么办？我这个禽兽啊！岑然内心弹幕乱滚。

“放我下来吧。”乐于淡淡开口。

“哦哦。”岑然哦了半天，才依依不舍地松了手，内心又回味了一下刚刚怀里的触感，边回味边把自己唾弃了一遍。

临走的时候，他没忘了把在墙头上盯着他们欣赏了半天好戏的“小朋友”抓下来带走。

“走吧，”岑然开口，“送你到宿舍楼下。”

乐于没再拒绝，无声点了点头。

两位少年人安安静静地走在校园里，昏黄的灯光拉长了人影。

“给，”岑然把人送到宿舍楼下，把肥橘卡通猫递了过去，“你先上去吧。”

乐于接过，抬头看着他。

在岑然看来，少女的眼神里带着点茫然和一丝不安。他缓缓眨眼，抿嘴勾了勾嘴角，伸手揉了揉她的发心：“上去吧，晚安。”

“晚安。”乐于转身，觉得没必要在宿舍楼下面上演“你先上去”“不，我先看着你走”“不行，我要看着你的背影安全上了楼梯我才放心”这样的戏码。

岑然看着小姑娘抱着比她矮不了多少的卡通猫，慢慢悠悠地上楼，直到消失在楼梯的拐角处，他才倒退了几步，转身。

乐于心里想着不要上演那样的戏码，但到了二楼的时候，不由自主地走到了北面的阳台走廊边上。

少年插着兜走在路灯下，大概还轻声哼着歌。她听不真切。

小姑娘面无表情地看了两秒，就见那人跟背后长了眼睛一样突然一个转身。她有一种再次偷看被抓包的尴尬。

岑然看着阳台上抱着卡通猫看着自己的小姑娘，弯了眉眼抬了一只手对着她挥了挥：“快回去吧。”

乐于点头，没再回头张望，上了三楼进了宿舍，开灯放下了卡通猫，想起不知道什么时候听过的那句：男孩子出门在外一定要保护好自己！长得好看很危险的！

她拿出手机给他发了个消息。

岑然低头抿了抿嘴角，准备重新翻墙出去。

没走两步，兜里的手机响了，他拿出来一看：到家了发个消息。

妈呀！这是在关心他吗？肯定是没错了！

岑然顺手回了一个：好。外加一个弯着眼睛眉毛飞起，龇着牙的小表情包。

岑然到家的时候看看时间，已经快十一点了，还好明天不上课。

他拿出手机飞速给乐于回了个消息：到了。

没过两秒，对面就回了过来：好，晚安。

乐于发完消息按灭了屏幕，抬手摸了摸肥橘卡通猫的脸颊，毛茸茸的，软乎乎的。小姑娘无意识地勾了勾嘴角，看着这么个傻乎乎的卡通猫乐呵地盯着自己，眼前浮现了一猫一人的脸，一时间竟觉得有些重合。

她觉得自己大概是神志不清了，抱着它把它翻了个个儿，白白的肚皮朝上，整个人往上一趴把脸埋了进去。

岑然美滋滋地发完晚安表情包，觉得小同桌回得那么快肯定是拿着手机等着他消息呢。

他发完，又把对话框退了出来，点开了另一位的头像发了条消息过去：翊哥，今天一共多少钱？

没等回复，他先拿了换洗衣服去洗了个澡。

再出来的时候，他换了身烟灰色的居家运动服，头发有些微湿，几缕额发随意地垂着。

岑然拿过手机看了一眼，对面回了一条：跟我还那么客气？小女朋友很可爱，下次再一块儿来。

岑然知道对方也不差钱，看到后面半句更是一个人盯着屏幕傻乐了半天。

岑然回道：谢了，下回一起吃饭。

想了想，他又给他亲爹发了条消息：爸，我觉得你那个 XX 商业圈的电玩城，设施不太行。摩托车居然只能坐一个人，有待改进啊。

岑志远第二天醒了之后看见这条消息，一脸蒙，有些紧张地推醒老婆问了问："你说咱们儿子是不是真傻了啊？"

岑然这会儿洗完澡，更觉得神清气爽了，拿出乐于送她的小人偶好好欣赏了下，挂到了他自认为和小同桌那个卡通猫是"情侣系列"的手机壳上。他双臂搭在桌沿，下巴搁在两个交叠的手背上笑眯眯地盯着看了一会儿，又像是突然想起什么似的，转身拿了笔记本开机。

他找到春游时候给小同桌拍的照片导进了手机里，打开某宝搜了下：DIY，人偶。

03. 必胜

下周开学的时候，体育委员和文委小姐姐征求了下大家的意见，是统一穿校服，还是重新订个班服，在校运会那天穿。

这话正好被走进教室的王成武给听见了，看样子比学生还激动："要订班服吗？好啊，给我也订一件啊。"

众人："……"老师你要不要那么积极。

最后在王老师建议大家做个"大红色的 T 恤衫背后写上黄色的必胜二字"的提议下，众人纷纷求体育委员"咱们还是穿校服吧，班费能省一点是一点"。

同学们都觉得老王是想锦旗想疯了。

之前运动会，举牌子的都是文委小姐姐，今年安逸不知道怎么想的，走到乐于跟前："乐乐，今年咱们班入场方阵举牌子，你去吧。"

"嗯？"乐于正低头写着作业，抬头茫然道，"为什么？"

"因为你成绩最好呀。"安逸撑着她桌面说了一声。

"啊？"乐于眨巴着眼睛奇怪道，"这不应该是长得最好看的站那儿就行了吗？你去就行了啊。"

安逸捂着嘴吃吃笑了会儿："乐乐你好可爱。"

小姐姐们果然都爱听好话，乐于郑重道："我说真的。"

安逸闻言，更乐了，抬手揉了揉她的脑袋："行吧。"

乐于看着她转身的背影，啧啧啧，这大长腿。

还没欣赏完，眼前就一黑。接着是熟悉的清亮嗓音，不过这会儿带了点无奈："非礼勿视。"

乐于把对方的手扒拉了下来，缓缓侧头瞥了他一眼，满脸的"你管得好宽"。

"你要看，照镜子就行了，老盯着别人干吗？"小同桌扒拉着自己的"爪子"还没松开，岑然乐得不抽回来，反而变本加厉地凑近了些，"再说了，我觉得你的更好看。"

乐于愣了两秒没反应过来，明白了之后觉得耳朵尖尖有点热，脸上还是没什么表情的状态，就这么盯着岑然没动。

只是，岑然不知道面前的小姑娘已经红了耳尖，只觉得自己这话一说，比扔一沓钱进水里还不如。这小池塘貌似毫无反应，别说能听个响声了，连圈涟漪都没有。

唉，真的是撩不动撩不动。只不过小同桌还抓着他的手是怎么回事？嘿嘿……

“你作业写完了吗？”过了半天，乐于终于憋出那么一句。

岑然眯了眯眼睛，不明白这是什么套路，愣道：“没啊。”

“加油，”乐于无意识地松了手，抬手握了握拳，“月底的期中考，争取进步一名啊。”

“……”老天爷……咱俩在一个频道上吗？

岑然虚握了一下空落落的手，莫名失落。

这边正郁闷着，前面那位不插一脚就难受的配角听见岑然要“进步一名”，立马转过了脑袋。这可关系到他的年级名次啊！可不就得关心一下！

“然哥，”林航喊了一声，“你要取代我，勇夺年级倒数第二的宝座？”

岑然略微歪着脑袋，右手搭在课桌面儿上，手上机械性地来回飞着一支水笔，一条腿踩在课桌前面的横杠上，微眯着眼睛抬了抬眉毛：“不了吧，还是留着你自己坐吧。”

我也没兴趣。

也不知道岑然这句话到底是哪里好笑了，林航听了也能“嘿嘿”乐上一会儿，眼角余光瞥见了岑然的手机，眼睛一亮。

“欸？然哥你这是什么玩意儿？从哪儿弄了个……”

他刚想伸手去摸，手背就挨了一下。

林航手一缩，捂着手背，视线从那个手机挂件上移到了后面两位的脸上。那头乐于停了下笔的动作，正抬眼看着他。岑然则平了嘴角，吊儿郎当地看着他，一脸“你说，你敢说下去我今天就贯彻一下自己的校霸称号”的表情。

“你、你们别说，这小玩意儿还真是超可爱呢。”林航赶紧找补，不知道还来不来得及。

“你看清楚了吗？”岑然靠着椅背问，“你就说可爱？”

乐于看了眼岑然，又看了看林航，盯着林航的表情仿佛在说“对啊，你看清楚了吗”。

林航觉得快被这两位逼疯了。我是真的没看清楚啊！您老不是不让我碰吗？你到底要我说什么啊？

岑然看着他一脸苦相，仿佛知道了他的想法一样，善心大发地把他的宝贝挂件拿了起来，倾身向前："来，看看清楚。记住，下回看清楚了再说话。"

林航盯着看了两眼，又看了看岑然，"嘿"了一声："欸？这是你吧？还挺像的啊。"

"是吧？"岑然满意地收了回来，"我同桌送我的生日礼物。"

林航听着他语气里一副"我同桌最牛""我同桌天下第一""只有我的同桌会送我这么牛的生日礼物"的口气，不着痕迹地眯了眯眼睛。

简直没眼看。

"呵呵，"林航赔笑，"厉害厉害，乐乐好厉害。"

岑然点头，又拿着左右观察了一下，最后总结陈词感叹了一句："你别说，还真蛮可爱的。"

林航："？"然哥你真的够了！

乐于："……"

周围众人："……"我们聋了！我们什么都听不到的！真的！

岑然那天晚上说的给她补补还真不是说着玩的。周一上课开始，他每天中午就跑到校门口去提个保温盒子进来，每日一罐子汤汤水水不带重样的。虫草老鸭汤、人参鸽子汤、乌鸡竹荪汤……间或换两个甜的，燕窝炖木瓜或者桃胶皂角米之类给她换换口味。

喝得乐于终于忍不住开了口："岑然啊，我感觉快流鼻血了。"

"不可能，"岑然肯定道，"都是滋阴补肾的，不会的，乐乐放心喝。"

要流鼻血那也是看见他的脸才会流的啊。

乐于："……"

校运会没两天就到了，对这帮学生来说能有个两天时间不用上课，还不占用周末简直堪比天降横财。

早上先是各班走方阵入场。(1) 班今年为了不穿大红底子明黄字的"必胜"T 恤，选择了春季校服，少年人穿着统一的校服，整整齐齐地走过来，也很精神。

校广播站里放着百年不变的经典稿子，搭配着背景音乐《运动员进行曲》。

"下面向我们走来的是高二 (1) 班的同学，他们青春的脸上书写着热情与朝气……"

林航盯了一眼走得随意的岑然，丝毫没有看出这位脸上有什么热情。至于因为个子不高排在女生最前面的乐于，一早上看见那位就是还没睡醒的样子，应该也不会有什么朝气。

别班同学们倒是对高二 (1) 班很感兴趣，年级里成绩最好的和成绩最差的都在这个班。大佬的颜值又能打，举牌子的文委小姐姐安逸肤白貌美大长腿，绝对属于女神级别的。排在前面的萌萌哒学霸妹子又是个国民初恋脸。站在最后一排的俞晚舟属于雌雄莫辨，女生见了也要多看两眼的那种。

啧啧啧，怎么奇葩都跑到 (1) 班去了？我们班怎么没那么好玩呢？果然男神女神都在隔壁班是不变的真理。

班级方阵结束，大家站在操场上聆听着校长的激情演讲，强烈感受了一下自己是"托起明天的小太阳"。

前面一遍套路走完后，各班去看台的，运动员换衣服的，领号码牌的，操场上划起区域进行不同项目的，终于是依次展开了。

岑然懒得再走回家换衣服，早上来的时候拎了个背包，待会儿找个地方换身运动服就行。

走到看台边拿包的时候，看见乐于正和俞晚舟准备回宿舍。

“乐乐。”岑然叫了一声。

“嗯？”乐于抬头。

“头发待会儿会不会不方便？”岑然抬手摸了摸，“别忘了回宿舍的时候找个皮筋扎一下。”

乐于“哦”了一声，觉得有道理。

俞晚舟挑了挑眉，心说他也太细心了一些吧，我怎么就没想到。

两人回去换了衣服，俞晚舟到看台边给每个运动员发号码牌和别针。

等她发了一圈回来，又看见了让她眯了一只眼睛“嘶”了一声，觉得有些牙酸的一幕。啧，真是无时无刻不在“撒狗粮”。

“来我帮你，”岑然接过乐于手上的布牌子和别针，“转过去。”

乐于乖乖转身。少年低着头，修长的手指捏起了一点运动T恤的衣料，小心翼翼地给她把号码牌子给别了上去。别了四个角又仔细检查了一遍，生怕哪个别针没扣好，把小姑娘给扎着了。

“好了。”岑然拍拍她的肩示意她转身，又伸出了自己的号码牌朝她递了递，“我的。”

乐于接过，比画了一下。

今天阳光挺好，乐于抬头眯着眼睛，一脸无奈地开口：“够不着。”

岑然盯着她微蹙着眉苦恼的小脸看了两秒，食指关节蹭了蹭鼻梁，笑道:“那我坐着。”说完坐到了看台第一排，两条大长腿半屈着往前一伸。

乐于绕到他身后，按着他刚刚的仔细程度，给他别好了。只不过牌子有点歪，布头两个角有点皱，卡在了别针里。

嗯……算了就这样吧。乐于觉得还凑合，反正能看清楚数字。

旁边班里的同学看见大佬和学霸如此相亲相爱的一幕都惊呆了。这是什么神仙爱情？你拿着爱的号码牌，我来帮你别？

乐于抬手拍了拍他的肩：“好了。”

“谢啦。”岑然站起来，转身。他刚想习惯性地揉揉她的发心，发现她听了自己的话，把头发给扎起来了。

“走吧，”岑然收回了手，“女子铅球就前几个项目，先陪你去场地那儿看看。”

乐于点头。

岑然一直觉得女子铅球和这位的形象实在有点让人联系不到一起。

不过小同桌身上的矛盾点还不少。相处了这几个月，自己要说多了解她，还真谈不上。岑然生出一种“革命尚未成功，同志仍需努力”的紧迫感。

没一会儿，广播里开始报女子铅球组准备的消息了。

临上场前，岑然又给乐于检查了一遍号码牌。检查得乐于有些心虚。不知道他要是背后照照镜子，会不会觉得自己给他别成这样，有损他大佬的形象。

旁边场地的运动员陆续集合了。乐于刚抬腿想过去，就被岑然拽了拽小鬏鬏。

“等一下。”岑然唤道。

乐于一顿，这是还没照镜子就准备找她算账了？

“唉，”岑然叹了口气，“你这头发谁给你扎的？”

“啊？”乐于没想到他会问这个，“我自己啊。”

“啊，”岑然没想到，“怎么不叫俞晚舟帮帮你。”

乐于顿了一会儿：“舟舟扎过了，她说好像还不如我自己扎的。”

岑然：“……”行吧，谁跟我说女孩子心灵手巧的？站出来受死。

“那你别动，”岑然微弯腰念了一句，伸手拽松了她的皮筋，“等一会儿。”

乐于站在阳光下，身后少年温凉的手指顺着她的耳朵尖尖挑了两缕头发到后面。他的指腹划过她的耳朵的时候，一丝有些异样的酥麻感顺着耳朵尖蔓延开来。

“扯着痛吗？”岑然凑近问了一声。

“啊？”乐于呆了呆。

“这么扎紧吗？”岑然解释道，“会不会不舒服？”

“啊，”乐于明白过来，“可以。”

岑然“嗯”了一声，小姑娘就觉得脑袋后面的头发丝被轻轻柔柔地绕了两圈，又被人捆了皮筋，固定好。

“好了。”岑然满意地看了一眼，又抬手捏了捏她后脑勺的小丸子。

乐于转身，抬手在脑后摸了摸。好像是比她扎的好不少，她抬头微眯了眯眼睛道了声谢。

岑然看着她像小猫一样迎着光线收缩了一下的瞳孔，弯了弯嘴角：“快去吧。”

乐于“嗯”了一声小跑了两步去了集合的地方。

少年看着她的背影，偏过脑袋伸出舌尖舔了舔上嘴角：小同桌还是会害羞的嘛，耳朵尖尖都红了。

周围众人：天哪！妈妈我不是瞎了吧？昔日杀人不眨眼的大佬在给他小同桌扎头发？这到底是个什么操作？现在追姑娘都要这样玩了吗？人生真的是好艰难啊！

岑然慢条斯理地跟在后面，自己的项目还没开始，可以给小同桌先加加油。

林航叶盛几个也跑来看他们比赛。尤其是叶盛，乐于每推一回，这位都激动地呐喊：“妹妹牛！妹妹天下第一！”

惊得乐于手上的铅球差点滚到脚面上。

没出意外，乐于顺利拿了高二年级女子铅球组第一。每个项目过后还有个简短的颁奖礼。学校还给每位获奖的运动员做了很逼真的金银铜牌。校长过足了颁奖的瘾，笑眯眯地给获奖选手挂奖牌，握手，表扬一下大家都是“德智体美劳全面发展”的好孩子。

岑然没忘了在她领奖的时候给她咔嚓几张，就是小同桌没什么表情。

“乐乐，”岑然挥了挥手，“笑笑。”

乐于：“……”你这么一喊我更笑不出来了好吗？

乐于下了领奖台，被岑然拉着去看了100米短跑，因为岑然本人参加。

岑然第一个冲过终点线让老师登记完了号码，又噌噌跑了过来，撑着膝盖微弯着腰：“乐乐，刚刚我跟你打招呼你看见了没？”

乐于很无语，觉得这人很嚣张。

“看见了。”

你不转头跟我笑那么一下，应该可以更快一点。乐于心说。

上午的最后两个项目女子800米和男子跳高同时进行。

这头岑然跳了第一回就跑到跑道边上给小同桌加油了。

“乐乐加油！”岑然手在嘴边围了个圈喊了一声，又跟着陪跑了一段。

跑了一小会儿，跳高那儿的计分老师就在叫了：“岑然！第二遍了快来！”

岑然没办法，说了句“我去去就来啊”。也不知道乐于听见没，长腿一跨就跑回了跳高场地。

乐于跑步之前就觉得有点饿了，也没带个包包装点吃的，也没好意思麻烦别人，想着忍个三分钟出头跑完就能吃饭了，这会儿却觉得越跑眼睛越花。

俞晚舟轻松跑了第一，领先了其他人大半圈，这会儿站在终点那儿圈着手喊“乐乐加油”。

只不过，眼瞅着那个平时看着挺身强体健的小舍友，放慢了步子，身子软了软，缓缓倒了下去。

“天哪，快！有人晕倒了！”

人群一阵骚乱。

岑然听到这句的第一反应就是转身以百米冲刺不带开小差的速度冲了过去。

04. 期中

岑然一方面很庆幸自己反应迅速没浪费时间，那位躺在地上的还真就是自己的小同桌。一方面看着小姑娘软绵绵地躺着，心里跟被人捏了一把似的，又疼又闷又难受。

“让让！”岑然抱起乐于就往医务室跑。

乐于没有真晕，就那么一瞬有点没感觉，这会儿还是有那么点意识的，只是实在——太饿了。这会儿有气无力地躺在岑然怀里，她迷迷糊糊半阖着眼皮抬头看了一眼。

少年的表情看不真切，只感觉得出来跑得挺快，但抱得却很稳。这会儿凑得近，闻着他身上的椰奶甜香，只有两个字——想吃。

“医生！医生！”岑然还没踏进去就喊上了，“我同桌晕倒啦，你快看看！”

校医对这类身体素质不怎么样还参加运动会的同学这么多年没少见过，比岑然淡定不少，不过，看见后面又噌噌跑着跟进来的一帮人倒是被吓了一跳。

这个护送队伍有点庞大啊。

“先把人放床上去，让她躺着。”校医指挥，“估计有点低血糖，你看她已经醒了。”

“嗯？”岑然一门心思就是赶紧过来，也没注意到怀里这位眼睛已经睁开了，赶紧问，“乐乐你没事吧？”

“没事，”乐于仰着脸眨巴了两下眼睛，“就是饿的。”

众人：“……”

妹子你这理由很清新脱俗啊。

岑然真是被她搞得又好气又好笑，又无奈又心疼。

“你是不是真的傻？”岑然开口，语气有点重。

乐于瘪了瘪嘴，没说话。

“明知道自己不能饿还要饿着肚子去跑步？”岑然沉了脸，没给她回避问题的机会，“就这么不拿自己的身体当回事儿？放个假发烧了还不够？开个运动会还晕倒了！”

乐于本来没觉得有什么，这位她早看出来了，也就是只纸老虎，平时对别人装得凶巴巴的样子，在自己面前从来没真的生过气。

不过这会儿，他一说到放假发烧，勾了那么点不愉快的回忆，又加上她真的是饿惨了，她瞬间觉得委屈上了。

“岑然，”小姑娘叫了一声，嗓音都带了点哭腔，“你好凶啊。”

“不是，我……”

看着小姑娘真情实意地带着哭腔红了眼眶，岑然眨了两下眼睛，呆了。

“不是，乐乐你……”岑然觉得自己这会儿舌头有点大，脑容量也有点不够用，“我不是那个意思……”

啊啊啊，谁来告诉他该怎么办啊？

众人：“……”这是什么神反转剧情？看不懂看不懂……

“欸欸欸，同学，”校医才不管你们是偶像剧剧情还是社会伦理剧剧情，想打断就给你们打断，“你能不能先把她放下来再说话啊？”

“啊？”岑然看了一眼校医，又看了眼手臂弯弯里跟抱着个洋娃娃似的抱着的小同桌，“哦哦哦，乐乐你先躺会儿。”

岑然把人放下，给她脱了运动鞋，又给她把枕头竖了起来让她靠着。

“来来来，”校医适时插进来，“先喝杯糖水观察观察。”

小姑娘这会儿脸还有些白，嘴唇也没什么血色，刚刚红了那么一下的眼眶周围，一圈淡粉色还没完全褪下去，看着可怜巴巴的，惹人心疼。

岑然又在心里把自己骂了八百遍。

“我来我来，”岑然伸手接过，“医生你先去忙吧。”

“你们也先回去吧，”岑然转头对着林航、俞晚舟那帮人说，“跟老王说一声没事，让他不用来了。”

他知道这位班主任，认真负责有爱心，对每一位同学都可以说是一视同仁，要是听说乐于为了“班级荣誉”不惜跑步跑得都晕倒了，老王肯定是要来看一看的。

“行，”林航回道，“有事儿再叫我们。”

众人都挺识趣，这不两位刚刚发生了点并不是不可调和的小矛盾嘛，怎么着也要给他们留个单独相处的小空间让两人腻歪一下。说不定腻歪着腻歪着，可不就和好了嘛。

大家都懂的。

就叶盛还是不知死活地喊了一声：“妹妹你歇会儿啊！要有人欺负你跟哥哥说，我……唔……”

“你闭嘴吧！”赵天宇从身后一胳膊肘勒上叶盛的脖子，把他的嘴一捂，“走！”

“你要杀人啊……”被捂住嘴的叶盛还是不忘叨叨了一句。

岑然对身后的声音自动屏蔽，端着校医给的一次性杯子泡的糖水就凑到乐于嘴边，低声哄道：“乐乐你先喝点？”

拿杯子的时候试了下温度，正合适。

乐于没理他，自己伸手端了过来，一仰脖子，咕嘟咕嘟就把一杯糖水给喝掉了。

“我，”岑然觉得自己简直没有用武之地，“我去给你买点吃的，你在这儿靠一会儿，好吗？”

小姑娘想了 0.5 秒，点头。

岑然觉得自己终于又是被需要的了，站起身：“你等我啊，很快就回来。”

又是这话。乐于眨了下眼，勾了勾嘴角，点头“嗯”了一声。看着少年着急慌忙跑出去的背影，她微微出了一口气。

岑然没多久就回来了，吃的喝的买了一堆。

乐于见他才四月下旬的天气，鼻尖上都渗了点小汗珠子，有两缕额发都贴着额头了，靠近的时候，还能听见他带了点急促的喘息声。好像他刚跑完 100 米的时候都没听见。

校医务室的床上有折叠的小桌板可以支起来，岑然把小桌板架好，把吃的都放了上去。

乐于见他一个个打包盒盖轮流打开，倾身上前，也动了起来。

“不不不，你别动，”岑然按了按她的手背，“我来我来。”

乐于有些无语：“我没事了。”

“是吗？”岑然转头看了她一眼，“我怎么看你脸色还是不怎么好呢？”

“没事了，”乐于确信道，“我吃完就行。”

“行吧。”岑然无奈。

乐于看他好像都只买了一份，问道：“你不吃吗？”

“啊，”岑然刚跑得急，还真没注意自己饿不饿，这会儿也是吃中饭的时间了，被乐于这么一问，倒还真觉得有点饿了，“没事你先吃。”

乐于见他买得多，应该是门口那家茶餐厅的，推了两盒点心过去："一起。"

小姑娘眨巴着眼睛看着他，挺坚持。

"哦哦，"岑然愣愣地点了点头。见她吃上了，又试探道，"乐乐，你还生气吗？"

乐于一愣，抬头："生气？为什么要生气？"

神情茫然不似作假。

"……"不是，合着我这儿提心吊胆的，您老都不知道发生了什么？

"呵呵，"岑然干笑了两声，觉得自己越来越佛了，"不气就好。"

"嗯，"乐于点头，"快吃。"

岑然只能把那口气发泄在叉烧包身上了。

哎，论喜欢上一个反应略慢的姑娘是什么体验？有火不能发的体验。

就，憋着呗，还能咋样儿？

林航几个回操场的路上果然看见王成武噔噔噔往校医务室赶。众人连忙拦住，连拖带架地把人弄走了。要让老王突然这么闯进去看见什么不宜画面，那可如何是好？

岑然见乐于吃完东西，好像又生龙活虎了，再绕着操场跑两个800米都没问题的样子。

乐于缩了腿，准备下床，弯着腰找地上的鞋子。

"欸，你别。"岑然赶紧按着她的肩膀把她给推坐了回去，拉了拉裤腿半蹲了下去，"你别再低着头又晕了。"说完，就帮她把球鞋套上了。

乐于本来想拒绝，奈何他动作熟练一气呵成，还没等她开口，他已经帮着系好了鞋带站了起来。

"行了，走吧。"岑然起身开口。

小姑娘两手搁床沿边上撑着，抬头看着他。

“等等，”岑然一条腿往前，膝盖搁在了床沿儿上，“头发乱了，重新扎一下。”

说着，他给她解了皮筋，以指代梳，动作轻柔，像是生怕一个不小心就弄痛了她一样。

乐于越来越觉得，不知道该以什么样的心态对待这位同桌不断对自己释放的好意。

两人把地方收拾了一下，又把垃圾给扔了，出了医务室。

“你回宿舍睡会儿还是去操场？”岑然问道。

“你下午没比赛了吗？”乐于抬头。

岑然笑了笑：“有啊，1000 米和 4×100 接力。明天还有跳远。”

“报了那么多？”乐于道。

“嗯，”岑然点头，“老王不是一直想拿个锦旗吗？咱们高三也没运动会了，趁着这次机会让他得偿所愿一回。”

乐于闻言，勾了勾嘴角。

小姑娘觉得，这人平时看着吊儿郎当的样子，其实骨子里心思细腻又温柔，总是会不自觉地站在对方的角度考虑问题。

岑然低头看了她一会儿。

第一次见小姑娘，她对你弯着眉眼，笑得像只犯了错跟你撒娇讨饶的小猫咪，可爱惨了。岑然当时就被她弄得愣了愣。后来才发现，她那样的笑并不具有什么实质性意义。反倒是像如今这样无意识的浅笑，才是发自内心的，带着点温柔，又有一丝让他捉摸不透的，有点飘忽不定的不知道从哪里冒出来的愁绪。

岑然心下微叹，抬手捏了捏她的小丸子。

乐于抬头：“那我给你加油呀。”

岑然看着她，嘴角慢慢上扬：“好。”

(1) 班的同学们和老王远远看见这两位走来就围了上去。

“没事了吧，乐乐？”王成武赶紧上前。老听俞晚舟和岑然这么叫，王老师如今也叫顺口了。

乐于看着同学老师这么热情，既有点感动又有点不好意思，不好意思解释自己晕倒的原因。

“没事了。”

“行行行，没事就好啊。”老王见她面色挺不错，应该是没事了，转头对岑然道，“岑然你跳高领奖没去，我帮你领了啊。”

“啊，”岑然倒是把这事儿给忘了，这会儿顺口问了一句，“第几啊？”

王成武从裤兜里摸了块金牌出来，又竖了竖大拇指：“你的。”

岑然撸了把后脑勺的头发，伸手接过：“谢谢啊。”

同学们都知道这位为了上演那出百演不腻的“英雄救美”戏码，跳高跳了第一轮就跑了。

这会儿看着大佬的表情就是一脸的：哎，没办法，同学们都不太行，老子随随便便一跳就是第一。

乐于瞄了他一眼，低头，偷偷抿了抿嘴角。

运动会两天结束，同学们不负老王所望，居然给他搞了个“恭贺高二(1)班勇夺 201X 届 A 中校运会高二年级组第一名”的锦旗回来。

同学们觉得老王这几天走起路来都高了两厘米的样子，腰挺得太直了没办法。

尤其是 4×100 米的接力，王老师觉得简直太能体现他们班同学团结友爱的精神了。

“欸，我跟你说啊，”王成武在办公室里逮着别的科目的老师就要宣传，“我们班岑然、林航、陈晨和班长那天的 4×100 米有多精彩你是不知道……”

“我知道知道，王老师，你说了八遍了。”(12)班班主任李老师赶紧开口，“我先去教室了啊，那帮小兔崽子一刻不看着他们就给我造反。”

“哦哦，”王老师点头，“那你先忙。”

李老师赶紧开溜。

王成武看着他落荒而逃的背影感慨道：“哎，羡慕肯定是羡慕我的，我懂。我们班孩子又乖巧，成绩又好，这也就算了，体育都那么好。不叫人羡慕也难啊。”

刚拿着教具走到办公室门口的数学老师站在门边闻言，顿住了脚步，然后稳稳朝后撤退，一步、两步，转身，决定先去外面晃一圈再回办公室。

这边刚嗨了两天，下周就是期中考试了。A 中的学生除了个别几个，其他的收心收得也很快，简直是收放自如，没两天就把状态调整到了最佳学习模式。

“岑然，”乐于自习课上写着作业，眼角余光瞥了一眼旁边盯着数学习题册发呆的同桌，“你准备期中考试进步一下吗？”

“嗯？”岑然回神，心里一道大题目算了一半，没听清她说了什么，侧脸眨巴了两下眼睛问，“乐乐你说什么？”

“……”果然是在发呆吗？所以摊着一本数学习题册还装模作样地翻页是几个意思？

“期中考试你……”乐于干脆停了笔，“有什么需要我给你讲讲的你尽管问。”

岑然瞧着她一本正经的小老师模样，干脆往课桌面上一趴，双手交叠着放在习题册上，脸颊靠在手臂弯弯里抬眼看着她：“乐乐老师，我好像都不太懂。”

“这样啊，”乐于想了想，“要不你这几天留下来上晚自习？下午自习你把作业写写，晚上有什么不明白的我再给你讲讲。”

“嗯嗯嗯嗯，”岑然埋在手臂弯弯里疯狂点头，“那我们晚上一起吃晚饭，这样我就跟得上你的节奏了。”

乐于没明白一起吃晚饭和跟得上她的节奏这两者之间有什么必然的联系。看他挺想学习的样子，她倒也没再深入思考。

临期中考试前，岑然还特意问了一声小同桌：“乐乐，你希望我考第几？”

乐于看他眼神真挚，试探地问：“那个，进步一名？”

“要求这么低啊？”岑然抬高了点音量，像是挺惊诧的样子。

乐于觉得他还有一个优点——盲目自信。

“可以了，下回还有进步空间嘛。”

“好嘞。”岑然一副志在必得的样子。

期中考试分考场，按成绩排名。这回岑然不能和乐于待一起了，反而堪称隔了十万八千里——一个在（1）班第一个座位，一个在（12）班最后一个座位，差不多也就隔了一整个马里亚纳海沟那么遥远的距离吧。

岑然早上习惯性地走到(1)班的时候，才反应过来，这儿，没自己的位置。

他手里还拎着给小同桌带的早饭，站在后门口看了一眼。教室里基本上都是自己班的同学，就是大家坐的位置换了换。本来拼在一起的两张小桌子也被分了开来，一人一个座儿。还有些别的班来的，大概就是顶替了自己和林航、俞晚舟这几个的位置吧。

岑然站在后门口想了一瞬，突然觉得有些好笑。小同桌平时还真是被一群学渣给包围了啊。

岑然没从后门走进去，退出来绕到了前门。这会儿还没开考，大家课桌上还放着一两本书，有的同学还在看。

他当着全班同学外加别班里十几位优秀学生的面，堂而皇之地晃悠了进去。

众人纷纷抬头，就是没一个敢说一句“同学你走错考场了”的。

“吃早饭，”岑然把一小包东西给人放在了桌上，见她也没在看书，抬手屈着食指敲了敲课桌面叮嘱道，“豆浆还热的现在就喝。”

乐于抬头，莫名觉得这人今天有那么点嚣张，也不知道谁给他的勇气。

“考完语文我来找你，在教室等我。”岑然开口道，顺手揉了把小同桌的发心，“走了。”

乐于还在思考组织点什么语言跟他说声谢谢，再鼓励他两句，他就已经走出教室门了。

Chapter 09

少女的心思，五分的甜里混着一点点未经世事的微酸

01. 哥哥

（1）班的同学们对大佬如今的表现已经有点见怪不怪了。反正人连丸子头都给他同桌扎过了，现在不就是特意地、非常高调地、霸气又不失关怀地在考试之前来送个早饭吗？

多大点儿事儿？大惊小怪！

其他班的同学以往是只闻传言不曾看见过这两位的真实互动，如今也是信了，纷纷对自己曾经在 A 中贴吧里质疑楼主帖子的真实性，甚至跟支持楼主的不知名网友开撕感到深深的懊悔，更有甚者觉得自己也可以开一个楼直播一下，题目就叫：围观大佬与他的学霸同桌不得不说的甜蜜互动。

更牛的是，学霸小妹妹理都没理他，任由他高调地来灰溜溜地走。

啧啧啧，佩服！

这头岑然慢慢悠悠踱到了（12）班，还没走到教室门口就明显觉得这里比（1）班热闹多了。

人没从前门进去，反正自己座位在最后一排。

“欸！然哥然哥！”

他还在走廊里，（12）班有那么一小帮人就叫唤上了。

岑然顿了脚步，转头看了一眼身后，又侧身对着窗户里几个探出来的脑袋伸出食指放在唇边比画了一下：“别妨碍人家好学生学习。”

欸？妈呀！这话是然哥说的？我怕不是读书也读不好，听力也出了问题吧？

想归想，他们嘴上还是应承着疯狂点头：“还是然哥想得周到。”

岑然摇头叹了口气，对这几位用出来的形容词表示无奈。

“欸，然哥，”叶盛他们几个也就坐他边上一圈，“我刚看你手上拎着吃的走过去的，怎么一转眼就没了？藏哪儿了？快给我来点，我饿了。”

“要吃不会自己去买？”岑然抬头，“反正你考不考都一样。”

“嘿，”叶盛觉得这话他就不爱听了，“我怎么也比你和林航考得好啊。”

“欸欸欸，”林航拉了叶盛一把，“行了啊，就你那成绩也好意思拿出来说，我跟你说然哥现在是有学霸加持的，人上回小高考可是‘2B’！”

岑然靠着椅背转笔的手一顿，无语地朝着天花板翻了个白眼。又来了，早知道考个4C得了，这人一天天地“2B2B”还没完了。

“再说了，”林航补充道，“你是有人家学霸的成绩还是有人家学霸的颜值，人然哥凭什么给你带早饭？带了你给他晚自习补课吗？”

叶盛无声地“哦”了一记，了然道：“原来是给妹妹带的，行吧。”

岑然就听他们叨叨了一会儿有的没的，监考老师进来之后，这帮人也还算安分。

乐于没明白岑然叫她语文考完之后等着是干吗，不过还是坐教室里趴了会儿。

她脑子放空眨着眼皮，盯着窗户外面灰蓝色的天思考人生。

还没思考出个所以然来，眼前就被个深蓝色的影子晃了晃眼睛。

小姑娘眯了眯眼睛，撑着课桌坐了起来。

“趁休息吃点，”岑然放下个盒子，“别待会儿考着考着又饿晕了。”

“……”为什么感觉自从她饿晕过之后这人就开始嚣张起来了呢？

“干吗不早上一起给我？”乐于觉得这人跋山涉水地绕过十几个班级来送个东西也真心不容易，虽说他也不差这么一点时间复习。

“要冷藏。”岑然盯了她一会儿，回道。早上一起给你还找什么理由再来看你一回？

“哦，”乐于伸手摸了摸盒盖，还有点凉凉的，一盒原味生巧，“谢谢啊。”

岑然偏头“嗯”了一声：“走了。”

这会儿贴吧里的直播贴又新盖了一层楼：

早上大佬让妹子在教室里等着，啊啊啊，刚刚来了，是来给人送小点心的！一个扁扁的盒子！不知道是什么吃的，我离太远没听清！

楼下：是生巧欸，我看见学霸妹妹在吃了。

楼下的楼下：幸福，想吃。

不知道几楼：这种颜值或者智商或者这么贴心的男朋友，好歹给我占一样啊！啊啊啊啊，什么时候才能轮到我啊！

添砖加瓦：楼上的妹子，你不觉得前两者才决定了她有这样的男朋友吗？

总结到位：楼上的大兄弟你扎心了。

乐于开了盒盖撕开了塑料包装，拿着小叉子叉着一小块一小块码得整整齐齐的生巧。醇香微苦的巧克力，像是冰激凌一样的浓浓乳脂口感在嘴里化开。

“在教室等我”“等我，很快就回来”“坐着别动，等我下去接你”……

小姑娘第一回吃东西的时候开起小差，想起了别的心思。

“等我”这个词，最近在她这儿，好像变得不是那么让人难以接受了。

岑然考完数学，才终于有了一种“做学渣真无敌烦人”的念头。

因为这会儿——同学们像是春运赶火车一样从教室里涌了出来，奔向食堂。

岑同学觉得自己就像是那种抗战老电影里，防空警报已拉响，全城百姓倾巢出动，纷纷携家带口地奔向防空洞，自己却不断逆着人流，拼命挤过人群要回去找还在家等着他的心爱小娇妻。

欸，等等。岑然突然想到，自己好像忘了叫她中午等他一块儿吃饭了。

不会自己像个傻子一样挤到（1）班，她已经跑了吧？

岑然有点心塞。

还好，当他终于挤到（1）班教室门口的时候，小娇妻——不是，小同桌还在第一张课桌上趴着。

“乐乐。”岑然叫了一声，语调轻快，“你是特意在等我的吗？”

乐于勾了勾嘴角：“嗯，你不是没校园卡吗？”

“对对对，”岑然疯狂点头，“还好你等我了，不然我都没饭吃。”

乐于有时候对这位经常睁着眼睛说瞎话装可怜的本事也是非常佩服的，跟人格分裂似的，一会儿嚣张得不行一会儿又跟个小孩子一样。她觉得有些好笑：“下午还要考试，就食堂吃点吧？”

“好。”岑然扬着嘴角点头。

期中考试的成绩要五一小长假过后才出来，这两天大家都有些放松。

自习课上岑然问她五一回不回A市，乐于跟没听见似的，盯着手机发消息，而且还笑得——跟像在谈恋爱一样！

“乐乐。”岑然眯了眯眼睛又喊了一声，此时的眼神里透着那么一丝的危险，像个伺机捕猎的小野兽发现猎物还有其他食肉动物盯着一样。

还是没反应。

岑同学终于是没忍住，轻轻摁了摁小同桌低着的脑袋。

“嗯？”她终于舍得抬头了。

“跟你家里人发消息呢？”岑然微眯着眼睛，嘴唇抿着微笑的弧度。

只不过在乐于看来，这人今天笑得有点假。

“没，”乐于想了想，回道，“跟一个哥哥。”

什么鬼！哥哥？

他知道现在很多小姑娘，不管比自己大的还是小的男孩子，只要觉得有那么点意思，就会叫上一两声“哥哥”。

她对自己都是难得连名带姓地叫一叫，居然叫别人哥哥？

岑同学觉得今天这事儿大了去了，不能忍！

“哪个哥哥啊？”岑然笑眯眯的，就快看不见眼睛了，“叔叔阿姨家的还是姑姑伯伯家的啊？”

最好给我是亲戚！

“我爸以前的学生。”乐于实诚回道。

哈？大师兄 VS 小师妹？

我我……我不允许有这种戏码！

“哦，”岑然内心戏十足，开口却不知道以什么身份和立场对乐于说心里想的那些话，半天只问了一句，“你五一回 A 市吗？”

“不了，”乐于回，“端午节再回去。”

正当岑然还不知道怎么跟她再探讨一下那个“哥哥”是怎么回事的时候，乐于又开口了：“对了岑然，C 市除了你上回带我去过的那家甜品店那一片，还有哪里好玩的吗？”

“五一想去玩儿？”岑然问道。

“嗯，”乐于点头，“这个哥哥来看我爸，顺便在 C 市玩一天。”

岑然又眯了眯眼睛。

呵，多么老土的借口，看看师傅顺便叫小师妹陪着玩一天？我看后面半句才是主要目的吧。

“乐乐你这个问我就问对人了啊，”岑然微笑脸，“不过我觉得你可能不太认路，我陪你们吧。”

“？”乐于觉得他的表情真的有些奇怪。

“就这么愉快地决定了。”岑然拍了拍她的肩，“几号？我来找你。”

“……”不是，怎么就愉快地决定了呢？我这回答你了吗？

本来以为五一才会和假想“情敌”碰面的岑然，不承想第二天中午就和大师兄遇上了。

中午吃饭的时候学校大铁门敞开，管得也不是很严。岑然觉得大师兄估计就是这么混进来的，自己和乐于刚走出教室准备去食堂，门口就有一人叫唤上了。

“乐乐。”

乐于一顿，转头，接着非常自然地走了过去，笑着开口叫了一声：“小渔哥哥。”

岑然有一种脑袋里“嗡”的一声，周围十公里范围内都拉响了警报的感觉。

“越来越好看了啊。”大师兄也很顺手地揉了揉小师妹的发心。

岑然站在五步开外观察了一番，眼中自带八倍镜。

暗纹白衬衣，袖子随意地卷了两圈撸到了手臂弯弯里。哼，居然最上面那颗扣子还没系。轻浮！

少年完全忘记了自己的校服衬衫扣子就从没扣全过这回事。

哈？黑裤子小白鞋，你还好意思冒充我们学校高中生吗？

嘁，居然还戴了副银丝边眼镜，一看就特别符合四个字气质——斯文败类。讲话声音还温温柔柔的，这种类型的最容易吸引涉世未深的小姑娘。不行，他得把小同桌给护好了。

岑然看着走廊里不时经过的女同学还会在这位脸上瞟上那么一两眼，觉得事情更严重了。

“你怎么今天就来了？”乐于抬头问道。

“上午去学校看过老师了，”江渔回，“要了你的地址，就想着来你学校看看。”

乐于点头，问完了才想起来好像忘了什么，转头四下找了找。

江渔顺着乐于的视线看过去。其实刚刚和乐于聊了那么两句的时候，就觉得有一股灼人的视线朝自己射来。这会儿看清是这么一位少年，江渔微挑了挑眉头，觉得自己大概是明白了。再看看少年看着自己时的眼神里带着的那么一两分莫名其妙的敌意，江渔觉得自己更是发现了点什么。

“这位是……”江渔试探地问。

岑然没说话，就想听听看小同桌怎么介绍他。

“我同桌，”乐于回他，“我朋友。”

江渔听到那句“我朋友”时，再次挑了挑眉。

岑然觉得自己还是挺满意了，自己和乐于的关系，不单单是以位置来划分的，自己可是被她划分到“朋友”范畴里的。都是“朋友”了，而且自己还是个男的，四舍五入那不就是那什么了吗？

岑然觉得小同桌暗示得很明显了。

“那岑然你……”乐于本来想问问他是要和他们一起吃个饭，还是把校园卡给他。

还没等她说完，身边这两位不知道怎么地就互相介绍上了，看得她有点蒙。

“你好，”江渔伸出右手，“江渔。”

“岑然。”岑然礼节性地回握了一下。

“一起吃个饭？”江渔提议。

至于小师妹有没有发现这位昭然若揭的心思自己还没看出来，反正他得看看这人到底行不行。

岑然低头看了一眼乐于。

小姑娘看着他开口：“一起吧。”

岑然点头跟上了。

中午时间不多，三个人在外面随意找了家店。除了乐于同学，另外两位大概也不是很有心思研究吃什么菜色。

简单要了几个菜，这三个人就无声地等上了。

乐于和岑然坐了一排，对面坐着江渔。

江渔带着点审视的目光看着岑然。岑然靠着椅背，脸色看不出喜怒，手搁在桌面上，拇指食指捏着个手机偏着脑袋正在转着玩呢。

小姑娘看看对面那个，再看看旁边这个，突然生出了一种“男朋友是个问题少年，过节带回去见家长。他不仅没收敛，看上去还比平时更吊儿郎当了怎么办”的感觉。

乐于被自己这么个念头吓了一跳，噌地转头，快速眨巴了两下眼睛，决定不再看岑然了。

“我下午就回去了。”最终还是江渔打破了沉默。

“啊，”乐于有些没想到，“不是说要在这儿玩一天的吗？”

我连免费自荐的导游都给你找好了，乐于心道。

“本来是这么想的，”江渔笑了笑，“家里让我趁放假回去一趟。”

乐于“哦”着点了点头。

岑然听到这么个对话，终于动弹了一下，放下了手机倾了点身子。这真是见了此人之后听到的第一个好消息。

江渔又和她闲聊了几句，问了问学校的情况，在这儿习不习惯之类的，先埋了点伏笔，最后引申出了自己想问的。

“乐乐准备去 B 市上大学，还是回 A 市？”

乐于愣了愣，其实这个问题自己也没怎么想过，或者说有点逃避。

“还没想好吗？”江渔见她愣怔的样子就知道这位还没决定，笑道，“没事，反正乐乐想去哪儿都没什么问题。回头要是来 B 市，记得找我。”转头又问岑然，“乐乐的同桌准备去哪儿？”

江渔的意思很明确，乐于很优秀，不知道这位同学你是不是也足够优秀可以和她在一起。

岑然本来微低着头竖着耳朵在听这两位聊天，这会儿话题突然转到了自己身上，不回答岂不是有损他 A 中“杠把子”的身份？

乐于有些尴尬，想想同桌小高考都是勉强及格的成绩，刚想给他解释两句，就听他已经自己开口了。

“我也随便。”

岑然又满背靠了回去，偏着脑袋微抬了抬下巴，一手搭在膝盖上，一手搭在桌面儿上，食指无意识地点着。

看上去有点拽。

乐于悠悠转过了脑袋，觉得他说得也没什么毛病。就，随便考考嘛，也不知道能去哪儿。乐于决定不解释。

江渔无声地点了点头，不过对岑然这么个拽得二五八万的态度，还是持一点保留意见。乐于看着软乎，其实性子挺倔的，这位少年这么个脾气，不知道两位以后能不能处得来。江渔站在娘家哥哥的角度，觉得还有待观察。

菜没一会儿就上来了，三个人吃得挺诡异。

江渔尽挑些两人小时候的事情来说，岑然有点插不进话。听了一会儿，前后串联了一下，终于是大概了解了大师兄的身份。

江渔也是 A 市人，小时候和乐于他们一家一个小区。那会儿老小区邻里之间往来还挺多，两人小时候就挺熟，江渔还常上乐于家蹭饭。江渔本科的时候还考了乐暮春待的大学，后来研究生考去了 B 市才走的。

一顿饭吃完，江渔抬手看了看时间道："乐乐，跟我回车上拿点东西吧。"

02. 作业

岑然听完这句话，莫名觉得耳边飘来一句"我应该在车底，不应该在车里"的歌词来。

"我陪你一块儿去，"岑然转头看着乐于，"万一东西多你不好拿。"

乐于点头。

江渔勾了勾嘴角没说话，抬手招呼了下服务员："你好，买单。"

"哪有让客人付钱的道理。"岑然起身道。

"哪有让乐乐同学付钱的道理。"江渔抬头，微笑脸。

"你好一共 425 元，请问怎么支付？"服务员举着个可刷卡可扫码的 POS 机站在一边耐心等待。

这种在小姑娘面前争着付钱的情况没少见过，服务员很淡定。

乐于默默摸过手机，偷摸点开付款码，手机往人机器下面一伸。

小 POS 机"刺啦刺啦"地吐着小票，服务员伸手一扯："好的，小姐，已付款成功，您的小票。"

两位同时转头，看着她。

"呵呵，"乐于尬笑两声，"要上课了。"

江渔给乐于带了几大包吃的，来之前是想着要帮她一起拿到宿舍去的，没想到半路会杀出这么个程咬金。

“你们好拿吗？”江渔看着两位大包小包跟进城务工似的。

“完全没问题，”岑然大概是觉得他马上就要走了，心情不错，咧着嘴回道，“小渔哥哥你快走吧，待会儿高速上就要堵了。”

江渔被他这前后间隔不超过十分钟，就来了个720度托马斯回旋一般的态度转变感到一点小小的震惊，微微挑眉。

其实岑然想得很简单，跟乐于一起叫一声哥哥，显得这人跟他们不在一个年龄层似的，年纪太大，不合适。

“行吧，”江渔笑道，“那我走了，乐乐，有事给我发消息。”说完又伸手揉了揉小姑娘的发心。

乐于觉得长得矮真的有点小苦恼，是个人都喜欢揉她头发。这也是她留短发的原因之一，好洗，被揉乱了稍微撸两下就行。要是搞个安逸小姐姐那样的黑长直，怕不是天天跟站在八级大风里吹得风中凌乱一样。

岑然这会儿两只手都没空着，只能眼睁睁地看着大师兄又占了一把小同桌的便宜，眼梢一抽。

三人道别，江渔发动了车，打了转向灯驶了出去。

两人拿着东西走回学校。

“乐乐。”岑然喊了一声。

“嗯？”乐于抬头，手上提溜着两个小袋子。

“我是不是比你大？”岑然低头看着她。

乐于点头“嗯”了一声。这个问题之前已经讨论过了，乐于等着他的下文。

岑然见她不说话，不自然地清咳了两声，意有所指道：“你比我小。”

“嗯。”然后呢？

“你叫他小渔哥哥。”岑然眨巴了两下眼睛。

“嗯。”所以呢？

害羞，不好意思直接说。要不你叫我一声然然哥哥？岑然心道。

“东西拿回宿舍吗？”岑然开口。

“啊？”乐于有点蒙，这是什么神转折？所以你之前那两句话是为了什么铺垫的？

五一学校放假，乐于也回了在C市的家，只不过乐暮春早上起来又被学校叫了回去。外市来了个考察领导组，学校把几个带课老师叫去作陪。

乐于一个人在家刷刷习题发发呆，倒也没觉得多无聊。

岑然就不一样了，他觉得放假，实在太无聊了，真想上课，真想上自习，真想听乐乐老师给他辅导功课。

他可真是个热爱学习的好男孩。

岑同学决定怎么想的就怎么贯彻到底，摸过手机就给人拍了一道作业过去：乐乐，我这题不会写。

书桌上的手机响了，乐于拿过来划拉开屏幕，看了一眼消息，是个文言文翻译题。

乐于给他按着白话翻译了一遍发了过去。

对面秒回：这个会了，还有好多不会。怎么办？放完假上课，写不完作业，又要罚站了。

乐于有点无语。好像也没见他交过几次作业，更别提罚站了。王成武属于绝不体罚学生，坚持“晓之以理动之以情”，用爱心——俗称唠叨感化学生的老师。而其他几位任课老师貌似也懒得管他。

这头乐于还捧着手机斟酌着怎么回复他，对面一条消息又过来了：要不我来接你上我家写作业吧。

小姑娘这下更不知道怎么回了。

岑然迟迟不见回复，终于一个电话飙了过来。

“乐乐。”电话接通，岑然在那头喊了一声。

乐于“嗯”了一声。等着下文。

“作业好难，”岑然接着表演，“我要好好学习。”

“你别怕，我爸妈不在家。”岑然很“二”地添了那么一句。

乐于：“……”感觉哪里怪怪的。

“啊，不是，我不是那个意思，”岑然觉得自己大概真的学渣装久了，智商在自己精湛的演技熏陶下也跟着直线下降，“阿姨在的，不是只有我一个人。”

“哦。”乐于等了三秒钟，回了一声。

“那，”岑然不知道这个哦是几个意思，是“知道了你滚吧”还是“好的我来”，试探地问，“我来接你？”

“你发我个定位，”乐于道，“我自己叫个车就行。”

“不行，”岑然道，“很远的，你发我地址，我来接你。”

“快快快，”还没等乐于回答，岑然又咋呼上了，“这样我就能早点看见你，车上就能问你习题了。我迫不及待地想好好学习，学习使我快乐。”

乐于真的服了。自己打车去的时间和这人到她家里来用的时间不是一样的吗？

算了，估计跟他解释一遍还得花三分钟。

“行吧，我微信上发你。”

乐于挂了电话，把地址发了过去，转头又给乐暮春发了个消息：爸，我上同学家写作业去了。

岑然乐颠颠地出了书房：“李叔，麻烦你给我送到这个地址。”

“嘿，少爷你怎么老是这么客气。”中年人回道，“好嘞，现在就走？”

岑然“嗯”了一声，两人立刻去车库取车出门。

放下手机，乐于简单收拾了下小书包，把还没写完的作业和习题带上了。

趁着同桌做题的间隙自己也能写一会儿。

果然如岑然所说，过了得有一个多小时，手机才再次响了起来。其间岑然还发了两回消息过来报备自己大概到哪儿了，让她别急再等等。

乐于背着小书包锁了门，下楼的时候岑然已经在单元楼门口等着了。见她单肩挎着个包还没背好，他伸手就给人拎了过来。

“车开进来了，就在前面。”

乐于点头跟上，有种在他脸上看到了“书包给你抢走，你只能跟我走了”的感觉。

小区的露天临时停车位上停了一辆黑色揽胜 5.0，看着还挺低调。

司机站在门边给拉开了后门，还没等乐于说话就笑着叫了她一声：“乐乐小姐好。”

乐于抬头看了他们一眼，岑然弯腰说了一句“李叔”，小姑娘跟着叫了一声。

瞧着就很憨实的中年人不好意思地“嘿嘿”乐了两声。

两人上了车坐在后排。车上空间还挺大，支起来的小桌板茶杯架子上，备了饮料和吃的。更重要的一点是，岑然还真装模作样地带出来一套语文卷子摆在了小桌板上，然后笑眯眯地侧身看着小同桌，满脸写着“乐乐你看我真的很爱学习吧，你是不是应该表扬表扬我”。

车子一路前行，几十分钟过后，乐于发现这是上回去春游时候的那条路。

大概是五一节，来这儿玩的人还不少，车子又堵了一会儿。岑然怕她晕车，让她眯会儿。

沿着环湖路七拐八拐，路上车子渐行渐少，已经挺偏了。乐于生出了一种自己是不是要被拉去山区拐卖掉的感觉，看了眼旁边坐着的少年，岑然指间晃着水笔看着试卷。

想想又觉得有些好笑。这人为了拐卖自己不惜给她校园卡上充了吃几年的饭钱，又坚持不懈地带了几个月早饭，再花了几百万买了辆车雇了个司机，用一套语文卷子把她骗过来。好像有点亏本吧？

小姑娘胡思乱想了没多久，车速就慢了下来。车子经过自动识别系统进了另一片区域。

乐于朝窗户外面看了一眼。这是一片独栋别墅区，就在天然湖边上。每户之间间隔都很远，掩着树木绿化，私密性不错。沿湖的几栋自带入户码头，码头边停着几艘游艇。

两人下车，进了沿湖边的一栋。花园挺宽敞，约摸比两个篮球场大一些。建筑也有点中西合璧的意思，小尖顶的灰色仿古瓦片屋顶，原石色外墙，进门一楼是落地玻璃窗，内里中空，采光颇佳。中间还放着一架黑色的三角钢琴。

整个装修色调是柔和的米色系，给人的感觉就像岑然给她的感觉一样，没看出什么土豪气质，倒是挺细致温暖的风格。

这么一来一回一折腾，已经到了中午时间。家里阿姨已经给做好了饭菜。

“咱们先吃个饭再学习吧。”岑然给人小书包一放，一本正经道。

乐于对他今天三句不离学习感到一丝好笑。

不知道是不是一早就准备好的，一桌菜还挺丰盛。从菜色到摆盘都跟酒店里的没什么两样。大概是上回补过生日一起吃饭那次，岑然见她挺爱吃海鲜，这次又给准备了几样。

餐桌有些大，两人坐在一角显得跟小朋友过家家似的。岑然坐在她直角边的位置，夹了个帝王蟹的腿肉到她盘子里：“乐乐多吃一点，滋阴补肾。”

乐于摸到桌面上筷子的手一顿，下意识地抽了抽嘴角……

“呵呵，”乐于尬笑两声，“你自己多吃些吧。”

说者无意听者有心。岑然盯着她眨巴了两下眼睛：“我不需要的，真的。”

“……”沟通困难。

虽然一顿饭吃下来，旁边有个人不时风马牛不相及地跟她叨叨两句，不过味道相当不错，乐于吃得还挺愉快。

磨磨叽叽吃了一个多小时，两人才进入正题，上了二楼书房写作业。

岑然也不知道是自己不好意思，还是怕乐于觉得不好意思，没关房门，就挺正大光明地敞着。

五一小长假发了好几套卷子，虽说A中也不是那种靠着题海战术打天下的教学风格，不过这些学生下学期就要高三了，老师们比他们还急，作业肯定还是要留一点的。

乐暮春的消息这会儿才回过来，让她在同学家好好玩，晚上自己可能还回不来，得她自己吃点。

乐于回了个“好”过去，就摁灭了屏幕。

岑然没忘了自己找人来家里的理由，搬出试卷和教材放到了书桌上。乐于看了一眼，都很新，就封皮上面一个名字挺显眼的。

你别说，他这两个字写得还不错，像是练过行书的样子。

岑然又拉过来一张椅子给她坐，书桌挺大，两个人坐一块完全没问题。

“你先把语文做完吧，”乐于坐下，看了下他随意钩的几个选择题，“遇到不明白的再问我。”

岑然“嗯嗯”点头。

书房空间略大，这会儿窗户关着，外头间或一两声听不真切的鸟鸣，楼下也没什么声响，显得异常安静。又有那么一丝让人觉得，有点暧昧。好像偌大的空间里只有他们两个人一样。

岑然做着古诗词欣赏，看到那两句“明朝放我东归去，后夜相思月满船”的时候，莫名生出了一股“同病相怜”的惺惺相惜之感。

我去，太惨了，这不就是他的真实写照吗？晚上把小同桌送回家，明天自己又是孤零零一个人待家里。晚上一个人回来躺在卧室里的双人床上，看着窗外投进来洒满一屋子的月光，相思成疾。

啧，好惨。不能想。

乐于自己做了两道数学大题，见他又在盯着试卷发呆，凑过去瞟了一眼，见他顿住的地方轻声念了出来：“请赏析一下‘后夜相思月满船’的妙处。”

“啊？”岑然以为她在问自己问题，咻地转头。

乐于见他像是上课开小差被老师突然抓包的样子，盯着他近在咫尺的脸眨巴了两下眼睛。

“乐乐。”岑然咽了咽口水，没敢动。

“嗯？”乐于喉间溢出一个音节。

“你……”啊呀，小同桌脸上像是水蜜桃表面细细软软的茸毛好像都能看清楚了，岑然接着咽口水，“觉不觉得有点热？”

乐于以为他要发表什么高见：“还行。”

岑然噌地站了起来：“吃饱了有些热，我去开下窗透透气。”

“……”乐于见他自顾自地站起来走过去开了点窗，又走了回来坐下，靠在椅背里不知道在想什么。

即使开了些窗，屋子里还是很安静，偶有小风吹来，掺着些草木清香。五一的 C 市并不炎热，温度适宜。这是一个既有阳光又静谧舒适的午后。

“后夜相思……”乐于想问问他是不是这句卡住了不知道什么意思。

“往后夜里，我就只能一人待在碧水连天的湖心小舟上，看着清浅的月光铺满了船舱，独自一人思念着……”岑然顿了顿，“友人。”

“啊，”乐于愣了愣，他一本正经地盯着她解释着，墨黑的瞳孔闪着润玉一样的光泽，语调柔柔，嗓音轻轻，仿佛还真带着那么一丝委屈和孤单，“解释得很好。”

“乐乐你渴吗？”岑然开口。

“？”乐于微眯着眼睛，探了探脑袋。

“我去拿点喝的上来。”岑然同学又站了起来，下楼了。

坐回来没消停一会儿——

“乐乐你觉不觉得太安静了？我放点轻音乐吧。”

“乐乐你要不要歇会儿？我们好像已经做了好久的卷子了。”

……

“岑然，”乐于忍不了了，觉得这人平时上课也没见这样啊，“你是不是不太能集中注意力，所以学习才……”

乐于没说完，岑然就急了：“不是的！”

我就是，见了你不太能集中注意力……可能需要多看看才会好。

“我保证不乱跑了，坐着好好写，”岑然放低了嗓音，“乐乐嫌我笨了吗？”

少年倾着身子磕在书桌边上，眨巴着黑眼珠子看着她。像是前一刻还在撒丫子疯跑的小狼狗，被主人一声呵斥，一个急刹停住了脚步，垂了尾巴小跑着奔回来，两个前爪子往你腿上一搭，汪着水的大眼睛歪着脑袋溜溜地瞧着你，喉咙里还发出一两声呜咽来。

你难道还好意思怪他皮？

“没，”乐于无奈，“你刚那个诗词赏析不是解释得很好吗？你可以的，静下心好好做题吧。”

“好，好。”岑然赶紧顺杆子往下爬，敛了心思开始做别的。

两位少年终于是在轻音乐的陪伴下做了一下午的卷子。其间岑然就是正常地起来去上个卫生间、喝个水，倒也没有再敢乱叨叨，主要是怕把人给吓跑了以后都不来了。

看了下外面的天色又看了眼时间，岑然问道：“乐乐吃了晚饭再回去吧？”

乐于有点犹豫，还没开口，旁边又说上了：“我就一个人吃，挺没劲的。”

岑然说着，赶紧把手机屏幕上跳出来的微信消息给划拉出来按掉了。

林航：然哥，出来玩啊！

林航：然哥，出来吃饭啊别不理我啊！

叶盛：然哥你不回林航消息回我啊！

赵天宇：然哥，我们好孤独啊！

……

他们这一代人还是独生子女居多，这两年才放开的二胎政策和他们关系不大。乐于也知道一个人在家吃饭发呆是挺无聊的，不过自己也习惯了。想着他刚刚念个诗词赏析都能念出那么一股被抛弃了的感觉，她莫名生出了一丝疼惜。

她也听其他同学提过，他爸妈都在国外很少回来，这几年都是他自己一个人过。

“嗯，”乐于点头，“那我吃完再回去吧。”

“嗯嗯，”岑然弯了嘴角，“吃完我送你。”

晚饭时，岑然也没忘让阿姨炖一砂锅十全大补汤，看得乐于忍不住抬了抬眉毛。

岑然看着手机屏幕上还在不断刷屏的消息，点开，在他们四个人的小群里发了一条：忙，勿扰。

这下林航取的颇为80年代风的，群名为“好兄弟一辈子”的小群里顿时像煮沸了的麻辣小火锅，热闹上了。

叶盛：然哥你在忙什么？是我想的那种忙吗？

林航：我要给乐乐发个消息，问问她在不在忙，要是她不回，我就懂了。

赵天宇：纯情然哥，在线开车。

叶盛：一个曾经连学步车都没有的人，如今一开就开上了配备有反坦

克导弹的装甲车。牛。

林航：你然哥还是你然哥，一步到位。

……

还好小群的消息被岑然屏蔽了，不然在屏幕上那么一跳，万一被乐于看见，岑然觉得自己可能就要变成那种“插兄弟两刀”的人了。

吃完了晚饭，岑然也不好意思找什么理由和借口再留人，况且小姑娘回去太晚也不好。虽然岑同学觉得自己有几百上千条理由可以说出口。

回去的路上，乐于大概是有些累了，没一会儿就靠着椅背睡着了。

晚上的这段路车不多，车载音响里放着一首英文老歌，曲调轻缓悠扬。

“Each restless heart beats so imperfectly.But when you come and I am filled with wonder（每个不安的心跳动得如此不完美，但当你来的时候，我充满了惊奇）……”

少女微微侧身，斜倚在座椅上。环湖路上伫立着的路灯投射下来的橙色暖光，像是老电影一样，随着汽车在路上的移动，一帧一帧地在她脸上闪着光斑。

03. 回家

岑然有些看不真切，又觉得莫名心安。他靠着椅背侧头瞧着，也不想管这条路到底是开往哪里，大概就像歌里唱的那样——Sometimes, I think I glimpse eternity（有时，我想我瞥见了永恒）。

或许不到燃料耗尽，是停不下来了。

岑然心里的小车车停不下来，这边到了乐于家还是得停下来的。车子开到乐于家小区门口，岑然摇下车窗报了门牌号码，保安才放了他们进去。

开到乐于家楼下的露天停车位，岑然才舍得把人叫醒。

“乐乐，”少年轻轻唤了一声，“到家啦。”

没反应，他又拍了拍她的肩。

司机在前面听着，会心一笑。

岑然有时候觉得，不让两人单独待着吧，也是有好处的。不然这会儿看着昏暗的车厢里，小同桌睡得一脸香甜，呼吸绵长，好看的嘴唇无意识地抿了抿，简直就是诱人……

“乐乐。”岑然伸手，轻轻拍了拍少女的脸颊。啧，手感太好……

“到家了，醒醒。”再不醒我就不想做人了。

“嗯？”乐于无意识地应了一声，微微睁眼，有些恍惚。

看清了周围的环境，她直了身子缓了一会儿才算是反应过来：“嗯，那我回去了。”

“李叔你在车上等我会儿吧，”岑然见司机要开门下车，开口说了一句，转头对乐于道，“我陪你上去。”

岑然没忘了拿上她的小书包。

下了车，乐于还有些茫然，属于那种刚醒的时候只是肉体醒了，要有一段时间才能唤醒灵魂的人。

少年动作快一些，绕过去关了车门：“走吧。”

“啊，”乐于回神，抬头，“我自己上去就行，你早点回去吧。”

“不行，”岑然回道，“天黑了，楼道里不安全。”

乐于眯了眯眼，抿唇盯着他：“我坐的是电梯。”

“哦，”岑然眨眼，严肃道，“现在社会新闻里特别多这种事情你不知道啊？躲在安全梯口子那儿，趁你电梯出来背对着开门的时候套你麻袋。”

“我把你叫去我家写作业的，怎么也得负责把你安全送到家吧？我看你进去我就走。”

小姑娘见他一脸“乐乐你不行啊，只会读书不关心民生安全问题，这个不可取啊”的表情，叹了口气：“行吧。”

乐于刷了门禁卡，岑然提溜着书包跟了进去。绕过大厅进了电梯，又是只有两个人在一起的密闭空间。

岑同学，非常无意识地、完全不带任何目的地抬头看了一眼摄像头。

不是，岑然，你到底在虚什么啊？你又没想干吗？

想完，他不自然地低头抬手，指骨蹭了蹭鼻梁。

电梯很快到了乐于按的楼层，电梯门打开，岑然像是松了口气，松完了又觉得有些失落。

哎，马上就得回去“夜半相思月满床”了。

“早点休息。”岑然把小书包递了过去。

“嗯，”乐于点头，“谢谢。”

岑然不知道她在谢什么，偏过脑袋笑了一声：“快进去吧，我看着你进门就走。”

乐于摸出钥匙，旋了半圈，门就开了。她走的时候是锁了门的，大概是她爸回来了。

“拜拜。”乐于进门，转身半阖着房门跟他打了声招呼。

岑然弯了弯嘴角，倒退了一步，轻声道：“关门吧。”

乐于看着他，点了点头，轻轻把门阖上了。

岑然看着阖上的房门长出了一口气，勾了勾嘴角，转身进了电梯。

“爸，”乐于看着坐在客厅沙发上的乐暮春，“吃饭了吗？”

“啊，吃了，”乐暮春装作刚发现女儿回来一样，“乐乐回来啦。”

乐于“嗯”了一声，在门口换了拖鞋进了屋，书包搁在了沙发边上。

“去同学家写作业的？”乐暮春斟酌开口。

“嗯，是啊。”乐于拿过茶几上乐暮春煮的一壶茶，给自己倒了一杯。

“那个，是女同学家还是男同学家啊？”乐暮春觉得自己这个谈话水平不太行。

乐于慢条斯理地喝了口茶，放下茶杯，转头，笑：“爸爸刚刚不是看到了嘛。”

“……”乐暮春庆幸自己这会儿没在喝茶，不然喷宝贝女儿一脸总归也不怎么好。

“呵呵！”乐暮春尬笑两声。

他听见门口有动静，就在猫眼里看了一眼，还真不是故意偷看的。就这么被女儿丝毫不加修饰地说出来，还真有那么点尴尬。

乐暮春作为老师，很理解年轻人之间这种青春懵懂的美好感情，他和乐于她妈妈，也是大一就认识了。

只不过作为家长，他还是忍不住要关照两句：“乐乐啊，爸爸不反对你交朋友，但是你们毕竟还小，马上又要高三了。”

乐于在一边听着，不住地点头，看上去非常配合。

乐暮春被女儿这副样子搞得有点想笑：“乐乐，你明白爸爸的意思吗？”

乐于抬头：“明白啊。”

“啊，”乐暮春觉得有点悬，又不好意思说太明确，“交交朋友没事，但也不急，你说是吧？等你成年了上了大学有的是时间，你说是吧？”

乐于继续点头：“嗯，好好学习，不谈恋爱。”

“欸，话也不是这么说。”乐暮春一听女儿这么说吧，又有点着急，想起丈母娘之前关照的话，又觉得见了那男孩子两回，印象都不错。这万 女儿听了自己的，脑子一根筋，不理人家男孩子了怎么办？高中时期的纯洁感情，多么美好，可不能因为自己三两句话就把人俩少年弄得朋友都做不成。

“啊？”乐于觉得她爸还好不是语文老师，不然简直误人子弟，“那爸爸你，到底是什么意思？”

乐暮春看着女儿一脸的求知欲，仔细琢磨了一下，组织了一下语言：“就，要懂得保护自己，你懂吧？其他正常相处，没多大事儿，你懂吧？”

乐暮春心下微叹，觉得这种事情要是有妈妈和她说一下该多好。女孩子甜甜蜜蜜的小心思，被自己那么一说，搞得跟二百五似的。

乐于低着头思考了两分钟，抬眼：“懂了。”

父女两人靠着三分语言交流，七分精神交流，结束了今晚愉快的家庭谈话。

这头岑然刚到家，就听见客厅里热闹上了。

“然哥你忙完啦？”叶盛激动地站了起来。

林航像老父亲一般迎了出来，差点脱口而出“快让爸爸看看儿子成人了是什么样子”，临了到嘴边才勉强改了口：“快让我欣赏一下成熟男人的风姿。”

赵天宇斜倚在沙发里，戳了一小瓣酸酸甜甜的山竹进嘴里，撑着脑袋看他们表演，尤其是等着看后半段表演。以他常年的经验来看，这两位今夜不会太好过。

“你们有病吧，”岑然扫了一圈三个人，“怎么来了？”

“然哥，”赵天宇稍微坐直了那么一点，“你在群里发了个勿扰就消失了，再不回消息我们就要去报失踪人口了，这可不就上你家看看你嘛。”

岑然刚刚回来的路上一个人坐在后排，进门的时候还带着那么点年轻人“伤春悲秋”的意思，被这几个人这么一搞，那么一丝落寞顿时跑得烟消云散。

“什么玩意儿？”岑然简直莫名其妙，划拉开手机看了一眼。

小群里消息唰唰唰，就见这帮人在那儿演戏。

“啧！”岑然低骂了一声，“你们有病吧，想象力怎么那么丰富呢？怎么不去写小说啊你们？”

“不行，我得跟门口保安说一声，下回你们几个的车牌不给放进来。”

这片别墅区安保做得相当到位，平时不经主人家允许是不让外人进来的，就算你说是要来买房子，也得由保安全程陪同着参观。

“别啊然哥，”林航急了，“怎么就还不让我们来了呢？”

“然哥，不要害羞，我们都懂的。”叶盛笑得一脸高深莫测，“年轻人嘛，我们理解。”

“你，你们理解个屁！”岑然也是躁上了，这两人怎么那么烦呢，“你们要敢乱说，要让我在外面听见什么乱七八糟的话……”

“然哥淡定，淡定！”林航老父亲第一个拥抱上去，“我们错了！我们理解能力不行，你也知道我们成绩差，语文阅读理解也就能蒙对个选择题。”

“是是是，”叶盛往后一缩，“谁敢乱说妹妹不好，我第一个跟他急！”

“不是，”赵同学老神在在地倚在沙发里，“那然哥你到底在忙什么啊？”

“撒手。”岑然垂眸瞥了林航一眼。

林航立刻后退两步，两手一举摆在身侧。

“那么想知道我在忙什么？”岑然扫了几人一眼，淡淡问了一句。

三人脑袋点得跟捣年糕一样。

岑然扯了扯衬衣领口，被林航抱上来的时候衣服缩了缩，不太舒服。

“跟我上楼。”

岑然说完，嘴角一勾，也不等他们回话，自顾自地在前面领路。

几位面面相觑，觉得这一笑里有一种“给你们看一个惊天大秘密，不怕知道得太多挂得早就跟上”的感觉。

最终，好奇心还是战胜了求生欲，三人跟在岑然身后上了楼梯。

“进去。”岑然站在书房门口，下巴朝里抬了抬。

三位对视着眨了眨眼睛，用眼神交流着谁先进的问题。

“过期不候啊，”岑然胳膊肘撑在门框上，“想知道就现在进。”

林航同学决定相信一回自己的兄弟不会害他，虽然也就在心里脑补了二十来部古惑仔什么的吧。

等这三位都进去了，岑然才跟着走了进去，绕到书桌边上，点着桌上一堆东西：“来，都来看看。”

三位脚步一顿。

难道然哥是突然发现了自己不是爹妈的亲生儿子这种狗血豪门戏码？下午在忙着搞什么亲子鉴定报告？

天啊，不行，我们只认这一个兄弟！

“赶紧的！”岑然背着手朝三个人招了招，“看完赶紧滚。”

叶盛觉得伸头缩头都是一刀，不就是真相嘛。他勇敢地迈出了第一步。

当他看到桌面上摊着的东西时，眼睛都睁圆了——天要塌，比亲子鉴定报告还让人震惊！

后面两位见他背影明显一僵，心里都是紧了紧。

叶盛缓缓转身，招手，脸上神情有点难以形容：“来来，你们也来看看。”

两位对视了一眼，跟了上去。

“……”

“然哥，”赵天宇抬头，“这、这就是你忙了一下午的东西？”

岑然平着嘴角，手指无意识地点着桌面，微侧着脑袋问了一句：“怎么，有意见？”

“呜呜呜，”只有林航想流泪，“我就说让然哥跟乐乐坐有好处，你终于想通了。”

“停！”岑然提前伸出一条胳膊，以防这位又抱上来，“你就在那儿站着说话就行。”

被绵绵软软的小姑娘抱过之后，谁还想抱你啊！

虽然岑然让这三位“看完就滚”，但这三人只当无事发生，反正明天不上课，在哪儿都是浪。

“走走走，去戳两杆。”林航钩着岑然就往书房外面走。

“对，有道理，”叶盛不甘落后，“然哥你可要劳逸结合啊，你看你都做了一下午习题了，太不容易了。”

他的作业本还在家里落灰呢。

岑然家这片别墅区自带各类会所。斯诺克、保龄球、美容SPA养生会馆，室内恒温游泳池啥的能想到的都给搞了，还有这片自然湖唯一的一个游艇俱乐部。

林航叫他去戳两杆就是叫人去玩两局斯诺克。岑然被这几个人磨得没办法，人都来了好歹还是得陪着，这会儿才真觉得：还是学习使我快乐。

那帮领导考察团要待到五一过后考察完了才走，乐暮春一早上又被叫走了。

乐于醒了到客厅的时候，厨房还放着捂在电饭煲里的白粥，桌上是乐暮春煎的鸡蛋饼裹了油条，就是有些冷了。

小姑娘看着吃的，摸了摸腮帮子。

最终，饥饿战胜了疼痛。她刷完牙洗完脸，开了电饭煲给自己舀了一碗白粥，边吃边眯着眼睛一声声地“嘶”，想着刚刚镜子里的半张脸，叹了口气。

艰难地吃了一半，手机就响了。

岑然：乐乐今天还来我家写作业吧。

乐于摸了摸脸颊，回了过去：今天不了。

岑然满怀期待地等着对面的回复，看到这四个字一阵泄气。他想问问原因，又觉得微信说不清楚。

岑然：现在能给你打电话吗？

乐于：嗯。

“今天是有事儿要忙吗？”电话那头问道。

“岑然，”小姑娘不知道是实在疼得厉害，还是昨天乐暮春那番话给了她一点鼓励，带着那么点委屈说了一声，“我牙疼。”

04. 牙疼

小姑娘在电话那头的这一声，带着点委屈，又掺了点依赖。大概是真的很不舒服，语调都和平时有些不一样，软得不像话。

岑然此刻体会到了什么叫作“你牙疼，我心疼”的感觉。

“你等着，我来找你。”

他没有马上挂电话，一边听着对面的动静一边下楼。

乐于在说出这句话后，也是愣了愣。自己什么时候开始，潜意识觉得这人是可以依赖的，是有什么小情绪了，不用顾忌太多，就可以在这人面前表露出来的了。

听着手机那头轻微的呼吸声和下楼时踩着木质楼梯的“咚咚”声。小姑娘捂着腮帮子，轻轻“唔”了一声。

在岑然“尽量合法的快”的要求下，李叔驾着越野开出了直线竞速赛的感觉。

岑然还是没忘了给她发两个消息，报备一下位置。到了她家小区楼下的时候，正巧有住户刷了门禁卡进门，岑同学也做了一回自己口中社会新闻里“尾随”进楼的那种人。

乐于听见敲门声的时候，正捂着脸颊，光脚屈着腿，斜窝在沙发里。她落腿穿了拖鞋，踢踢踏踏地走到了门口。从猫眼里看了一眼是他，她才把门打开。

小姑娘今天大概是没出过门，穿得随意，一条宽松的阔腿卫裤，随便套了件纯色的 T 恤衫，松松垮垮地挂在身上，显得人更瘦小了。光着脚没穿袜子，脚踝那儿露出来白皙纤瘦的一小截。这会儿抬头半眯着眼睛，因为疼得厉害微噘着嘴，捂着腮帮子，就这么无声地看着他。

这么个形象莫名让他联想到微博上那个丧丧的网红猫，弱小、可怜，又无助的那种。

岑然没进屋，站在门口俯身，轻声问道：“很疼吗？让我看看，收拾一下我们先去医院好不好？”

左手被他轻轻捉着拿了下来。岑然撩开小姑娘侧颊的头发看了一眼，肿得还挺厉害。他四指贴着她的脖颈耳垂，拇指指腹轻轻蹭了蹭她的脸颊：“大概是智齿发炎了，走吧，去牙医那儿看看。”

不知道自己的脸颊是因为肿得有些发烫，还是因为其他什么别的原因。少年指腹触上皮肤的时候，带着一丝凉意和温柔，奇异地带着点酥酥麻麻的感觉，让她忍不住瑟缩了一下。

岑然感觉到了她的异样，手指一顿，垂眸道：“碰疼了？”

乐于盯着他，眨巴了两下眼睛，也不知道自己犯了什么毛病，大概真的是近墨者黑吧，学起了她同桌的答非所问，开口道：“难看吗？”

岑然一愣，反应了片刻才明白过来。他缩回手，直了身子，忍不住偏过脑袋抿着唇，舌尖舔了舔上嘴角，抬手用指骨蹭了蹭鼻梁，掩在手后的嘴角偷偷扬了扬。

小姑娘知道在他面前要漂亮了。这是什么？这是女为悦己者容啊，这绝对是对他的感情又加深了一步。

“超可爱，”岑然转头，一本正经地阐述着他认为的事实，“就像是，小仓鼠在脸颊那儿藏了颗小板栗，还没来得及吃下去。”

乐于又眯着眼睛看了看他，觉得这人不至于语文作文只拿了一分同情分的样子啊。

“我换身衣服。”

“你要是不介意，这身也挺好。”岑然心道你看，小姑娘果然越来越爱美了吧，“就休闲范儿，也很好看的。”

乐于“哦”了一声，取了挂在门口衣帽架上的斜跨小包包，换了鞋就跟着岑然出门了。

车子经过市区的时候有点堵，等一个红绿灯等了得有两回。五一的天气还用不上开空调，乐于摇了大半截车窗没精打采地看着窗外。

岑然看着她，想和她说说话分散点小同桌的注意力，又怕人牙疼不想说。

乐于本来只是侧头看着外面，这会儿车子缓缓前移，小姑娘抬手扒拉着窗玻璃沿探了过去，小脑袋像是小猫盯着根逗猫棒似的，跟着从左转到右。

少年好奇，凑过去跟着看了一眼。是沿街的一家烘焙店，招牌硕大，落地玻璃窗里陈列着一排排展柜，隐约还能闻见空气里飘来刚出炉的烤蛋糕香气。

“想吃？”岑然好笑道。

“嗯？”乐于回神转头，犹豫了三秒钟，“想。”

岑然抿了抿嘴角。给表情包又添了三个字：弱小、可怜、无助，但能吃。

“牙好之前，都不能吃甜的了。”岑然严肃道。

“……”乐于瞧了他一眼，转头。

岑然看着小姑娘一脸被调戏了的表情，笑着抖了抖肩膀。

车子开到一家私立牙医诊所里面就停了下来。两人下了车，还没进去就有医护人员迎了出来，态度颇好。

“岑少爷请跟我来，”护士小姐姐热情道，“罗医生已经在楼上等着了。”

岑然微微勾唇点头道了声谢。

先前一块儿去吃饭，那家餐厅的服务员“先生先生”地叫个不停，就让乐于觉得有一丝搞笑。这会儿听见这么一声“少爷”，更让她生了一种，好像进了什么民国剧里的乱入感，莫名想笑。她抬头看了一眼身侧的少年，的确有那么点贵公子的意思。

对着陌生人时淡漠带着点客气的疏离，朋友面前的吊儿郎当和玩世不恭，对着她时偶尔露出的那么一点嚣张和大部分时间的温情柔和。

奇异地结合在一个人身上，诡异地融洽，没让人觉得捉摸不透，反而因为这样的多面性，更让她觉得这人是个真实的，有血有肉，值得信任和依赖的人。

信任和依赖。这两个突然冒出来的词让小姑娘心里没来由地紧了紧。

乐于仰着脑袋，岑然自是也不会知道她在想什么，只当她是听见“医生”二字开始怕了起来。

“别怕，”岑然拍了拍她的肩，“今天还发炎着估计也不能拔，只是先看看，消肿消炎了再说。”

少女低头。

和岑然说得没多大差别。医生看了一下，说是智齿导致的牙龈发炎，先让乐于拍了个口腔X光片，看了下片子的情况。

“乐小姐，”医生指着片子说，“你下面两颗阻生齿是水平生长的，时间久了会挤压到旁边的磨牙，还会引发龋齿，早晚得拔了才行。上面两颗还行，要是能自己长出来可以不用拔掉。我先给你开三天消炎药，到时候好了你再预约找我给你拔牙。”

乐于坐在椅子上“唔”了一声点了点头。

“罗医生，”岑然在一侧开口道，“能适当吃点止痛药吗？她这会儿痛得不太能吃东西。”

医生笑道：“可以吃一点，这几天记得饮食注意一点，忌辛辣烟酒。”

岑然点头。

医生开了些甲硝唑类消炎药和止痛药，还有漱口水。

“哦，对了，”罗医生又关照道，“她的水平阻生齿拔起来比较麻烦，只能分成三块敲碎了弄出来，要是想一起拔两颗，估计得住一两天院挂个水观察一下，也算是个小手术了，到时候得来个人陪着她。”

乐于听见这么一句，眯着眼睛不由自主地“嘶”了一声，仿佛已经听到榔头凿子在自己牙床上敲敲打打的声音。

岑然瞧着她的样子，又心疼又好笑，揉了揉小姑娘的发心，对着医生说了句“知道了罗医生，到时候我和她一起来”。

两位拿了药回了车上，刚坐上去，乐于就见小桌板上放了盒东西，侧脸看了岑然一眼。

“快吃！”少年侧身靠近，掩唇凑到她耳边，像是上课时候偷摸找她说小话害怕被老师抓住一样，说得又快又轻，“医生只说不能吃辛辣的，咱们赶紧把蛋糕吃了。”

“你不是说，”乐于侧脸，看着近在咫尺的少年的脸，“不给吃甜的吗？”

“吃过药之后开始，”岑然浅笑着，“快，我们抓紧时间！”

看着他扬起的嘴角，带着两分孩子气的笑脸，少女微愣，第一次觉得，自己好像有了点审美。

这人，貌似是挺好看的嘛。

他家到市里一趟实在是太折腾，岑然也不想再领着她坐车玩，看她还是精神不济的样子，把人送了回去。刚在车上就让她吃了药，关照她睡会儿，要是醒了无聊就找自己，他回学校旁边住去了，离她的小区不远。

小姑娘这会儿吃饱了，觉得肿痛的感觉都减轻了不少，乖乖点头。

五一节过后，正常上课。

第一天王老师就给各位带来了个“好消息”，期中考试成绩和排名出来了。

“这次除了年级第一还在我们班上，我还有另外一个好消息要告诉大家！”王老师很激动。

岑然下意识地抬头，就看见老王炙热的视线朝着自己的方向投射而来。

少年左右看了两眼，的确是在看自己。太可怕了，老王的眼神仿佛爱上了他。

“大家鼓掌！”

王老师带头先拍起了手。

同学们眨巴着眼睛莫名其妙：“老师，你还没说到底是什么好消息。”

“啊，”王老师“呵呵”乐了两声，“太激动了，太激动了。

“咱们班岑然同学，这次期中考，考了年级倒数第二！”

老王说完，又自顾自地鼓起了掌。

班级众人：“？”

几十颗脑袋齐刷刷地回头看着，都觉得自己是不是哪里听错了。

岑然现在的内心是有那么点崩溃的。本来觉得年级倒数第二也没什么，但是被老王以这种，自己仿佛考了个省榜眼的情绪和口气说出来，还真是，有点丢人了。

这会儿看着那么几十双眼睛，岑然斜着身子靠着椅背，平着嘴角抬眼扫了一圈众人，指间夹着的水笔，“嗒嗒”缓缓敲了两下桌面，在这么个安静得不正常的环境里显得尤为清晰。

众人觉得，像是大刀在地面上点了两下的声音。

“唰”的一声，众人集体回头。虽然这人现在“名声”比以前好多了，可沉着脸的时候还是有那么一丝让人害怕的。

“啪啪啪……”

教室里响起了热烈又带着那么一丝诡异的掌声。

岑然：“……”

这个时候，只有林航还是坚持没有转头。

“然哥。”林同学哀怨地喊了一声。

岑然抬眼看着他一脸“你这个渣男，你骗我”的表情，觉得他又要开始犯病了。

“你不是说，”林航觉得自己挺委屈的，“瞧不上我这年级倒数第二的宝座吗？”

岑然有些无语：“那我都考成这样了，你想怎么着呢？”

林航：“……”呜呜呜，我不想怎么着，我还能怎么办，就回家被我妈揍一顿呗还能咋样儿。

“林航啊，”王成武也是注意到了角落里的那一幕，赶紧开口安慰，“不是你没考好，你这回的成绩，还是保持了和之前一个水准的，只是岑然进步了而已。”

林航同学再次被扎了一刀，王老师你这还不如不说呢。

“乐乐。”岑然笑眯眯地喊了一声。

“说进步一名就进步一名，厉害。”乐于点头夸道。

乐乐同学这几天牙不疼了，脸也不肿了，吃嘛嘛香，话也多了。

“那有奖励吗？”岑然得寸进尺。

乐于眼睛一眯，觉得事情不太简单。

“没事先欠着，等我想到了再问你。”岑然小声道。

乐于：“……”不是，我答应了吗我？

“下回月考希望我第几？”岑然趁着她还没反应过来，及时转移话题。

乐于不知道他的盲目自信到底是哪里来的，玩笑道：“年级第二？”

岑然学着她的样子，伸出手比个“OK”的手势。

乐于挑眉，等着看这位到时候怎么打脸。

少年坐好，单手撑着脸颊，食指无意识地点着，抬眼琢磨了一下。

这回期中考考完，他就已经有那么点后悔了。考试的时候吃个饭找个人还得远越重洋。这也就算了。尤其是那个什么小渔哥哥，话里话外满是“学渣不配得到我小师妹的爱情”的语气，莫名让人觉得不爽。

事情已经过去快两年了，这会儿自己突然觉得，为了个等于是已经不相干的人，装了这么久的学渣，简直没必要。当年真是，年轻不懂事啊。

这回是没指望了，下次月考还是只能在最后一个考场。等月考考个第二，期末考试的时候就能坐在小同桌后面。简直美滋滋。

乐于不知道他又在想什么，只觉得他神游的样子想考年级第二，是在为难他自己。

这周末，岑然催着问乐于什么时候去拔牙。

小姑娘目光闪烁，就是不正眼瞧他。

“你是不是这会儿不疼了就不想去了？”岑然沉声道。

乐于被人道破了心思，尴尬地抿了抿嘴，想到那天医生说的凿三份再取出来就觉得脑袋里嗡嗡地炸。

“抬头，”岑然伸手到她课桌前面，食指指骨敲了敲桌面，“别装没听见。”

小姑娘握着笔的手顿了顿，没辙。她侧脸，抬头，笑得眉眼弯弯，一脸讨好。

岑然知道她笑成这样就是心虚，但还真就是，忍不住吃了她这一套。

谁叫她笑起来那么可爱呢。少年心下微叹。

“留着那两颗没用的牙干吗？”岑然软了语调，“等它们没事的时候再来折腾你？”

小姑娘眨巴眨巴眼睛，还是不说话。

“逃避有用？”岑然无奈道。

不知道是哪句话触到了她的神经，岑然明显觉得小同桌情绪低落了不少。别说回话了，连眨巴眼睛看着他都不看了，转过脑袋安安静静地写她的作业去了。

岑然有些烦躁地往椅背上一靠，抬手撸了一把后脑勺，微眯了一只眼睛磨了磨后槽牙。

“不去就不去吧，”少年败下阵来，倾身，胳膊肘撑在课桌面上，右手搭着自己左肩，下巴支在手背上歪着脑袋轻声哄道，“但是下回要是还疼，还是得告诉我，知道吗？”

他嚣张的时候，乐于还真心不怎么怕，只是每回对这种绵软的，像是哄小孩子一样的轻声细语没什么抵抗力。

“嗯。”小姑娘转头，看着他的眼睛点了点头。

岑然看着她，勾了勾嘴角，很想表扬她一个“乖”字。

五一一过，天气见天儿地热了起来。

学校规定，天气预报的气温要超过30℃才给开空调。尤其是体育课后的那一节课，更不允许使用空调，说是怕他们感冒生病。

一水儿精力旺盛有劲没处使的年轻人，随便动两下就觉得每个毛孔里都渗了一层薄汗，实在热得慌。

教室的天花板上晃悠着两个吊扇，可能年代略为久远，像个长年对着电脑劳作颈椎不太好的中年码农，一晃脑袋，脖子就吱吱嘎嘎响个不停。

这玩意儿本来就没什么力道，尤其是他们这些坐在后排的，更是感受不到微风的关照，只能听个响儿。

窗户外面枝丫野蛮生长的梧桐树，就快戳到了三楼的教室里来，间或伴着一两声隐在繁花茂叶里的蝉鸣鸟叫。满眼生机勃勃的初夏气息。

什么叫春困秋乏夏打盹，冬来正好眠。岑然觉得，在小同桌身上体现得淋漓尽致。

初夏的午后，同学们吃完了中饭，三三两两回了教室。手上拎着饮料的，嘴里咬了根雪糕的，穿着短袖短裤的夏季校服，感觉自己快热化了。

“欸，我的老天，学校怎么想的，怎么还不开空调。”林航灌了口冰可乐走进教室后门，边喝边抱怨了一句，准备拉开座椅坐下。

“嘘——”岑然看了一眼趴着的小同桌，对着林航道。

“嗯？”林航转头，看着岑然食指放在唇边比了比。

“轻点，”岑然小声道，“我同桌午睡呢。”

“哦哦。”林航无声点头，把可乐放在桌上，轻手轻脚地把椅子抬了起来，放下，再缓缓坐了下去。

林航觉得有些无聊，又转头瞧了这两人一眼。

岑然桌子上摊了本物理习题册，一手撑着脸颊，一手握了把小扇子，正慢慢悠悠地给他小同桌背后扇着小风呢。

林同学忍不住眯了眯眼睛，这服务，也太周到了吧。

“然哥。”林航超小声地叫了一下。

岑然抬眼。

“你干吗不买个小风扇啊，”林航疑惑道，“手不酸啊？”

虽然你这十几年的单身生涯可能臂力惊人吧，但是我瞧着也挺累人的啊。林航心道。

“我感受了一下，用小风扇对着吹不舒服，”岑然小声道，“而且听说，对着脸吹，容易面瘫。”

林航：“……”去你的面瘫吧，你就是找理由找借口要对人家好。

小姑娘侧头趴在胳膊上，朝着另一侧睡着的脸上，长长的睫毛覆着，微微颤了颤。

五月末的天气，时晴时阴，夏季特有的雷阵雨，说来就来。

前一刻还有阳光隐在云层里，后一刻就跟末日灾难片似的，风起云涌，狂风卷着窗外的梧桐叶子，哗哗地刮进了教室里。

“我的天！”几个男生抬着胳膊挡着眼睛骂了一句，“快关窗关窗！”

教室里每周轮换一次座位，这周岑然和乐于的位置，正好靠着窗，岑然不用起身就能够着。他正准备关窗，一阵妖风吹了进来，卷起了垂在窗户两侧的窗帘。

平常这窗帘也就只有阳光太强烈的时候大家才拉上遮一遮。这会儿风鼓着亚麻色的布料，盈得满满当当。岑然下意识地侧身，在小姑娘身边挡了挡。

再抬眼的时候才发现，两人像是缩在了一个吹着鼓风机的小帐篷里，缠缠绕绕的，与世隔绝了一样。

窗帘在岑然身后贴了贴，少年无意识地前倾，又靠近了些。

小姑娘身上混杂着清新的沐浴露味道，岑然觉得自己都能闻见，大概刚刚吃完了一根草莓棒棒糖，嘴唇上亮晶晶的，闪着淡粉色的光。

酸酸甜甜的草莓味，少年也想尝一尝。

05. 雷雨

乐于对现在这么个情况，莫名觉得有些心慌，呼吸像是不能由着自己控制一般，有些透不过气来。因为稍稍一吸气，好像就能感觉到对方温热的鼻息缠了过来。

教室外面的风声、雷声、雨点声，好像也被这薄薄的一层窗帘给屏蔽了，耳朵里鼓鼓囊囊塞满的，都是自己的心跳声。就像是，岑然那天知道自己牙疼，急着下楼时踩在木质楼梯上的“咚咚”声那么响、那么快。

小姑娘茫然又无措地看着岑然，岑然觉得自己心里不受控制地起了点奇异的反应。

如此美妙的，天赐良机一般的气氛，周围像是循环播放着一首很久很久以前的英文老歌：“Listen to the rhythm of the falling rain.Telling me just what a fool I’ve been（听听雨的节奏，告诉我我是多么的愚蠢）……”

少年微微低头靠近，嗓音带着点不自然的喑哑和低沉：“干吗憋气，嗯？”

乐于觉得，他凑得很近。

少女的心思，带着一丝惶恐不安，两分害羞雀跃，三分茫然无措，五分的甜里混着一点点未经世事的微酸。

难以形容。

大概是觉得实在有些口干舌燥，她忍不住伸出舌尖舔了舔上唇，像是想要尝到那么一点还残留在嘴唇上的糖渍。

就这么一个简单的小动作，对他来说，无疑像是折磨。

“什么味道？”

少年原本清亮的嗓音，这会儿像是成了一块些微粗糙的磁石，带着点低哑的，磨人肌肤的感觉，吹在了小姑娘的脸上。

乐于觉得自己本来就有些带不动主机的内存条，这会儿更是直接罢工了。她大脑宕机，只敢保持着僵直的坐姿，一动不动，无意识地眨巴着眼睛。长长的睫毛扫在少年脸上，一下一下，惹得人痒丝丝的。

岑然喉结一滚，想做些什么。

哔——

循环播放的背景音乐不知道被哪个杀千刀的猛然按了暂停键。

“然哥！然哥！”林航着急慌忙地扯了一把窗帘，“乐乐！乐乐！你们没事吧！没闷着吧？”

一把还没扯开，年轻人又手脚并用地疯狂撕拉扯了起来：“你们别急，我来救你们！”

窗帘里面先是诡异地没有动静，林航急坏了，扯得更带劲了。紧接着，里面的不知道谁也开始配合了起来，扯得比林航更激烈！

林同学终于在和窗帘搏斗了一番之后，又在“内部人员”的配合之下，把他们成功解救了出来。

林航看着重见天日的两位。

乐于倒是没什么反应，挺淡定的，就是可能闷得有点久，脸有点憋红了。

但是当他看向岑然的时候，忍不住往后退了两步，缩了缩脖子，结巴道：“然然然……然哥，我不是故意等那么久才来救你的。我我我……我刚开始在帮着给他们关窗户呢。”

岑然没说话，脸上黑得像是被人泼了墨一样。

“真的！”林航急了，“你别这样！我下次一定先救你，管他什么窗户！”

林航都快带上哭腔了，这位小时候跟他们几个打架，可没手下留情过。虽说这些年大了，几个人也就是迫于这人幼时的“淫威”不敢造次，但是谁知道这人什么时候又想下黑手！

呜呜呜，妈妈，我又打不过他。

岑然垂着嘴角盯着林航，还是没说话。

林航觉得他看自己的眼神好像在看一个植物人。

岑然看了一眼窗外，这雨就跟是故意来了那么一出似的，这会儿倒是已经小了不少。灰压压的云层边边上，又染上了那么一点金色的微光，好像待会儿太阳就要出来了的样子。

“出来。”岑然起身，对着林航抬了抬下巴，声音冷得像是冬日里的松花江，面上结了一层厚厚的冰，开个小车遛个弯都没事的那种。

林航：“……”谢谢然哥，不当着全班同学的面儿揍我，呜呜呜，我跟你走……

岑然推开椅子从后门走了出去，林航默默跟着。

班里同学这会儿觉得一点都不热了，还要开个鬼空调，我们要盖大棉被！冻死啦！

大佬还是那个大佬，大佬的温柔只对他的学霸小同桌。

嘤……好可怕。

岑然把人带到了那片翻墙宝地。

“然哥，”林航见岑然停了，还特意找了个没摄像头的地方，嗫嚅道，“别打脸行吗？”

岑然转身，眯着眼睛，什么毛病？

“有烟吗？”岑然问。

“啊？”林航觉得自己反应是越来越迟钝了，“你说啥？”

岑然摇头微叹了口气，重复道：“带烟了没？”

林航又是愣了愣，接着往校裤口袋里摸了摸：“有有有，你等等啊。”

岑然接过，给自己点了一根。

这玩意儿也是那会儿中二少年期，为了体现自己是个不学无术的学渣，吃饱了没事干学的，没啥瘾。

少年嘴角咬着烟头，扯了扯校裤，叉开腿蹲在了矮墙下面的乱石堆上，一手搭着膝盖，一手不时夹着烟吸一口。

烟雾缭绕间，他眯了眯眼。

这人要长得好看吧，随便穿个什么，往铺着凌乱落叶的乱石堆里那么一蹲，叼着根烟，都跟在拍文艺大片儿似的。林航学着他的样子，给自己也来了一根，蹲了过去。

画风顿时就有点变了，从日漫少年改编的偶像剧，变成了写实主义题材的社会纪录片，名字就叫《张全蛋与他的富二代朋友不得不说的故事》。

“然哥，”林航又开口了，“我真不是故意过了那么久才来救你的，我下回一定注意。”

岑然闻言，叼着烟侧头，很想骂一句傻子，但想想还是算了。他转过头，只是叹了口气。

自己不也是个傻子吗？还是个不像个人的那种傻子，这会儿被稀稀拉拉的雨点子浇了一小会儿，脑子清醒了不少。

岑然你跟人表白过了吗？人家也说喜欢你了吗？你没正儿八经地告白刚刚就那么靠近人家，你还是个人不？人小姑娘被你吓得都不敢动弹了，你这不是欺负人嘛你。

哎，有点没脸回去了怎么办，小同桌要是不理我了怎么办……

岑然咬了咬烟头，有点颓。

这边叶盛和赵天宇两位，不知道是他们（1）班哪位“正义之士”跑去通的风报的信，在学校呼啦了一圈找了过来。

看到两人老神在在地蹲在乱石堆上抽着烟，他们都愣了愣。

“你俩怎么来了？”林航问道。

“不是，”叶盛眨了眨眼，“这是已经揍完了？”

“那么快？”赵天宇惊了。

“滚你的！”林航顺手摸了一颗小石头砸了过去。

叶盛一闪腰，躲了过去，“嘿嘿”乐了几声：“力气还挺大，看来是谣言啊。”

此时岑然脑中只有四个字——一群傻子。

两人瞧着他们，不知道这是不是什么新的流行趋势，也自动自觉地点了一根烟蹲了过去。

乐于担心岑然真把林航给揍了，出了教室找到矮墙这儿的时候，就见他们集体叼着烟蹲了一排。

小姑娘觉得在这四位头顶上看见了四个字——不良少年。

乐于远远晃荡过来的时候，岑然正好吐了一口烟。

烟雾混杂着空气里的水汽，笼在眼前，迷迷蒙蒙。

等到小同桌都走得挺近了，岑然才反应过来，手上夹着的烟一抖，眼看着就要掉下去了。

岑然身体反应过于迅速，又下意识地去接了接。

乐于就看他跟在表演杂技似的，徒手接烟头，左手换右手，乐此不疲。

啧，岑然心里暗骂了一声，捏着烟头在碎石堆里的雨水上熄了明火，轻轻的一声“刺啦”。他起身，抬手朝着角落里的绿色垃圾箱掷了个抛物线。

中空，三分。

“乐乐你怎么来了，还下着小雨呢。”岑然三两步跨了过去，“我……我那什么……”

岑然难得结巴，自己也不知道要解释点什么。

每当气氛尴尬的时候，或者说每当气氛有些不受控制的时候，比如在刚刚的窗帘里，总有那么一两个傻子会帮你解围的。

“乐乐！”林航单手圈在嘴边叫了一声，“然哥没打我！你放心吧！”

岑然：“……”你可闭嘴吧！

“抽烟了？”乐于抬头问。

岑然闻言，抿着嘴点了点头，不知道她这么问是几个意思。

“味道不一样了。”乐于又加了一句。

“嗯？”岑然愣了愣。

少年身上淡淡的烟草味混着夏日雨后空气里的草木香气，和以前甜甜的味道，有些不一样了。

“吸烟有害身体健康。”乐于像是公事公办的视察领导，面无表情地说了一句，“尽量少抽吧。”

“哦。”少年呆愣愣地点了点头。这这这……这又是什么套路？

“啊！”岑然像是突然想通了一样，“是说我抽了烟，身上的味道，和以前不一样了？”

乐于看着他点了点头。

啧，那可不行。

“不不不，以后不抽了，”岑然急道，“你万一认不出我了怎么办！”

乐于觉得有些好笑，都过了这么久了，他的身形、样貌、声音，偷笑的时候喜欢舔一舔上嘴角的小动作，和她说话的时候习惯性地微微弯腰的姿势，像是一天背了好几遍的课文，成了长时记忆一样存在了脑袋里，哪里那么容易就又给忘了。

不过，乐乐同学点了点头，非常赞同地开了口：“你说得有道理。”

这边还在蹲着抽烟的三个，看着那边两个人聊得热乎。

叶盛抬了胳膊肘捅了捅自家发小：“欸欸，你们看然哥，觉不觉得他现在越来越佛了？”

林航看着岑然像是小学生聆听老师教诲一样，一边和乐于说着话一边点头。他吸了口烟，幽幽道：“佛是真的佛了，刚都没揍我。”

“佛吗？”赵天宇又观察了两秒钟，“我怎么觉得，然哥是被迫出家呢？”

两位发小转头看着他。

“那咱们先回去吧，”岑然道，“我作业还没写完呢。”

乐于：“……”你好认真哦。

岑然转身，看了他们一眼——那三个傻子还在抽！

“抽什么抽！”岑然两步跨回去，“看看你们像个学生的样子吗？赶紧的，熄了回教室写作业去！”

别再熏得我身上都是烟味儿。

三人被他那么一吓，赶紧站了起来。

林航大概是蹲久了，腿有些麻，站得急还差点绊了一跤。岑然赶紧伸手拦了拦，心里又骂了一声傻子。

岑同学教育完，走回乐于身边，两人只当刚刚窗帘里那一幕是个电影插曲，谁也没再提起，慢悠悠地往教室踱。

远远坠在他们身后的三位，互相对视了一眼，用眼神交流了一下：谁刚刚说然哥佛的？站出来！我打不死他！

微微细雨里的少年，抬手挡在了少女的发心上。

小姑娘抬眼，看见灰白的天空下，少年一双指骨修长的好看的手，遮在自己额前。她顿了脚步，转身抬头。

“怎么了？”岑然见她不走了，勾了笑道，“头发湿了。”

“岑然。”小姑娘轻轻叫了一声。

“嗯？”少年偏着脑袋看着她，微微抬眉。

“你有喜欢的人吗？”

Chapter 10

我喜欢你，像爱吃糖那么喜欢

01. 喜欢

少女轻轻柔柔的一句话，像是夏夜的萤火虫飞到了草丛里，忽明忽暗，捉摸不定。

岑然觉得自己的心跳，像是个卡错了一格齿轮的发条，停了一瞬，再走起来的时候，咔哒咔哒，也跳不规整了。

小姑娘好看的杏眼里，映着自己的倒影。那自己的眼睛里，一定也映着她的模样。

岑然很想直接脱口而出——

“岑然，”乐于没等他回答，眨眼看着他，“你有没有体会过，曾经你很喜欢的人，很爱你的人，因为你自己的原因，因为你自己的过错，说不见就不见了，再也不会回来了。”

少年眼睛微眯了一瞬，心里那台刚刚跳得不规律的齿轮像是被人敲了一榔头。一瞬的闷痛感袭来，让人猝不及防。

“我怕我喜欢的人，都会这样。”小姑娘无意识地微勾了勾嘴角，“我不想再体会一次那种，永远都等不回来一个人的感觉了。”

岑然眯了眯眼，咬合着后槽牙狠狠磨了磨，插回校裤兜里的手攥了起来，指骨捏到泛白。

乐于见他不说话，就这么一直盯着自己。这会儿下午自习课时间，又加上刚下过一场雷阵雨，在校园里走动的压根没两个人，很安静，也挺空的。

“我先回教室了。”小姑娘说完，看了他一眼，倒退了一步，转过了身。

岑然一人站着，没动。

眼眶酸酸胀胀的，有些难受，小姑娘微微仰了仰脑袋，抬眸眨了两下。

岑然看着她绕过楼梯转角离开，自嘲般地扯着嘴角笑了笑，然后转身也走了。

后面的三人有些蒙了。

“这是个……什么剧情啊？”林航喃喃着。

另外两位更是觉得把自己挠秃了都摸不着头脑。

“不好，”林航哭丧着一张脸，“我怎么觉得，都怪我呢。然哥和乐乐两个，被我掀了窗帘之后，就都怪怪的。”

“嗯？”两人侧脸盯着他，“这还有前情呢，你怎么不早说！”

小姑娘走回教室的时候，脸上已经没了什么表情。

“乐乐，”陈晨见她一个人回来了，后面一个人都没跟着，转头问了一声，“林航、然哥他们人呢？”

“啊，”乐于弯了个笑，“不知道啊。”

“哦哦，没找到是吧？”陈晨见她笑得可爱，安慰道，“没事儿，他们俩好着呢，不会真打起来的。”

乐于“嗯”了一声，拉过习题册，接着刚刚写了一半的习题。

岑然从校门旁边的小铁门里踏出去的时候，保安大爷看他一脸要出去跟人组队火拼的样子，连问都没问就让他出去了。

经过小区门口的便利店，他进门要了一包烟。

少年这会儿脑子里是有点乱的，很多事情混杂在一起，信息量太大，有点分析不过来。这会儿还陷在“她不要跟我在一起”这么个让人难以接受的单一信息里无法自拔。

他进屋光着脚踩在地板上，靠着沙发盘腿往茶几边上一坐。像模像样地点了根烟，搁在烟灰缸边上，让它自生自灭地燃着，跟点了一炷香似的。

少年任由烟雾缭绕，一根接一根，就跟在和谁赌气似的。

反正也没人管他身上什么味道了。

熏到最后大概是自己都受不了了，起身拿了换洗衣服去冲了个澡。

岑然头发半干，坐在书桌前，下巴支在交叠的手背上，看着透明玻璃罩里穿着一身春季校服的小小人偶，小姑娘嘴角弯弯。

他直了身子，探手，在玻璃罩上点了两下，又叹了口气。

这会儿冷静下来想了想，许多问题前后串起来，好像并不是自己想的那样。

首先在听见小同桌问的第二个问题时，他第一反应是：嘤，她是不是忘不了前任？

如今仔细一想，她貌似指的并不是这个。况且按她那个只在学习上反应敏捷的脑容量，估计要是有前任，也不知道早把人家忘到哪个人烟罕至的深山犄角旮旯里去了。

上回放假来接她的，平时听她打电话提起的，都是她爸，好像也从没听她提起过自己妈妈。

之前开家长会，林航跟他说，他妈妈回家说了，年级第一的爸爸，是个教授，怪不得成绩那么好。

据他了解，乐于爸爸还挺忙的，至少五一放假那回自己去找了乐于两次都没见过她爸的人影。那为什么来开家长会的会是位那么忙碌的大学教授，而不是乐于的妈妈呢？

他又联想到平时周末，小同桌都经常不回家，五一小长假也没回，但是清明节却让她爸爸接着回去了。平时身体素质过硬能徒手启瓶盖儿的体力，回去歇了三天反而还生病了。当然，运动会 800 米跑饿晕了那回除外。

几个节点串起来后，少年心里没来由地一瑟缩，像是被人拿小针扎了一下，希望，不是他想的那样。

少年心里掺着担忧，磅礴的斗志重新回归躯壳。

我岑家的男人认定的姑娘，那就是一辈子的事情！况且，我怎么忘了！小同桌的意思，那就是她也是喜欢我的！只是因为某些客观原因，暂时！只是暂时！不想有更进一步的发展！

少年又支着脑袋瓜思考了一会儿人生，右手指尖一下下地点着桌面，拿过手机，拨了个电话："李叔，麻烦你，帮我送一盆……"

挂了电话看了下时间，岑然换了身衣服，拿着手机就出了门。

这头乐于和俞晚舟两位已经在宿舍待着了，初夏的晚上洗完澡，两个少女一人捧着半个西瓜趴在书桌边上奋力挖着。

桌上的手机突然响了起来，乐于抬手摸过看了眼。

是个陌生号码。

"你好。"小姑娘划开接听键，问了一声，"哪位？"

"您好乐小姐，您点的外卖到了，"电话那头传来客气又标准的普通话，"麻烦您下来拿一下。"

"嗯？"小姑娘一口西瓜还没咽下去，含混道，"我没点啊。"

"啊，不可能呀，名字、地址和电话都对的，麻烦您下来看一下吧，不然这一单我就要赔钱了。"电话里传来"外卖员"略带焦急的声音。

"哦，好，"小姑娘放下不锈钢勺子，"那你等等啊。"

“乐乐，你去哪儿？”俞晚舟人长腿长的，还盘着两腿搁在椅子面上，坐得相当舒坦。

“下去拿个外卖。”乐于起身回道。

“又点好吃的了？”俞晚舟笑道。

乐于“嘿嘿”笑了两声，没回答，主要是她也不知道自己点了什么好吃的。

小姑娘换了双出门的凉拖，看看自己一身运动居家服还算能见人，没什么不妥，踢踢踏踏地下了楼。

站在宿舍门口四下里一看，好像没人啊。她转念一想，学校里不给外卖进来的，难道在大门口？那就再过去看看吧。

刚迈出没两步，身后听见两三下脚步声，她还没来得及反应过来，肩膀就被人一把环扣住了。

“抢劫，”身后熟悉的嗓音响起，胳膊肘虚勒着她的脖子，“快把值钱的东西交出来。”

小姑娘愣了几秒，悠悠开口：“外卖呢？”

岑然：“……”

“乐乐，你能按剧本走一回吗？”岑然没放手，无奈道。

“哦，”小姑娘停了片刻，配合着问，“要钱没有，要命一条？”

岑然服了：“行吧，那跟我走一趟吧。”

“所以，外卖呢？”小姑娘不甘心，又问了一声。

少年长出了口气：“双卡双待加变声器，好了别问了，再问撕票。”

岑然领着人出了校门，大爷看他进去了一会儿又出来了，站都没站起来看他一眼，自然也没注意到他身边身高堪忧的那一位。

少年捉着她的手腕走了一段才把人放开。

乐于觉得自己下午说过那些话之后，这人好像，更明目张胆了。

“岑然，”小姑娘脚步顿了顿，抬头，“你……”

“肉票还敢说话，”岑然抿唇，右手一环，绕着人脖子把小姑娘嘴巴一把捂住了，“再说撕票。”

“……”乐于半阖着眼皮看着他。

岑然同学之所以敢这么嚣张，完全是仗着从小同桌言语里提炼出来的意思——我也是喜欢你的。

这么一想，岑同学长久以来压抑在体内的不想做个人的想法，纷纷叫嚣着要从幕后工作岗位转到前台来。

乐于也不知道这人要干吗，反正总不会害自己就是了。下午说完那几句话，看着少年当时的表情，心里像是推走了一块石头，又重新压了块新的上来。如今见他这么个吊儿郎当的样子变本加厉了些，心里反而松了松。

她摸了手机给俞晚舟发了个消息：我出去会儿，晚点回来。

俞晚舟很快回了个电话过来，这大晚上的说出去拿个外卖还不回来了，总归是有点让人担心的。听到乐于的声音没有异样，她才安了心。

岑然领着人进了学校旁边的小区，回了家。

到了门口才突然发现，家里好像连双新的女款居家拖鞋都没有。平时也就阿姨趁他不在的时候来打扫个卫生。

岑然翻了会儿，乐于倒是开口了：“天气热呢，不用了。”

“哦哦。”他收手，跟她一起光着脚进了屋。

五月末的晚上踩着木地板，倒是正舒服。

室内装了新风系统，这会儿倒也闻不出什么烟味。

岑然远远就看见客厅茶几上放着自己要的东西，拉着小姑娘就走：“快来，我给你看个东西。”

乐于挺纳闷，耐不住这人拽着自己往前走，只好跟上了。

岑然一个电话打过去，李叔找花圃的人问了问，找了那么一株花筒开始翘起来，外衣打开的，看着今夜就是要开花的给人送了过来，还好如今正是季节。

小姑娘被拉着坐下，才看清楚了茶几上放着的东西。

一盆昙花，这会儿已经是半开的状态了。

岑然看了眼时间："看一会儿吧，也就三四个小时。"

乐于有些愣怔，没明白他这是什么意思。

正巧她也没亲眼见过昙花开花，于是转头盯着，充分发挥了自己长期以来练就的发呆技能，认认真真地看上了。

花开缓慢，绿萼托着白色的花瓣，层层叠叠，花心里白色的花丝上点点嫩黄。

"好看吗？"岑然同学陪着她发了半小时的呆。

"啊，"乐于回神，点头，"嗯。"

突然觉得这个人，高深莫测的样子。没事叫她来看开花？

"那你现在闭上眼睛。"岑然凑近了一些，低声道。

小姑娘微微退开了半寸，眨巴了两下眼睛看着他。不知道为什么如今觉得他有点危险。

岑然看着她略带戒备的样子，抿唇笑道："别怕。"

"……"仿佛听见一个惯偷对她说"别怕"。

"快，闭眼。"少年又低声催促了一句，像个惯会施法蛊惑人心的巫师。

小姑娘微微垂头，覆上了眼睫。

有温热的气息萦绕在耳朵里，少年喃喃道："闭上眼睛，还记得刚刚花开时候的样子吗？"

少女随着他的话语，微微点头，轻声"嗯"了一下。

"所以，乐乐你在怕什么呢？"少年继续耳语道，"没有一朵花会因为害怕凋谢就拒绝盛放的。

"时间或许会带走你爱的人，你喜欢的东西，但是谁也带不走你爱过的回忆不是吗？”

少女缓缓睁眼，抬头看着他，叫了一声：“岑然。”

年轻人有些紧张，嗓音发紧，“嗯”了一声，等着她的下文。

“所以你语文作文是怎么做到只得了一分的？”

“……”

少年彻底“佛”了。

我真无语了，到底是喜欢上了怎样的一朵奇葩？

少年，其实你们俩谁也没比谁好到哪里去，特别合适，特别般配，谁也别想着再去“祸害”别人了。

少年决定还是再努力一把，努力把剧情从沙雕风拉回文艺风。

我现在演的是偶像剧！不是搞笑片！

“乐乐，”岑然没回她，喊了一声，继续道，“你说你不想等，那能不能试试，让我等着，我就在这儿，哪儿都不去。你试试走过来，什么时候都行，我就在这儿等着你。

“行吗？”

这最后两个字，带着一丝忐忑，小心翼翼地问出口。像是夜里的一点雾气，盈盈绕绕地紧紧跟着你，怕自己被微风一吹，就飘散得无影无踪了。

脑海里久远的记忆清晰浮现。温柔的女人张着双臂，笑得眉眼弯弯：“乐乐别怕，慢慢走过来，妈妈就在这儿等着你，哪儿都不去。”

小姑娘扶着学步车，犹疑不定。看着眼前短短的一段路，想起前两天觉得自己牛，歪歪扭扭走得太嗨摔过的那跤，膝盖隐隐作痛。

磨磨蹭蹭了好久，见母亲依旧耐心又温和地等着自己，小不点给自己鼓了鼓劲，慢慢松开了手，认认真真地，一步一踏，朝着母亲走了过去。

等快走到的时候，她一个飞扑，落进了女人的怀里，笑得“咯咯”不停。

……

她眨一眨眼，回忆里的一幕消失在眼前。

看着少年炙热的眼神一眨不眨地盯着自己，等着她的答复。小姑娘觉得，自己就像一块巧克力，再被他看下去，大概就快要融化了。

少女看着看着，又神游了起来，耳朵里浮起了那段，曾经掩在门背后，听着和乐暮春同校的心理老师对她爸说的话："她现在的心理状态，以后可能很难和别人建立起亲密的情感联系。她总是认为小海的离开是她的过错，如果生活里出现对她来说日益重要的人，她可能第一个想到的不是接受，而是如何逃避。因为害怕'失去'的恐惧，所以选择'先离开'。而且你也知道，乐乐其实并不配合……"

"你不说话我就当你答应了啊！"岑然终于是忍不了了，这等待的感觉像是把他架上烧烤架上不停翻着面儿似的，实在煎熬。他亲手打破了自己营造的文艺气氛，耍上了无赖。

"岑然。"小姑娘看着他又叫了一声。

岑然觉得自己头都大了，这会儿她一叫这两个字，他就觉得心慌，仿佛她下一句要说出来的话，就是要把他摁进泥地里，无情碾压，反复折磨。

"不许说不行！"岑然继续耍赖。

"我想试试。"乐于开口。

因为是你，我想试试。

岑然又呆了。

这到底……是什么天降惊喜！

少年脑袋里自动浮现无数条滚动弹幕：啊啊啊啊，我死了！我现在只想上操场来180个单手俯卧撑外加双手撑地跑个一万米！谁也别拦我！

乐于见他先是愣了几秒，再是眼睛慢慢放光，开始忽闪出小星星。紧接着，他噌地站了起来，吓了她一跳，以为他要出门找人干架了。

眼瞅着他走到窗户边上，打开，倾身探出脑袋，站了一会儿没动。

他又转身走回来，面无表情居高临下地看着她。

乐于：“……”我这是又说错什么话了？

“乐乐，”岑然重新坐回到地板上，叫了一声，“还有一件事我得跟你说清楚。”

“哦。”小姑娘眨眼。

“表白这种事，怎么也得我先开口啊。”少年严肃道。

乐于眼睛一眯，她什么时候表白了？

“我，”少年倾身向前，双手撑着地面凑到她的肩窝窝里，轻柔又郑重地耳语，“喜欢你。”

少年简简单单的四个字，像是带着温度的印章，轻轻一贴，就烙在了人心上。

小姑娘心里泛着一圈圈的涟漪，就是不知道该怎么表现出来。

岑然见她没有动静，单手撑着地，一手轻轻贴着她脑后的发丝，将人揽过来一些。

男孩子的唇，像是一颗世界上最软的棉花糖，隔着额发落了下来，绵绵柔柔。乐于觉得自己像是被扔进了热水池子里，泡了许久，晕晕乎乎。

“送你回去吧？”岑然顺势低头，抵着她的额头问了一句。

哎，你别看我现在特别像个人，主要是我怕待会儿自己不是人起来自己都控制不住，所以还是赶紧送人小姑娘回去吧。

乐于回神，轻轻“嗯”了一声。

“你要不想回去也不是不行。”岑然退开了些，又脱口而出了一句。

不！这句话不是我说的！我不是这样的人！

乐于抬眼，面无表情地看着他。

“呵呵，”岑同学尬笑两声，“别误会，房间很多，你可以上半夜睡那间，下半夜睡这间，早上再来我……”

岑然及时打住，假装咳了两声，非常生硬地把原来想说的“早上再来我房间睡会儿都没问题”改口成：“早上再来我房间门口叫我起床一起去上学就可以了！”

两人还没就这个问题展开深入的讨论，乐于的手机就非常配合地响了起来。

小姑娘摸过一看，是俞晚舟打来的。

“舟舟。”乐于划开接听键，“我马上回来了。”

岑然隔着听筒都能听见俞晚舟的声音：“你去哪儿了呀，校门口的小门这会儿估计都关了，你快回来吧，上车库那儿，我翻墙去带你。”

“……”敢情大家都对车库那儿的矮墙情有独钟。

“嗯，”乐于点头，“马上就回来。”

出了门，绕着小区慢慢悠悠踱着。白天下过雨的夏夜，空气格外清新一些，夜风微凉，惬意悠闲。和来时同样的一小段路，因为刚刚坐在地板上的那些对话，和那些让人有点脸红心跳的小动作，都变得有些不一样了起来。

“乐乐，”岑然站在她身侧，状似闲聊，“有些事情，要是什么时候你愿意和我说说。我是说你愿意的话，我随时都听着。”

乐于侧头看了他一眼，月光混着微黄的路灯，投射在少年脸上，泛着暖白色的光。

少女点头，“嗯”了一声。

没有拒绝，也没有直接不理他，乖巧温顺得像是一只被撸顺了毛的小奶猫。少年心满意足，弯着嘴角，抬手揉了揉她的发心。

“岑然。”

“啊，”少年人心情不错，嘴角挂着笑，这会儿听她再这么喊，心里也不紧张了，头也不大了，甚至有一点荡漾，“什么事儿？”

“你是不是又抽烟啦？”

02. 谈话

“啊？”岑然呆了。

不是，乐乐，咱下回能不能场景转换不那么生硬？稍微顺着一点前面的话题展开对话行吗？

“我要是说，我就是把它们依次点燃了，放那儿看它们冒烟玩，你信吗？”少年叹了口气。

小姑娘仰着脸眨巴着眼睛，仿佛在说“岑然你是不是觉得我是个傻子”。

行吧，你别说，我这么说，自己都不太信。可这就是事实啊！

“我以后，尽量少抽。”少年决定向现实低头，忏悔道，“吸烟有害健康。”

“哦。”

其实她也没什么特别的意思，就是单纯地问问。刚坐地板上那一系列“友情互动”的时候，少年身上刚洗完澡，带着清新的木调沐浴露香气，混杂了一点点淡淡的，几不可闻的烟草味，像是很特别的男士香水的味道，还挺好闻的。

出于好奇，小姑娘就问了那么一句，完全没想到对方能有这么大的反应。呵呵。

“乐乐我觉得你这样特别好。”岑然见她“哦”了一声就没下文了，绞尽脑汁地找补。

“啊？”乐于不明所以。

“我听林航他们几个以前抱怨，说女孩子的心思特别难猜，”岑然状似回忆，“说我不生气，其实就是我快气死了，你赶紧问我在气什么！但是问了我也不说，你要猜！猜不对还不许停！我当时特别不理解，觉得我这辈子大概都没指望了。”

“还好是你，多么直截了当，想问什么就问什么，”小伙子哥俩好似的，拍了拍她的肩，“继续保持。”

“……”乐于眯了眯眼睛，抬眼看了看天上的月亮。

这，都什么跟什么啊？

两人没一会儿就到了矮墙边上，有了先前一起爬墙的宝贵经验，两位年轻人非常默契，按照上回的套路攀了上去。

大概是爬得过于投入，过于忘我，岑然跳下围墙的时候才发现身边还有个人。

“我去！”岑然没忍住，惊了一声，“俞晚舟你干啥，大晚上的能别这么吓人吗？”

“呵呵，”隐在暗处的体育委员冷笑一声，“我说乐乐去哪儿了，原来是被你骗出去了。你一大男人，大晚上的骗人小姑娘出去玩，这么晚才放人家回来，你还有脸了？”

“我……”

“别说你没骗嗷！”俞晚舟抬手点点他，“谁装外卖员的谁是狗！”

行吧，自己理亏。他闭嘴了。

乐于坐在墙头上，看着底下的两位“小学生”斗嘴。

如果不是身高不占优势，她也是很想直接跳下去的。

“乐乐快下来，”岑然伸手，“我接着你。”

“哈？”俞晚舟惊了，转头对着墙头上的小姑娘，“乐乐下来，我接着你。”

“男女授受不亲，”体育委员侧头，面无表情地看着旁边的人，“你和她是什么关系啊你就想接人家。收手吧，岑然。”

乐于觉得，舟舟同学要是知道他们早就接来接去过了，不知道会不会一脸沉痛地看着自己。

“呵呵，”岑然回了她一个冷笑，“我们是，纯洁的男女同桌关系。你有意见？”

乐于坐在墙头上撑着身子，不自觉地跟着那句“纯洁的男女同桌关系”点了点头。

“乐乐下来。”

两位同时转头开口，不想看见碍眼的对方。

小姑娘快速眨巴了一下眼睛，对这会儿的情形有点蒙。

为什么有种舟舟拿错了男二剧本的感觉？

嘶……有点冷，不能深想。

小姑娘犹豫了一下，想着刚答应人男孩子要试试，不能转头就把人家给“渣”了吧？她小手一撑，往下一跃，扑进了他怀里。

少年稳稳接住，开心得飞起。

他抬眼看着小姑娘，嘴角扬到与眉毛齐平。

俞晚舟：“……”

“舟舟，”乐于侧头，心虚道，“我是觉得他力气大一点，怕压到你。”

俞晚舟见她抿了抿嘴角，一副做错事的讨饶模样，心里一软。本来就没怪她的意思。

俞晚舟转头对着岑然，语调平平：“同学，你要不要把我舍友放下来？”

岑然脑袋都没偏，继续扬着嘴角，把人放到了地上。

“走吧，”岑然摸了摸她的后脑勺，“送你回宿舍。”

俞晚舟看着两人的互动眯了眯眼睛，开口道：“你是不是当我死的？”她愤愤，“我和她一块儿回去不就行了？要你送？”

岑然刚想开口再叨叨两句，就被乐于拉了拉衣角。他低头看着小姑娘仰着脖子小声道：“岑然你先回去吧。”

“……”行吧，乐乐说什么就是什么。

就这么着，少年眼睁睁看着她被俞晚舟揽着肩膀带回宿舍。临走前，俞晚舟还不忘回头警告了一句：“岑然，你要是再敢半夜里来偷人，看我不把你腿打断。”

乐于：“……”偷人……舟舟你语文课真的要好好上啊。

岑然看着她一副仿佛娘家人发现小伙子半夜来找自家闺女幽会，被当场抓住，摁着姑娘头把人带回了家，临了又撂了句狠话的样子，觉得既好笑又有些欣慰。

乐乐，其实，大家都很喜欢你啊。

五月末的月考如期而至，岑然同学仍旧在他待了无数次的第十二考场，只不过和林航换了个位置。

林航哀怨地坐到岑然身后，看着每一门考试，岑然都“唰唰”写个不停，觉得这次自己年级倒数第二的宝座仍旧没什么指望了。

这边两位少年人知道了自己的心意，也明白了对方的心意，表面看上去还是和以前没什么区别，只不过时不时的互动以及冒出来的粉红色泡泡，还是闪瞎了不少群众的眼睛。

“然哥，”林航转头看着他，“你觉不觉得，你应该照顾一下人众情绪，收敛一点啊？”

“嗯？”岑然满脸莫名其妙，“我们友好的同桌情谊碍着你了？”

乐于嘴里叼着根棒棒糖写着作业，抬眼看了看林同学，点了点头。自从她上次饿晕过之后，岑然口袋里常备小糖果，时不时就往人手心里塞那么一两个。

行吧。林航在这两位的注视下，默默转身。

岑然之所以老那么说，主要是怕进度条调得太快，小同桌跟不上。反正知道人家喜欢自己，也愿意让他等着，他自然是老神在在，也不急着就一定要现在就确定关系。

年轻人嘛，有的是大把的时间。

还有一点次要的，学校对“早恋”这事儿，抓得特别紧。为了不让各科老师集结了教导主任之类的抓他们过去“谈话交流”，影响小同桌的学习情绪，他就忍一忍，毕业了再说，不着急。

月考成绩很快下来。

这天下午自习课，王成武脸色有些复杂地走了进来，不时抬头看着最后一排的两位。

岑然早发现了他的注视，心说不是吧，我这么“低调”，老师你还要怎么着我们不成？不行我不答应啊，我坚决不换同桌。

最后王老师还是没忍住，起身朝着最后一排招了招手：“岑然你跟我出来一下。”

乐于闻言，抬头看了一眼两人。

老王平时从来没单独叫岑然出去的先例，这回也不知道是什么事情。

想起来岑然最近一直挂在嘴边的话，扯了扯他衣摆：“我们是什么情谊？”

“放心，”岑然小声笑道，“纯洁友爱的同桌情。”

小姑娘抿了抿嘴角，松手。

老王把人带到离了教室挺远的走廊尽头才开了口：“岑然啊，我绝对是相信你的，但是这个事情吧，它真的是太玄幻了你知道吗？其他老师他们都接受不了。我其实还是很开心的，你和乐乐相亲相爱互相帮助，共同努力创造了奇迹，为什么大家都不相信你可以呢？我很伤心。”

岑然眯了眯眼睛，被老王说得云里雾里。老师，你能说得不那么玄幻一点吗？我怎么听不太明白呢。

“老师你到底,”岑然决定还是问问清楚,只要不是让他换同桌,都好说,“想表达怎么个意思?”

“就你考了年级第二这个事情。”

……

岑然再回教室的时候,神态相当放松,丝毫不像是被教导主任抓去训话。

“然哥,”林航又不吃记性地转头了,“老王找你什么事儿啊?”

“啊,”岑然靠到椅背上,单手撑着桌沿儿,单腿踩着前杠,“别急,大概待会儿就要进来说了。”

老王没重新跟着回教室,而是去了年级组办公室。

“我们班岑然可说了,”王老师腰杆子挺了挺,“要是怀疑他作弊,尽管再出一份相同难度的试卷,他在咱们办公室里所有老师的注视下,独自写完。”

“我也觉得不可能作弊,”数学老师擦着宝贝教具,“他们那个考场,能抄谁的啊?”

“是啊,再说了就算是他自己带了小抄吧,背诵的内容可以抄一下,其他的总抄不起来吧。还一抄就抄了个年级第二。”

王老师再次挺了挺小肚子。

“要么就是这次试卷漏题了。”角落里响起了另一位男老师的声音。

“欸,吴老师,你这么说就不对了啊,怀疑学生不成怀疑到我们身上了啊?”其他老师不答应了。

王成武也不管了,急于和班级众人分享这个惊天喜讯。

老王走进教室拍了拍手:“大家安静一下啊,我说两个事情。”

本来就很安静在自习的同学们纷纷抬头。

同学们都已经习惯了,觉得这人说出口的第一句话肯定还是“年级第一这次又在我们班”。

老王果然不负众望，以这句熟悉的开场白展开了话题。

但是，当他说出“请大家用热烈的掌声送给我们班的年级第二——岑然”的时候，空气突然凝滞了，然后紧跟着凝滞了很久。

众人：“……”

我是在做梦吗？这这这……这不是真实世界吧？

连一向淡定的乐于都惊了惊，缓缓转头看向同桌。

“乐乐你还满意吗？”岑然小声道，“不用太惊喜，奖励先欠着。”

乐于：“……”还奖励？你不觉得应该跟我解释解释吗？

乐乐同学是绝对不会相信按他以往的“水平”，能在短短一个月时间达到这么个成绩的。

不管同学们如何震惊，成绩摆在那里，年级名次一贴，A 中都轰动了。

这是什么玄幻故事？你告诉我长年年级倒数第一的大佬居然考了年级第二？谁快来打醒我！

贴吧里各类技术流分析帖和情感流分析帖子层出不穷，就是一时间大家都没争出个所以然来。

更有阴谋论者等着看大佬期末考的时候重新翻车。

不管外界如何因为自己风起云涌，岑然觉得有些事情还是需要主动交代一下的，很小心地给未来女朋友发了个消息：乐乐，晚上聊聊？

乐于摸出课桌肚里的手机看了一眼，有点无语这人就坐在自己旁边还要特意发个微信。

既然人家不想说话，她也就从善如流吧。她抬手摁了几下屏幕，给他发了个“好”过去。

“说吧。”

两人盘腿坐在地板上，小姑娘啃着一支奶油冰激凌。

03. 期末

少年中二期的小插曲，简单又狗血。

要好了三年的同桌男孩，中考前的最后一次模拟考，一张小字条往他卷子下面一塞：“老师，岑然他作弊。”

字迹对照，的确是这位向来品学兼优的岑同学的。

少年百口莫辩，一脸茫然，这玩意儿明明是之前同桌让自己给他写的内容归类。

“岑然你知识点记得好，帮我写两个小卡片让我对着复习吧。”

同桌男孩说这话的时候姿态放得有多低，这会儿看着岑然的神情就有多嚣张。

“原因。”少年言简意赅。

“岑然，”同桌男孩看似笑得一脸无害，“你什么都有了，为什么还要这么优秀呢？让我们这些普通人怎么办？你不觉得自己这样很过分吗？”

对自己被人当傻子耍了一回这事，十几岁的少年没出意外地由着性子把人摁进墙里揍了一顿。

作弊加打击报复检举同学，同桌男孩的家人拿着医院的验伤报告不停给学校施压，更是扬言要把这事儿捅到媒体网络和教育局去。最终以岑家赔了一笔钱，岑然记了大过，才把这事儿给了了。

你把人家当成哥们处了三年，人家把你当个傻子一样吃你的喝你的，临了中考前还给你整了那么一出。

处在叛逆中二期的少年怀疑反思了一下人生，想到了那么一句“优秀也是一种原罪”，也不知道是被自认为“朋友”的同桌伤了幼小的心灵还是觉得自己应该接地气一点，自此开启了他的戏精学渣之路。

乐于听完之后，用一种看傻子一样的眼神看着他。

岑然有点虚：“曾经年少不懂事。”

“岑然，”小姑娘舔了口冰激凌，“为了那种人，没必要嘛。”

少年疯狂点头，小姑娘自从说决定“试试”之后，岑然觉得她最近跟自己说话都有点牛了起来。

“后来还见过吗？”

“他家里人给他换了班级，我那段时间也没怎么去学校，没再见过了。”岑然觉得那个“要好”的小玩伴长什么样自己都快忘了。

“这种病，多打两顿就好了，”乐于总结，“下回见了，我也帮你。”

“……”眼前浮现两人第一回见面时，小姑娘怒砸榴梿的场景。岑然觉得这位体内潜伏的暴力因子不比自己来得少，有点期待起这么个男女混合双打来。

“擦一擦，”岑然见她吃完，抽了张湿纸巾给乐于递了过去，又指指嘴角，“沾了。”

见她笨手笨脚的，他忍不住：“不是那儿。”

想起这个似曾相识的对话，少年也起了点玩心。他倾身抬手，修长的手指顺着耳侧搭上她的脖颈，没到了发丝里，拇指指腹轻轻蹭了蹭小姑娘的嘴角：“这里沾了。”

小姑娘眨巴了两下眼睛：“哦。”

“欸，乐乐，”少年一本正经道，“你怎么吃的？脸上到处都是。”

言罢，他双手齐上，这儿擦擦，那儿戳戳，仿佛捧着的不是人脸，而是一个捏捏乐。

乐于眯眼含糊道："你够了。"

大概是脸颊的手感太好，又大概是小姑娘刚刚吃的冰激凌那股奶油甜香太诱人，他玩着玩着就觉得有些不对了，捧着"捏捏乐"没撒手，嗓音带着点不自然的喑哑："好吃吗？"

"好吃的。"小姑娘接了一句。

"我也想尝尝。"少年眼睫轻眨，有些向往。

乐于下意识地抿了抿唇，咽了咽口水："我吃光了。"

"哦，可惜。我看你脸上还沾了点……"

地板上的手机及时发出铃声。

小姑娘回神，轻推了他一把："电话。"

岑然抬头，闭眼，长出了一口气。

"乐乐，是不是又被送外卖的骗走啦？快回来！"

乐于眯了眯眼，把手机听筒从耳边拉开了一些："现在就回。"

"走吧，"岑然起身拉了她一把，一脸的生无可恋，"送你回去。"

小姑娘低头，抿了抿嘴角。

骄阳如火的六月，高三的学长学姐经历了三天的高考洗礼，他们这届高二的学生也逐渐紧张了起来。曾经天天坐得满满当当的高三教室里，这会儿空空荡荡的，让人心里也跟着空了空。

这马上就是，他们的最后一年了啊。

月中，乐于跟着乐暮春回A市过了端午，岑然怕她回了家又想东想西，时不时地就给人发个消息逗个乐子。

外婆看着外孙女捧着手机一脸沉浸其中如入无人之境的笑容，对着女婿不停地挑眉毛。

开学前一天叫她带了不少自己裹的咸蛋黄肉粽，让她带给"同学"吃。

小姑娘也没偏心，除了给自己留了点，舍友和同桌都没亏待，乐得岑然直说让她带着自己去找外婆玩。

期末考试的时候，岑然终于如愿和他的小同桌分在了一个考场。同学们看着大佬从前门晃了进来，第一件事就是先给他同桌放下了早饭。他手指点着桌面先跟人家聊了会儿“学习”，然后才慢慢悠悠地走到第二个座位，落座。

同学们对大佬考了年级第二这个事情，很长时间都没能接受。这会儿看着他的确是在第一考场第二个位置，才不得不承认了这件事情的真实性。

看着岑然在休息时间对前面那位不停进行“投喂”工作，众人纷纷觉得这两位堪称“共同进步的模范同桌”。

上午第二门数学考试主卷做完了之后，看着小同桌已经趴在桌面上了，岑然心思就有些活络了，趁着监考老师在后面，仗着自己手长臂长，开始做起了小动作。

乐于正盯着窗外，就觉得腰上被人戳了戳，一个激灵坐了起来。她还没回神，手腕又被人轻轻一捉。

“……”小姑娘觉得他真是够了。

少年准确无误地捉到了她的手，也不慌，甚至还在她手心里挠了挠。正当她以为这人就是闲的，准备抽手的时候，后面那位大概是知道了她的意图，掌心握着紧了紧，没让她抽开。

小姑娘面无表情地对着天花板翻了个白眼，觉得手心里又被人塞进了一小团东西，她顿时有些紧张起来。

他到底想干吗？

岑然把小纸团塞到人手心里，又合掌捏了捏，才把人放开。

乐于跟做贼似的把手挪到桌面上，刚想打开，就听旁边一个男人像是等候了多时的声音。

“你们俩在干吗？”

04. 终章

乐于摸着小纸团的手一顿，缓缓抬头，一方面纠结着要不要把这纸团子吞下去“毁尸灭迹”，一方面又觉得同桌是不会找她作弊的，完全没必要。到时候没了“证物”，反倒是说不清楚了。

只是又不知道这人到底写了点什么，万一内容不那么好，这事儿也有点麻烦。

“老师是我传给她的。”岑然开口，“不关她的事。”

吴老师冷着脸，低头看着这个突然飞速“进步”的学生还一脸笑眯眯的模样，就觉得自己作为老师的权威受到了莫大的嘲笑和挑战。

教室里气氛一时也有些紧张。

“给我！”吴老师伸手，对着乐于提了音量吼了一声，“作弊还有理了！”

“老师，”岑然沉了沉脸，水笔在桌面上隔着试卷点了点，“我都说了是我传给她的。你要吼冲着我行吗？况且作弊这种事儿，能查清楚了再给人扣帽子吗？”

岑然觉得自己真的已经挺客气了，考试的时候传了个小字条的确是他的问题，要是这位吴老师能正常一点，自己的态度绝对能更好一点。

乐于单手压着纸团，回头看了一眼。

岑然冲她点了点头。

就这么自己还没看上一眼的东西，乐于抬手交了出去。

吴老师接过，打了开来。

乐于也挺好奇岑然给自己写的到底是什么，抬头盯着吴老师的表情。

“考、考试的时候传这种无关紧要的小字条干什么？”吴老师没抓到两人的小辫子，气急败坏地把字条拍在了桌子上。

乐于抬了抬眉毛，低头瞧了瞧。

正文第一句：乐乐中午想吃什么？

下面画了十来幅情景小漫画，一个圆脸短发的小姑娘对着各色美食摆着各种小表情。

她有点理解吴老师为什么那么生气了……

高中的最后一个暑假，有写不完的暑假作业，切开了一人一半的红瓤西瓜，透明玻璃瓶上沾着小水珠子的橘子汽水。

还有那个，坐在你身边一起写着作业，笑容比窗外夏日的阳光还耀眼的少年。

A 中开学的第一天，学校就给每个高三班级的墙上换上了定制的数字牌。墙上的钉子还没来得及撤下来，又或许是不知道已经用了几个年头。

用完的数字每天扯一张，时刻提醒着这些高三的同学时间一去不复返。

“校霸”摆脱了“学渣”的身份，天天光明正大地和小同桌一起好好学习，以刷题为乐。两位甚至就一道数学大题能有几种解题思路玩得不亦乐乎，充分展现了什么叫作“学习使我快乐”。

大概是 A 中的学习氛围过于浓厚，连林航这样的都忍不住把老师发下来的卷子从头到尾做了一遍。原先不需要上晚自习的走读生，如今也在班级里乖乖坐到自习课铃响才回家，回家了再接着复习。

如今他们也成了学弟学妹口中的可怜人——春秋游和运动会都没他们什么事儿了。

这年寒假的时候，岑然爸妈才回了 C 市陪他一起过年。乐于跟着乐暮春一道，回了A市外婆家。

2月14日，正巧还在正月里，生日赶上这么个暧昧的日子，连说一声“同学来找我玩”都有那么点不好意思。

外婆携全家表示非常理解，“同学”来玩一定要好好陪着，让对方感受一下A市人民的热情，甚至想叫人来家里玩一玩。

“不了吧，”小姑娘略为尴尬，“我同学，有点害羞。”

“哦……”外婆拖长了尾音了然道，“没事，以后有的是机会。”

岑家爸妈常年不在国内，为了方便儿子出行，给他在C市国际机场备了一辆私人飞机，提前向空管局申请航线就可以用。

岑然去之前就挺纠结，两地离得很近，这么搞一搞是不是太劳师动众，要么让李叔开车送一送？

小同桌很好地帮他解决了这个问题。

“岑然，”电话那头小姑娘语调平平，“你坐高铁来吧，我去车站接你。”

“啊？”岑然有点没料到，但是转念一想电视剧里男女主在车站相见并且深情相拥的一幕，莫名觉得很是期待。

“你一个人到车站来，会不会累呀？”男孩子也有口是心非的时候。

“地铁直达，很方便。”

“那、那行吧，”岑然佯装淡定，“我买好票告诉你时间。”

小姑娘觉得他平静中带着一丝扭捏。

岑志远夫妻这两天就得走，岑然提前给两位交代了一下“情况”，他拉着两位到书房，一本正经的，像是公事会晤一样。

“爸妈，”岑然坐在对面，“我有个事情要对你们宣布一下。”

岑家爸妈看着儿子这么严肃的样子，心里一个“咯噔”。

内心已经脑补好了一万种剧情，觉得可能性最大的就是，儿子又干啥坏事了。一方面觉得忙于生意疏于照顾儿子心生愧疚，一方面又觉得，只要儿子干的坏事如果不算太糟糕，那就随意吧。

“然然啊，”岑妈妈开口安慰，“没事儿，有什么事情就说，天大的事情有我们顶着。”

看着自家爹妈一副沉重的表情，岑然无语，他以前是多糟糕。

岑然费了老半天劲儿解释了一遍，岑家爹妈才终于是信了。

“那你怎么不早说，趁着过年让我们见一见。我们这马上就得走了。”岑妈妈埋怨，“我也好给人小姑娘准备点礼物啊。”

“别别别，”岑然赶紧摆手，“她害羞。”

小同桌跟自己这儿还没完全搞定呢，可不敢让热情似火的爸妈把人给吓跑了。

“我就是先跟你们说一声，未来儿媳妇已经给你们找好了。”岑然解释，“以后可别费劲地再给我介绍什么张叔王伯家的女儿就行。”

“明白，明白。”岑爸爸点头应着，又语气肯定道，“你这突然又想通了，考个正常成绩了也是因为人小姑娘吧。”

岑然“嘿嘿”两声，不予反驳。

“那高考完了，总能安排我们见见了吧？”岑妈妈兴奋地搓搓小手。

岑然比了个“OK”的手势，愉快地结束了家庭谈话。

岑然去之前，乐于就给他打了预防针——千万不要送我什么夸张得二五八万的礼物。

年轻人冥思苦想，给之前那个自己做的乐乐版小人偶配了个 H 家的小马钥匙圈。正好和乐于的属相一样，看上去又特别像个某宝九块九包邮的便宜货。

简直完美。

放假分开了那么几天，这会儿坐上了车，还真有点“一日不见如隔三秋”的感觉。年轻人有点激动。

乐于站在出站口张望，兜里的手机响起。

“乐乐！”电话那头带着笑意的一声，“我来啦！你别挂啊，我出来找你。”

小姑娘围着一条鸭绒黄的毛线围巾，脸缩了一半在围巾里，举着手机贴在耳朵边上，就露了两个圆圆眼在外面，盯着走出来的人群。

岑然远远就看见了她，三两步跨了过去。

今天这个特殊的日子，车站捧着花等女朋友的还不少。年轻人表达感情都很直接，直接拥抱在一起的比比皆是。

岑然眼角余光瞥着，还有那么点小羡慕。

毕竟两人现在还是“纯洁的同桌关系”，这么激烈的情绪表达，还是不太合适。

“走吧。”岑然近到跟前，低头笑道，顺便揉了揉小同桌的头发。

乐于带着岑然进了地铁站，两位少年买票，上车，找个空位站着。

地铁上还挺挤。

岑然人高腿长，拉着把手倒是不怎么费力，小姑娘可够呛。

“挤吗？”见状，岑然一手拉着拉环，一手环了一圈把人拉紧。

虽说这么个姿势岑同学还是非常满意的，只不过实在是挤了点，让同桌这么被人挤着自己也心疼。

“没事，”乐于抬头，扯了点围巾，“没两站，先去吃饭。”

小姑娘挑了家本帮私房菜馆，要了个角落里的两人位。

岑然迫不及待地开始献宝。

“谢谢啊，”乐于看着“同款”人偶，又瞥了一眼他手机上挂着的那个，抿了抿嘴角，真心实意夸道，“岑然，我觉得你找的这家店，师傅做得要好看一些。”

“是吗？”少年得意道，“主要师傅本人也好看，人美手巧。”

“你自己做的？”乐于倒是有些惊讶，自动忽略了他那句听着别扭的“人美手巧”。

岑然挑眉，满脸“正是在下”。

小姑娘低头又看了一眼，拇指在小人偶脸上蹭了蹭。

吃完饭还早，乐于带岑然上了江边走走消消食。

小姑娘出来的时候就背了个不小的背包，这会儿勒着两根背包带子，抬头道：“岑然，我也有个礼物送你。”

“啊？”这种意料外的惊喜就像是路边随手买了张十块钱的刮刮乐中了个头奖那么刺激，“嘿嘿，那多不好意思。”

乐于没接话，解了书包拿了出来：“给。”

“新年礼物。”小姑娘又补充道。

岑然扬着嘴角接过，迫不及待地打开礼品袋。

一条和乐于脖子上一个颜色，甚至款式看上去都应该是一样的毛线围巾。

“乐乐，”岑然乐了，“你这挑的是情侣款啊。”

小姑娘面无表情地瞥了他一眼：“同款同色，第二条半价。”

岑然：“……”

“我这条是半价。”乐于补充。

“……”行吧。

“乐乐，”少年弯腰，垂眸看她，一手攥着围巾，一手指了指她脖子里那条同款，“帮忙戴一下，系个和你一样的结。”

小姑娘不疑有他，抬手接了围巾，给他挂到了脖子上。

不料年轻人眼疾手快，先她一步缠了一圈，像个鹅黄色的蚕茧一样，把两颗脑袋瓜绕了个圈儿。

乐于有一瞬间的蒙，没反应过来什么情况，一手还拉着一侧的围巾没松开，就这么傻站着。

方寸里的小世界，少年低声开口："乐乐，你能再收个礼物吗？"

"啊？"小姑娘看着眼前有些放大了的人脸，江边的点点星光映在少年眼中，耳边萦绕着江心邮轮的汽笛声，忽远忽近。

"再收个男朋友行吗？"

他低柔的嗓音在她耳边呢喃了一句。

眨眼愣怔间，她侧颊好似覆上了朵蒲公英，软乎乎的，温温凉凉，风一吹，轻轻扫过脸颊……

高三寒假过后的下半学期，时间过得像是挂牌上的数字被人按了快进播放键，眨眼溜走。

别的班上甚至有同学不知道是因为过于紧张，还是没有吃饱睡好，在最后一回月考的时候晕倒在了考场上，还好那不是高考。

王成武担心自己班上的学生，天天大课间催他们出去动动，甚至中午在食堂里观察大家有没有不好好吃饭的，吃完又盯着人趴着午睡一会儿，俨然变身成一名幼教。

校园里早上第一个亮灯的那排教室，和晚上最晚熄灯的那一排，总是同一个地方。

六月，这趟名字叫作高中的列车，终于到了它的终点站——高考。

老王在高考前一天晚上，不止在班级群里唠叨了好多遍，又不厌其烦地给每个人发了一遍记得带上身份证准考证水笔 2B 铅笔吧啦吧啦……并且让他们拍照回传。

看着每位同学给了他确定的答复，他才在手边的名单后面画了个钩。

从办公室里出来，他习惯性地往（1）班走去。临到教室门口，看着里面暗着的灯，脚步一顿，才反应过来。

王老师推开教室门，按亮了前排的开关，看着收拾得干干净净的一张张桌面，码得整整齐齐的椅子，教室最后面同学们出的最后一期不咋样儿的黑板报。

须臾，他咧了咧嘴角。

原来，又是一个三年过去了。

A 中也是考场之一。

一早，学校门口就拉了横幅，老师们等在校门口，不少送考的家长佯装一脸淡定，嘴里安慰着“别紧张随便考”，送着自家孩子。

老王对锦旗的执着又一次体现出来。这位不知道什么时候偷偷瞒着众人去定做了一件他心心念念的，准备运动会做班服的 T 恤。

这么热的天，鲜红的短袖 T，胸前明黄色的“必胜”二字，王老师就是人群里最靓的崽。

老王看见自家学生就要上去关照一下，再检查一遍带的东西，仿佛第一回参加高考那么激动。

“平常心，平常心，”老王拍着岑然的肩，“没什么好紧张的。”

“嗯，”岑然抿了抿嘴角，“老师你什么时候爱上抖腿了？”

“啊？”王成武看着自己不自觉地抖动着的右腿，呵呵尬笑了两声，“热的，动动凉快。”

高考前几天放假，乐于被乐暮春接回了家。早上两人发了消息，约着在校门口见一面再去自己的考场。

“叔叔好。”岑然见两人到了，非常自然地过去笑着打了个招呼。

乐暮春应声回礼，又低头拿女儿打趣道：“你同桌，不害羞啊。”

乐于：“……”

“叔叔，我家就在学校旁边，”岑然抓着机会提议，“中午省得乐乐跑来跑去了，阿姨会来做饭，就让她上我那儿吃饭休息会儿吧。”

乐暮春对女儿这个同桌也是了解了个七七八八，看着宝贝女儿一年多的变化，对小伙子也是挺放心。

他低头征求女儿意见：“乐乐你看呢？”

“嗯，”乐于点头，“爸你回学校吧，省得请假了。”

“行。”乐暮春揉了揉女儿的脑袋，转头谢道，“那麻烦你了啊岑同学。高考完了，上我们家玩去。”

岑然“嘿嘿”乐了两声，欣然接受。

小姑娘抬头看了眼两位，有种被人转手卖了的感觉。

7 号考语数，8 号考英语，9 号考两门选测。曾经以为还很远很远，醒来还是那个不想上课的午后，擦着口水伸一个懒腰的高中生涯，终于是在最后一场考试铃声响起的时候结束了。

那种像是瞬间突然被抽了一身的力气，又轻松，又像是失去了点什么，对未来的憧憬夹着一丝迷茫，既想扯着嗓子大笑三声，又觉得鼻腔里有些酸涩的感觉。不晓得，是不是只有自己有。

岑然站在乐于身侧，看着走廊那头林航抱着俞晚舟，对俞晚舟大喊：“舟舟！我终于毕业啦！”

俞晚舟一脸嫌弃地伸手推着林航的脑袋：“给我死开！”

学委李源哭得抽抽搭搭，后桌数学课代表张昱不停地安慰：“别哭啊李源，这都考完了就别想了，你不是和我对过答案，应该挺好的。”

“我……”李源抽噎着，“不受控制。”

“行吧。”张昱同学知道他前桌压力山大，大方借出了肩膀把人脑袋摁到了自己肩上，吼着不比王成武在调上的老歌，“男人哭吧哭吧不是罪……”

“去吧！皮卡丘！”维持了三年淡定稳重老好人人设的班长，抬手一张张飞着书包里的考卷，看着它们像是小鸟一样从自己眼前飞到了天井里，“我是一只小小小小鸟儿！想要飞……飞到天上去！”

明显串词儿了。

岑然看着自己三年的同学，一个个跟“玩真心话大冒险”输了似的，释放着自己真实的内心，勾着嘴角“嘿嘿”笑着摇头。

“岑然。”小姑娘抬头叫了一声。

“嗯？”

“我的第二份生日礼物，”乐于故意顿了顿，“现在要可以吗？”

少年一怔，愣了三秒，然后回神，嘴角上扬，偏过脑袋舔了舔上嘴角，笑得像个傻子。

小姑娘勾着嘴角目视前方，朝着身侧的人反过手背，动了动手指。

少年心领神会，伸手捉住。

十指相扣间，两人心里像是联奏着一曲马克西姆的《野蜂飞舞》。

所以，我喜欢你，像爱吃糖那么喜欢。因为，你比糖还甜。

番外一

高考终篇 · 我的小公主快快长大吧

“乐乐准备去哪儿？”

高三（1）班的教室里，岑然坐在她身侧，半趴在课桌上问道。

高考结束之后，他们这帮人算是放羊了，只不过岑同学还是有点哀怨的。之前天天上课，每天都能见到，放个假过个周末还能借着写作业的名义安安静静地一起待会儿。

这会儿考完了试，除了偶尔绞尽脑汁叫人出来两回，还真不好意思在未来老丈人的眼皮子底下天天把人小姑娘叫出去。

所以，岑同学决定，乐乐去哪儿他去哪儿。

今天是A中召集他们回来估分模拟填志愿的，这两位才能光明正大见上一面。

“我还没想好。”乐于思考了三秒。

“行，”岑然直了直身子，对自己的分数很自信，“反正我跟着你填。”

“同学们待会儿都别走啊，”正事儿办完，王成武乐滋滋地拍了拍手，“待会儿一起聚个餐，我请客。”

“哦——”

底下一阵欢呼。

“班长问问大家要吃什么，咱们待会儿出发！”

一帮人到底也没好意思敲老王一顿竹杠，挑了家外面美食街上的中餐馆。

中餐馆的二楼挤了三大桌，只有他们一个班，整得跟包场没什么区别。

这家饭店的老板不知道是换了人还是偷偷改了名，赫然挂着大气磅礴的“状元楼”招牌。

老王抬头，笑眯眯地表示很好很满意。

“要来点啤酒吗？”点完菜，老板娘捧着小本本问。

王老师刚想说“还有未成年不喝了吧”，就见班上众人眨巴着眼睛瞅着他。

“那就先，来个一箱吧。”王老师笑道，“再来点饮料。”

一箱啤酒也就十二瓶，男生大多数都倒上了，一人一小杯敬着老王来了个车轮赛。

第一轮还没结束，酒量不咋样儿的老王就已经自己嗨上了：“老板娘，再来两箱啤酒！”

班长拿着啤酒瓶轮流来问“谁要谁要”的时候，乐于嚯地伸出了手。

班长嘿嘿乐了两声：“乐乐你也喝啊？”边说边给人满上了，玻璃杯最上面浮了一层绵绵的白色泡沫。

岑然等人走了，抬手点了点她的桌面：“未成年，喝饮料。”

小姑娘捧着杯子没撒手，大胆回视：“这就跟饮料似的。”

岑然：“……”太惯着了也不好。

“冰的，待会儿喝了不舒服。”岑然凑近，小声说道。

“……”乐于侧脸看着他，脸上有一瞬的热。这人不知道什么时候开始，就对自己每个月那么几天了如指掌，还规定了十七八种不能吃不能碰不能动的玩意儿。

“照理说这个都最好别喝，”岑然抬下巴指了指桌上的饮料，“看在是常温的份上我就不说你了。”

乐于眯眼看了看他，见他没有半分动摇，眨巴两下眼睛软了软语调开口道：“那我就尝一口上面的泡沫。”

“行吧。”

论女朋友不撒娇我都顶不住，撒起娇来我可怎么办。

乐于没好意思告诉岑然，小时候自己就能陪着她爸喝上两三杯，尤其是喜欢叫乐暮春倒快一些，抿着杯子里那层细细密密的泡沫喝着玩儿。

小姑娘很听话地只抿了一口。

岑然见她嘴唇离了杯沿，嘴边沾了些泡沫化开的酒渍，抬手就给她蹭了蹭。他又很自然地伸手拿过了玻璃杯，凑到唇边，仰了仰脖子，不给她再次找理由找借口的机会。

“……”乐于见他凑着自己喝过的杯沿一口灌了下去，完了还笑眯眯地盯着自己，于是幽幽开口，“杯子，我的。”

“哦，”岑然捏着玻璃杯，看了眼自己面前的，伸手给人端了过去，“那我的给你。”

乐于：“……”

小姑娘没看见的地方，少年耳朵尖尖红了红。

酒过三巡，几个平日里一本正经的也开始浮夸了起来，更别说那些个平时就浮夸得不行的。

“舟舟！”林航端着酒杯凑到俞晚舟面前，“我敬你一杯！”

俞晚舟豪气地给自己满了一杯，抬手和林航碰了碰，正要仰头喝了，手腕就被林航压了压。

“欸，”林航蹙了蹙眉，“我干了你随意。女孩子少喝点。”

俞晚舟“嘁”了一声，等林航抬着杯子喝完了，才开口：“所以你要不要放手了？”

林航抓着俞晚舟的手腕木愣愣地“啊”了一声，反应了三秒才转过弯儿来，松了手：“哦哦，那你喝，少喝一点。”

俞晚舟没管这位的叽叽歪歪，由着自己性子喝了一杯。

林航叹了口气：“舟舟，你要不要留个长头发啊？”

“什么？”俞晚舟以为自己喝多了耳鸣，这人是不是管得太宽了些，“你再说一遍。”

“你留长头发肯定很好看。”林航肯定道，又紧接着加了一句，“当然我不是说你现在不好看的意思。”

“你这人，”俞晚舟看着这人傻不愣登的模样，“喝多了吧你？赶紧滚吧。”

“哦，”林航觉得自己可能真的喝多了，“不然吧，我觉得自己跟多了个兄弟似的。”

“你到底在说些什么？”俞晚舟有点跟不上思路。

“当然如果是你，我觉得多个兄弟也没什么关系。”林航眨巴了下眼睛，没挪开视线。

俞晚舟眼睛眯了眯，摁着他的脑袋推了一把：“喝多了赶紧滚回去睡觉！别在这儿瞎叨叨丢人现眼！”

林航被她一推，大概是清醒了一点，眯着一只眼睛抬手挠了挠后脑勺：“真的，我真不介意多个兄弟，你考虑考虑。”

俞晚舟脸上热了热，只当自己什么也没听懂：“滚滚滚滚。”

“哦。”林航迷迷瞪瞪地乖乖滚了。

王成武退到楼梯口，脚步有些浮，脸上仍旧笑眯眯的。

他伸手扶了一把墙，拿出了手机，对着吃吃笑笑的这一届学生，疯狂一通乱按，低头回看着自己相册里刚拍的照片，满意地点了点头。

班长就快站到凳子上去演讲了，班上成绩最好的那对同桌戳着盘子里的小点心凑着脑子研究了半天……

多么美好的少年时光。

王老师笑容未减，轻轻叹了口气。这一回，大概是这个班上最后一次聚得那么齐了吧。

夏夜的林荫路上。

十指交缠、手心微湿的两位少年，轻晃着两条胳膊慢慢悠悠地踱着。

“岑然。”小姑娘开口叫了一声，顿了脚步。

“嗯？”岑然跟着停下，低头。

“我想去F大。想看看，我爸妈曾经一起待过的地方。”

“好。”少年侧身弯腰，一手搭到了她肩上，浅笑道，“带上我，你去哪儿我就去哪儿。”

小女朋友第一回在自己面前提起有关她母亲的话题，岑然觉得这无疑是个跨越。

乐于跟着笑了起来：“岑然，要是你一年多前和我说这话，我还真不敢信。”

“那现在总信了吧？”岑然笑道，“早知道我就该谁也不说，就高考这回突然发个力，等成绩出来了再看看你们一个个惊得合不拢嘴的样子。”

“对了，乐乐，”两人吃吃笑了一会儿，岑然转念，询问，“我爸妈，想请你们一起吃个饭。你看……”

“啊？”乐于有点蒙，“是不是，太快了一点？”

岑然看出了她一瞬间的迟疑，揉了揉她的发，抿了抿嘴角：“行，那我回头叫他们别回来了。”

小姑娘看着他，欲言又止。

岑然捏了捏她的手，又在人手心里挠了挠："没事儿，不急的。"

一句"谢谢"溢到嘴边，想着每回岑然听见时，偏过脑袋"嘁"一声的样子，又咽了回去。她抿了抿唇，弯着嘴角点头"嗯"了一声。

"对了，"岑然转了话头，"乐乐你还答应了我一件事儿没做呢。"

"啊？"乐于奇道。

"你答应了要和我一块儿去游乐园的。"岑然点头肯定脸，又顺手揉了一把一脸处在思考与呆滞中的小姑娘的脸。

乐于："……"

我什么时候答应的我怎么不知道……

趁着各大中小学还没放假，两位挑了个非周末，去了趟A市的游乐园。

岑然提前约好了尊享导览服务，也不着急，先让李叔给两人送到了酒店。

打开套房房门的时候，乐于看了他一眼，热情的服务人员放下了行李箱退了出去。

岑同学也不知道是心虚还是其他什么原因，居然磕巴了起来："两、两间卧室呢。"

"哦，"小姑娘看着他，"你紧张什么？"

"我、我不紧张啊。"岑然眨巴了两下眼睛，转移了话题，"累了吧，快去歇会儿。"

话音未落，少年推着她肩膀给人按到了长沙发里。

早上岑然也没叫她。

自从考完试，这位自然醒的时间就越发捉摸不透了。岑然等她睡醒，才去接了人，这会儿窗外的太阳已经快落山了。

"先去吃个饭还是先去洗个澡？"岑然坐在侧手位的单人沙发里，单手支着扶手，侧脸问道。对两位单独身处在这么个还算宽敞的空间里，感到一丝心慌，急于要给人找点事情做做。

“我先洗个澡吧。”虽然车上和房里都有冷气，这天还是有些热了，出过汗之后黏滋滋的不舒服。

“嗯，”岑然点头，“那个，大床房你睡，我睡旁边那个。”

岑然指了指客厅另一头的房间。一间超宽大床房，另一间是摆着两张双人床的卧室。

“哦。”

乐于也莫名觉得尴尬了起来，起身推了自己的小行李箱，拿了换洗衣服进了浴室。

少年靠坐在沙发上，听着浴室里窸窸窣窣的水声，想着里面是自己心爱的那位小姑娘……

岑然你不要想了！淡定，心静自然凉……

“咔哒”一声，浴室的门重新被拉开。

乐于换了身休闲服走了出来，手上抱着换下来的衣服，看着转过脑袋盯着她的那位，愣了三秒没挪动。她回神，勒了勒手上的衣服，加快脚步进了卧室，唰唰两下把换下来的衣服藏好。

再出卧室门的时候，见他已经斜倚在浴室门边上了，看她出来，他对着她招了招手。

“过来。”少年勾着嘴角，语气淡淡。

“干什么？”小姑娘心中升起一丝警觉，站着没动。

敌不动，我动。

岑然见她愣着没反应，三两步跨了过去抓人.“怎么也不知道吹吹头发，待会儿吹了冷气着凉了怎么办？”

“哦，”本来已经做好后退半步准备的乐于眨巴了两下眼睛，“刚洗完了里面有些热。”

岑然“嗯”了一声，也没再说话，两手搭着这位的肩就进了浴室。

耳边吹风机的轰轰声响起，少年修长的手指拨弄着她的发丝。

乐于微微眯了眯眼。

镜子面上起了一层薄薄的雾气，看不清人影。

轰鸣声骤停，少年抬手，在镜面上画了个心形，正好让她在镜子里看见自己。

“又在发呆？”岑然放下手上的吹风机，低头问了一声，“在想什么呢？”

小姑娘盯着镜子里那一小寸地方的自己，没注意身边人的问话。

少女身上刚洗完澡的淡淡樱花味沐浴露清香，混杂着只属于她自己的味道，悉数钻进了岑然的鼻息间。

少年搭着人肩头的指骨略微紧了紧，又顺势把脑袋埋得更低了些，窝在了小姑娘的肩窝窝里：“嗯？”

颈间炙热的鼻息，沉闷的一声喉间溢出的单音节，一种从未体会过的让人忍不住战栗的感觉，把思绪从外太空拉回了地平线。

岑然明显感觉到她身子一僵，还忍不住瑟缩了下脖子。埋在肩窝里的少年，抿了抿嘴角，又像个小猫一样轻轻蹭了蹭。重新直了身子，捏了捏她的手腕，反手把人牵了出去：“走吧，先吃饭。”

酒店餐厅的食品也和游乐园配套，各色小餐点都做成了乐园里不同卡通人物的造型，让人舍不得下口。

乐于戳着小餐点，一口一块米奇耳朵，一口一个冰雪奇缘小公主糖片。

吃完了，她还不忘点评一下：“挺可爱的，就是没你之前带我去过的那家好吃。”

岑然刚想接话“那回去了再去”，就听旁边一桌的小姐姐对着男朋友娇嗔道：“啊呀这么可爱，不舍得吃怎么办。”

“我家宝宝就是心肠软。”小姐姐的男朋友附和。

乐于闻言，眨巴了两下眼睛，低头看了一下自己面前空空如也只剩了几丝点心碎屑的餐盘，静默无语。

岑然愣了愣，抿唇偏头抖着肩膀。

用了晚饭回到房间，那一丝有些暧昧的气氛又重新笼了回来。

“那个，”岑然指骨蹭了蹭鼻梁，“我先去洗个澡。”

“哦。”乐于眨巴着眼睛点了点头。

酒店的位置正对游乐园的心愿湖，乐于立在窗边看着湖对面还未闭园的游乐园。

小姑娘正支着下巴看得入神，神游间只觉得发心被人磕了磕，脑袋顶上传来一声带着笑意的问询：“看什么呢？”

岑然话音刚落，湖对面的城堡上空像是回答他一样，适时亮起了焰火。

“明天离近一些，要好看一些。”岑然笑道。

乐于站着未动，身后有个温热的怀抱若有似无地贴着后背，岑然伸了双臂支着栏杆，环了个半圆，像是把她箍在了里面。

小姑娘听他说完，仰了仰脖子，这么个身高差，正好能瞧见他也低头看着自己。

就这么个死亡角度，乐于竟然还是觉得，他貌似还挺好看的。

小姑娘半仰着脑袋，眨巴着圆圆的杏眼瞧着他，澄澈的瞳仁里闪着光。岑然下颌线紧了紧，喉结上下一阵滚动。

恍惚间，她就被人单手揽着，转了个身。

少年身上草木味的沐浴露香气，带着他温热的体温，还有刚洗完澡的一丝潮气，裹杂在一起，像是某种奇异配方的香水。鼻息间萦绕着让她喜欢的味道，有些眩晕。

岑然见她低着脑袋，嗓音带着些喑哑，开口叫了一声：“乐乐。”

“嗯？”小姑娘下意识地抬头。

四目相对的一瞬，还没等她反应过来，就被眼前的人欺身压上了一寸，后背快靠上栏杆的时候，又被托了一把，覆上了个温热的掌心。

下巴尖尖被修长的手指轻轻钩着一带，眼前的少年缓缓眨了下眼睛，倾身，带着温度的柔软便覆了上来。

小姑娘本就圆圆的眼睛又瞪大了一寸，僵立着没敢动弹，耳边像是自动屏蔽了湖对面光影交错的灯光焰火表演，脑袋有一瞬间的空白。须臾，那轰隆声又像是近到了耳边，仿佛那场让人炫目的焰火只是一窗之隔。

少年依着本能，像是尝着一份从未吃过的甜点，小心翼翼地探出舌尖，在她唇上舔了舔。

温温润润的触感扫过嘴角，乐于下意识地抬手，推了一把。只是男孩子的力气，和她想的，有些不一样。平日里在自己面前再温和不过的少年，这会儿就像是个夜里出门捕猎的小野兽，满身的侵略性。

怀里好不容易逮住的小猫咪，撂着小爪子想要逃跑，少年哪里能乐意。钩着下巴尖尖的手抚上了小猫咪的后脑勺，像是安抚，又像是禁锢。

稍一使力，攻城略地。

到底是心里喜爱着，又掺了一丝怜惜的小姑娘。只待小猫咪绵绵软软地依在怀里，少年就放轻了力道，吻得小心、轻柔，又绵长……

湖对面的那场闭园表演，不知道何时停的，少年下巴轻轻搁在小姑娘的发心上，站在窗边，揽着她轻轻拍着。

他气息还有些不稳，低声开口还带着一丝沙哑：“明天要叫醒你，还是睡到自然醒？”

怀里的人静默了片刻，再开口时，声音软得自己都吓了一跳：“你醒了叫我吧。”

岑然环着她，抿着嘴角又摸了摸她的后脑勺。

“走吧，”岑然退开了些，“回房吧。”

乐于抬头看着他，背抵着窗边的栏杆，眨巴了两下眼睛，站着没动。

岑然笑着把人揽过来，搭着肩把人送到了大床房门口。

“进去吧，”岑然忍着笑意，“睡不着就给我发消息。”

“哦。”小姑娘转身站在屋内，觉得在一个屋檐底下发消息这种事，估计只有她同桌想得出来。

岑然抬手，帮她拉上了大半的房门：“关门吧。”

乐于“嗯”了一声，刚想关上，又被他一手撑开了。

瞬间，她有一丝慌乱，眨巴着眼睛问道：“你、你干吗？”

“突然想起来，有个很重要的事情。”岑然故意沉了沉脸，手上感受着小姑娘正在使劲抵着门的那点力道。

憋了三秒钟，他终于是没忍住，弯了嘴角抽着肩膀，松开了撑着房门的手：“那个，你记得锁门啊。”

乐于：“……”

岑然看她眯着眼睛关上了房门，发出不小的一声“嘭”，紧接着是一记带着脾气的“啪嗒”声。

非常听话地锁了门。

少年站在门口笑得不行，笑完了才觉得自己是个傻子，还有空笑，赶紧再去冲个澡吧！

早上岑然也没真叫乐于，发了个消息，人没回，他就放弃了。主要是觉得打电话敲房门这种叫醒服务太不人道了。他有更优秀的叫醒方式，打算以后实践。

乐于睡得迷迷糊糊，摸过手机看了一眼，已经十点多了，心说这人今天起那么晚呢？

她穿着睡衣迷迷糊糊翻身下床，开了房门。

看着已经坐在客厅里的岑然和桌上的早点，她愣了愣。这人怎么像是已经醒了很久的样子？

岑然划着手机，听见动静就转过了脑袋，弯了嘴角起身走了过去：“醒了？”

“啊。”乐于还有些迷迷瞪瞪，站着愣了会儿神。

还没回神，她的脑袋就被人摁进了怀里，又蒙了蒙。

“刷牙洗脸吃早饭吧。”岑然退开，揉了揉她的发。

乐于又迷迷糊糊地“哦”了一声，踢踢踏踏地趿着拖鞋进了卫生间。

岑然在人身后笑着摇头。

磨磨蹭蹭吃了个早中饭，又换好了衣服，乐于坐在沙发上抹着防晒霜。

岑然越看越觉得满意，小姑娘在自己面前，越来越知道爱美了。

乐于见他一直盯着自己，捏着防晒霜看了一眼，抬头道：“过来。”

“啊，”岑然从善如流，走了过去，“怎么了？”

乐于也没说话，摇了摇手上的小瓶子，倒了点在手上，给他脸上蹭了一把。

岑然明显觉得没抹匀，蹙着眉头委屈道：“这啥玩意儿啊，我不会弄啊，你就不能给我抹好吗？”

乐于瞧着他，摆着一脸“我信你就有鬼了”的表情：“自己抹。”

“我真不会，”岑然又凑上了些，“不是，乐乐你怎么那么不负责呢？”

乐于眯了眯眼睛。

“你不给抹，那还你吧，我不要了。”岑然说着，单手撑着沙发，侧身贴了过去，耍赖似的把脸上那点，不知道这么会儿工夫是不是已经被吸收掉的防晒霜，给她蹭回了脸上。

“岑然你够了！”小姑娘躲闪不及，也无处可躲。这人腿长手长的，随便一箍她就不知道该往哪儿躲，只能被他压着淹没在了抱枕堆里。

岑然一听小奶猫奓毛了，“哈哈”乐着退开了些：“不闹你了，走吧。”

小姑娘瞪了他一眼，在岑然看来仿佛是撒娇般的一眼，又乐得他抽着肩膀笑个不停。

乐于总结了一下：这人就是个危险的傻子。

腻歪了半天，两位终于是出了房门。

坐了酒店的游轮到了湖对面的游乐园。提前预约好的服务专人带着他们走了小镇入口的通道，无需排队。

服务专员热情微笑着问他们今天需不需要花车头车的服务，单独一小车坐在最前面，喇叭里喊着："热烈欢迎乐乐小姐来到 A 市 XXX 乐园……"

乐于眯着眼睛想了想那个画面："别了吧……"

岑然大概也是脑补了一下那个场景，笑着说还是算了。

两人也不着急，晃晃悠悠地进了园区。沿路顺着玩过去，遇到喜欢的项目，随便坐几回都行，反正不用排队。

岑然背了个单反，这会儿可以光明正大地给小女朋友拍照了，可劲地咔嚓咔嚓。

沿街见了卖气球的，来之前见网上说小姑娘都喜欢这玩意儿，岑然低头关照道："你站这儿别乱跑，我去去就来。"

乐于抬头"嗯"了一声，以为他要找地方上个厕所什么的。

不承想，她再一抬头，他手上扯了一大串气球，飘飘忽忽地朝着自己走过来。

乐于无奈道："岑然，你卖气球吗？"

"别的小朋友都有，我们家的也要有。"岑然弯身，勾着嘴角问，"不喜欢？"

"不是，"乐于回道，"貌似多了点，怕待会儿拿着不好玩。"

"没关系，我可以拿。"服务专员适时开口。

乐于："……"行吧。

“我的天，八十块一个的气球，快来数数他给他女朋友买了多少个。”一旁的小姐姐感叹。

“土豪，”小姐姐的朋友鉴定，“还是个颜值贼能打的土豪。”

“欸，你说他们这么多气球，待会儿上地铁不给带的呀，多浪费啊。”小姐姐担心道。

朋友瞥了她一眼：“你觉得能花钱买那么多气球的，还用坐地铁回去吗？”

“哦……”

乐于听着身边来来往往的讨论，扯着气球，蹙眉抬头看着岑然。

岑然笑着揉了揉她的发，开口麻烦身边的那位给拿了下。刚刚主要是觉得这气球拍照挺好看，这会儿拍完了再让她拿着，还真怕小女朋友被这么多氢气球给带飞了。

不过，搞完了气球，这位岑同学还是没闲着，看着人家小姐姐头上各式各样的发箍，又蠢蠢欲动上了。

本着别家小朋友有了自家的也要有的原则，又拉着人去了购物廊，给她挑了个小发箍。

少年弯腰，认认真真给她戴到了耳朵后面，捋好了头发丝，又整了整刘海。完了，他又捏着她的“耳朵”提了提，仿佛可以扯着耳朵把人拎起来似的。

乐于先前还为这人的细心小感动了一把，这么点难得生出来的感动之情，又被他最后提耳朵的那一下搞得无影无踪。

岑然看着她一脸无奈地抿唇瞧着自己，就忍不住想抽抽肩膀。

晚上的灯光焰火秀预留了 VIP 观赏区，两人按着时间到了指定地点。

近距离的观赏和在湖对面看到的，的确感受不同。

小姑娘仰着脖子看得起劲。

“好看吗？”岑然低头问道。

“嗯？”乐于回神，回了身边人，“好看。”

“嗯，”岑然捏了捏她的“耳朵”，笑道，“我也觉得很好看。”

岑然这话，是低头盯着她说的，小姑娘愣了愣神。

耳边的音乐与礼花声未停。

少年俯身，在她唇上印了个轻吻，耳语道：“所以，快些长大吧，我的小公主。”

番外二

求婚篇·你是草莓味的糖

撒着冬日暖阳的午后，短手短腿的小姑娘踩着小板凳趴在窗沿边上，支着肥嘟嘟的下巴，嘴里哼着不成调的小曲儿，等着那个出门给自己买糖炒栗子的母亲。

镜头突转，残阳似血，一地散落的栗子。耳边充斥着警笛与救护车混杂在一起，呜呜咽咽的声响。

对于大多数人来说再普通不过的一天。

一则过两日登在社会版面上的酒后肇事新闻。

……

“乐乐，”岑然轻摇，“醒醒。”

耳边的呜咽声被这一声轻唤冲散，女孩子微微睁眼，橙黄色的灯光泻进眼里。

“做噩梦了？”岑然支着半身，一手捋着她额前有些汗湿的碎发。

乐于缓缓眨巴着眼睛，没有回答。

待眼前的人影渐渐清晰，她才回了神，稍一侧身，两手揽过他腰侧，脑袋在他胸前埋了埋，闷闷地“嗯”了一声。

岑然没再说话，一手环着她的后背，轻轻拍抚着。

正当他以为怀里的小姑娘已经再次入睡，准备灭了小灯躺下的时候——

“岑然。”乐于闷着声音又叫了一声。

“嗯？”岑然刚挪了一点的身体没敢再动，轻声道，“把你吵醒了？”

“没睡着。”乐于松开了些，还是没有抬头。

“你说，”女孩话音里带着犹豫，“要是我当时，没有让我妈出门。要是我那天中午，没说我想吃糖炒栗子，事情会不会不一样？”

岑然没有马上回答她，一手拍着她，像是安抚小孩子入睡一般。

“乐乐。”岑然把怀里的人紧了紧，又轻轻唤了她一声，退开了些，伸手抚上她的脸颊让她看着自己。

小姑娘的眼里，雾气迷蒙。

岑然心里瑟缩了一下，拇指指腹在她下眼睑那儿蹭了蹭：“你没有错。而且，你要记住，我们都是爱你的。”

乐于像个小猫一样，喉咙里“唔”了一声，胳膊在他腰后一紧，脑袋又扎进了身边人的怀里蹭了蹭。

岑然勾着嘴角拍了拍她：“是不是最近累着了？趁着你研一前出去玩一趟吧？”

“你公司不忙吗？”乐于退开了些，抬眼看着他，“我没事。”

“前段时间不是刚从南非回来，”岑然顺手揉了一把她的后脑勺，“Z省新开的分店也安排好了，这段时间没什么事情。”

“就我们俩去吗？”乐于眨巴了两下眼睛，“要不叫上舟舟他们？”

“那估计悬了，”岑然笑道，“林航前两天刚从我这儿要了颗裸钻，按着俞晚舟生日的日子订的，说是要趁着人生日求婚来着。最近正在奋力准备。”

乐于眯了眯眼睛：“他追上了吗他就求婚？”

岑然更乐了，忍不住抽抽肩膀：“我也这么问他，但耐不住人家自信啊。

随他俩去折腾呗。”

乐于想着这几年，那两人一个猛追一个撒丫子狂跑的画面，忍不住叹了口气摇了摇脑袋。

第二天，岑然到了C市的总店，一头扎进工作间。

“这段时间老板怎么经常亲自来？”新来的店员望着工作间紧闭的房门，对着身边的同事嘀咕了一句。

“不知道，”同事摇头，感慨道，“这大概就是传说中比你有钱还比你努力的富二代了吧。”

“欸，”新同事八卦之心顿起，“听说老板大学里就开了这家总店，没两年分店就开得风生水起了。你说这家里有钱就是好啊，别人的人生怎么就那么顺呢？”

老员工瞥了她一眼：“人老板自己看准的市场，去南非谈的矿源，你没见咱们的钻石跟那些商场里设柜的有多少差价吗？别尽瞧着人家现在有的，要是给你个有钱爸爸，你准备干吗？”

新员工愣了愣，想了下，觉得自己更想躺着吃，随即闭了嘴。

门外的闲聊没能进岑然的耳朵，年轻人看着手上那颗已经被自己打磨出了雏形的原石，勾了勾嘴角。

按着自己原先想好的计划，岑然挑了个“海岛休闲游”，为了不那么折腾，提前申请了航线，用上了那架长年寂寞等待在机场的私人飞机。

俗话说得好，两个人一块儿出去旅游，总有一个人负责查路线、订酒店、做攻略，另一个负责当白痴。

乐于同学就属于负责当白痴的，一路上睡得天昏地暗，大概是完全不怕被人送去某个无人海岛做原始人。

这片岛屿号称是上帝洒落在印度洋上的珍珠，一岛一酒店。岑然选了家带海底餐厅的小岛，水屋沙屋轮流住，体验一下不同风情。

看着小姑娘还挺称心的样子，岑然对自己的安排相当自豪。

岛上这些日子的私人管家把两人带到了预定好的水屋别墅。

进了门，岑然就邀功上了，揽着人边走边问：“行程安排还满意吗？”

“嗯，”乐于一边点头一边后退，眼看着小腿就碰上了身后的床沿，“停停停。”

话音未落，人就被压了个满怀。

“别动，”岑然在她肩窝窝里蹭了蹭，“累了。”

乐于知道他这一路都没睡，听了这话也就乖乖没动弹。也不知道他什么时候养成的习惯，只要两人一块儿出门，她睡着了，这人就习惯性地坚持一路不休息。

只是这位嘴上说着累，身体却不怎么配合。

乐于只觉得自己一会儿颈窝被他用鼻子蹭了蹭，一会儿耳垂又被这人用牙齿轻轻磨了磨。

“岑然，”小姑娘喊出口，声音都有些发颤，“谁刚刚说累了来着？”

“啊，”岑然压着没动，埋在她颈窝里发笑，“谁说的，不知道啊。”

小姑娘无奈：“一身汗，别闹。”

岑然闻言，双手撑了起来，居高临下地俯视着拘在怀里的人，勾着嘴角，沉声道：“我帮你洗。”

还没等她开口反对，人就被抱了起来。身体突然悬空，她只好下意识地伸手钩住了他的脖子。

小姑娘气势弱弱地开口：“放我下来！”

“没问题，”岑然挑眉，“马上就放。”

他长腿一跨，就这么“马上”到了浴室。

落地玻璃窗前的浴缸正对着外面的碧海蓝天，岑然看了一眼，才心不甘情不愿地把人放了下来，扯了帘子盖了个严严实实，开了水阀。

虽说每个水屋之间隔了很远，私密性完全可以保证，不过岑然还是不能允许他的小姑娘洗个这么豪放的澡。

趁着他拉帘子的工夫，乐于赤着脚准备开溜。只是她刚一转身就被抱了个满怀，身后带着笑意的嗓音沉沉："跑哪儿去？"

"呵呵，"乐于尬笑两声，"我突然觉得也不是很热，你要洗自己洗吧。"

"别啊，"岑然忍着笑意没放手，一手钩着她的肩，一手摩挲着她的耳垂，凑近了耳语道，"节约用水，一起吧。"

曾经觉得自己力气算是很大了的乐于，每回遇上这种情况，都非常痛恨两人体力上的悬殊。

岑然看着她发红的耳朵尖尖，不怀好意地咬了一口，咬着没松口，还用舌尖细细描摹了一遍。

"怎么还是这么容易害羞，"岑然轻笑，手上开始不安分起来，钩了上衣下摆，"来，我帮你。"

"岑然你够了，我自己来！"小姑娘佯装凶悍。

"这么客气呢？"岑然闻言，混着身后浴缸里的放水声，将人转了个身，捉了她一只手放到了自己的腰带扣子上，挑眉勾唇道，"那乐乐帮帮我吧，动作快一些，浴缸快满了。"

小姑娘瞪圆了眼睛看着他，要抽手却抽不开。这人不但不放手，还似笑非笑地盯着她，单手扯着自己的衬衣扣子。

虽说这人隔着衣料的小腹结实有力，慢慢扯开衬衣后的胸肌也很耐看……

不是等等，这个不是重点！重点是这个男人食髓知味之后，就像永远处在发情期是什么情况？

乐于光想着就觉得有点腿软，突然有点后悔跟他两人单独出来。

“又在发呆了？”岑然轻笑，“算了，还是我来吧。”

不等她回神，岑少爷就自己上了手。

没一会儿，两人的衣服就撒了一地。

“岑然你住手！”乐于终于回神，小猫爹毛一般又虚张声势了一回，按着他伸到背后的手，瞪了瞪眼睛，作势就要往后退。

“乖，别动。”岑然将人往身前带了带，“小心摔着。”

又是这种连哄带骗的语调，乐于无奈地恍了恍神。

光脚站在地上，快接近四十厘米的身高差，小姑娘像个小朋友一样被人拎进了浴缸里。岑然关了水阀，跟着一起浸了下去。

指掌覆着柔软，岑然哑着嗓音喊了一声她的名字。

小姑娘微抬着下巴尖尖，喉间无意识地应了一声。岑然倾身，覆上了双唇，把那不经意间溢出的单音节堵在了唇齿之间。

满室的水声混着窗外的海浪，年轻人拿捏着分寸停在了最后一步，哑声问：“要吗？”

乐于一半的神经还混沌着，一半的神经却想开口骂人。他这么玩也不是一回两回了，小姑娘抿着嘴唇，死活不开口。

“不要？”岑然大概是玩上了瘾，一边问着，一边不停地寻着地方轻吻细啄。

“哎，算了，”岑然假意无奈道，“你不要，那就我要吧。”

岑然起身扯了一旁的浴巾，把人从浴缸里捞起来，裹了个彻底，抱到了外面的床上才把人放了下来。

熟门熟路地从行李箱里翻了几盒东西，扔到了床边上。

乐于眯眼看着身边那几盒不同“口味”的“计划生育用品”，扯了扯裹着自己的浴巾，一条小腿伸了出来，企图往床沿边上挪动。

“准备跑哪儿去？”岑然重新欺身压了上来，盯着她笑得一脸居心叵测，

“这些天不用完，不准走。”

乐于：“……”你买的都是一打一盒的！这到底要用到什么时候？

由于被人摁在床上折腾得白洗了个澡，小姑娘又被人带进浴室洗了一回，这会儿连瞪起人来都懒洋洋的。

岑然本着“你让我吃饱我让你吃好”的原则，无视这位毫无威慑力的怒瞪，牵着她去了岛上的日落餐厅。海底餐厅什么的，还是白天去更好看一些。

两人选了支在户外水面上的位置，落日的余晖映着海浪，傍晚的海风吹在皮肤上也不再炎热。乐于吃到七八分饱，才终于觉得自己又是个人了。

眼前一脸笑意的男人，褪了些学生时代的青涩，成熟了不少，时而在自己面前又透着一两分孩子气。少年感与成熟这两种气质，杂糅在一个人身上，却一点都不显矛盾。

乐于看着他，弯了弯嘴角。

“笑什么？”岑然抬手，捏了捏她的脸颊，“说出来让我也乐乐。”

乐于：“……”

岑然见她不说话，倾身靠近了桌沿，一本正经地低声问道：“想着待会儿又能回房间饭后运动了，挺开心？”

乐于：“……”我真的，刚刚谁说这人成熟来着？划掉！

被折腾得一夜好眠，连水屋外头的海浪声都没听见的乐于，第二天迷迷糊糊睡到了自然醒。

岑然显然已经醒了许久，桌上放着叫人送进来的餐食。

听见动静，起身跨了过去，他搂了搂她，开口道：“吃完了去浮潜吗？”

“好。”乐于胡乱答应了一声，只要别在这屋里待着，她觉得什么都好。

岑然耐心等着她洗漱完，吃完了早中饭，磨磨蹭蹭换上了泳衣，又给她拿了浮潜的装备，才带着她下了水。

水屋外面连着露天的阳台和泳池，木梯下去直接可以下海。岑然一边在前面走着，一边牵着她，又不忘回头叮嘱两句：“待会儿放轻松，别害怕，我拉着你呢，不会松手的。”

“我会游泳的。”乐于回道。

“嗯！”岑然点头，“我家乐乐最厉害！”

乐于眯眼看着她，升起了一种被嘲笑的感觉。

浮潜有咬着呼吸的管子，不会游泳的人也能玩，况且乐于也不怕水，拉着岑然的手游了一段，看着浅海滩里的珊瑚和各色热带鱼，耳朵里灌了海水，只能听见隐约的水浪浮动的声音，像是被隔绝进了另一个空间里似的，有意思得很。

小姑娘看得正起劲，想松开一只手逗逗经过眼前的热带鱼。岑然倒是快了她一步，像那回考试传小字条一样，在她手心里挠了挠。

乐于回神望向他。

眼前的男人松了一只手，另一手像他说过的那样，紧紧攥着没有松开，变戏法一般，不知道从哪里摸出来一个亮晶晶的小东西。

乐于看着那个小东西缓缓套上了自己的无名指，在碧色透明的海浪里，闪着粉色的荧光。

就像是，自己最爱吃的，草莓味的棒棒糖。

图书在版编目（CIP）数据

隔壁有个小可爱 / 城下烟著. -- 上海：上海文化出版社，2019.10

ISBN 978-7-5535-1741-4

Ⅰ. ①隔… Ⅱ. ①城… Ⅲ. ①长篇小说－中国－当代 Ⅳ. ① I247.5

中国版本图书馆 CIP 数据核字（2019）第 184185 号

责任编辑　蔡美凤

特约编辑　雪　人　廖唯佳

装帧设计　刘　艳　cain 酱

特约绘制　阿　栗

印务监制　周仲智

责任校对　彭　佳

隔壁有个小可爱

城下烟　著

出　版　上海文化出版社

出　品　上海故事会文化传媒有限公司

（200020 上海市绍兴路 74 号　www.storychina.cn）

发　行　上海文艺出版社发行中心

（上海市绍兴路 50 号）

印　刷　长沙鸿发印务实业有限公司

开　本　880×1230　1/32　　印　张　9.125

版　次　2019 年 11 月第 1 版　　印　次　2019 年 11 月第 1 次印刷

书　号　ISBN 978-7-5535-1741-4/I.687

定　价　36.80 元

上海故事会文化传媒有限公司 出品（00893）www.storychina.cn

本书如有印装问题，请与印刷厂联系调换。联系电话：0731-82755298